BASTEI LÜBBE

ANNE DE LISLE

Und fänden nicht das Paradies

Roman

Ins Deutsche übertragen
von Bettina Albrod

BASTEI LÜBBE

BASTEI LÜBBE TASCHENBUCH
Band 18 262

1. Auflage: November 2000

Vollständige Taschenbuchausgabe

Bastei Lübbe Taschenbücher
ist ein Imprint der
Verlagsgruppe Lübbe

Titel der amerikanischen Originalausgabe: Tabitha

First Published in Australia and New Zeeland in 1997
by Bantam Australia, an imprint of Transworld Publishers,
an division of Random House Australia

Lektorat: Katharina Woicke / Katharina Geppert
Titelillustration: Pino Daeni / Agentur Schlück
Umschlaggestaltung: QuadroGrafik, Bensberg
Satz: KCS GmbH, Buchholz / Hamburg
Druck und Verarbeitung: 52448
Société Nouvelle Firmin-Didot,
Mesnil-sur-l'Estrée, Frankreich
Printed in France

ISBN 3-404-18262-6

1

England, 1804

»Sei ein liebes Mädchen, Tabitha. Gehorche deiner Tante und vergiß nicht, deine Gebete zu sprechen. Das hätten deine Eltern sich gewünscht.«

Tabitha Montecue nickte ernst. Ihr Blick hing unverwandt an Mrs. Morewells Gesicht, denn sie wußte sehr gut, daß es höchst unwahrscheinlich war, daß sie die freundliche Dame jemals wiedersehen würde.

Mrs. Morewell beugte sich zum Kutschenfenster, öffnete es und drückte dem Kind einen Kuß auf die Wange. »Auf Wiedersehen, mein Liebes. Ich schreibe bald, um zu sehen, wie es dir geht. Gott sei mit dir.«

Tabitha konnte nicht antworten und hob statt dessen eine kleine, behandschuhte Hand, um zu winken, als die Kutsche davonrollte. Sie reckte den Hals, um einen letzten Blick auf Reverend und Mrs. Morewell werfen zu können, die auf den Stufen des Pfarrhauses standen, aber dann bog die Kutsche um eine Kurve, und sie konnte die beiden nicht mehr sehen.

Tabitha lehnte sich in der gepolsterten Kutsche ihrer Tante zurück und wandte ihr Interesse der Frau zu, die ihr gegenübersaß. Sie hieß Houghton. Mrs. Morewell hatte erklärt, daß Houghton eine Dienerin sei, die Tante Montecue geschickt habe, damit Tabitha auf die Reise zu ihr Begleitung hatte. Diese Houghton, entschied Tabitha bei sich, sah nicht allzu erfreut darüber aus, mit dieser Pflicht betraut worden zu sein. Sie saß in ihrem steifen grauen Kleid sehr gerade auf ihrem Sitz, und der mißbilligende Ausdruck ihres Gesichts deutete auf einen Charakter hin, der so unbeugsam war wie ihre Haltung.

Tabitha war immer von Menschen umgeben gewesen, die sie gemocht hatten und freundlich zu ihr gewesen waren. Menschen, die mit ihr sprachen und mit ihr spielten, aber diese Frau hatte kaum ein Wort mit ihr geredet, wenn man davon absah, daß sie sie zur Eile angetrieben hatte, als sie in die Kutsche gestiegen waren.

In diesem Moment beugte Houghton sich vor und ließ das geöffnete Kutschenfenster mit einem Knall zuschnappen. Als wenn sie Tabithas Blick auf sich spürte, betrachtete sie dann das Kind. »Wir werden mindestens zwei Tage unterwegs sein, wenn das Wetter schlecht wird, noch länger, und ich werde es nicht dulden, daß du mich belästigst. Ich hoffe, daß du in der Lage bist, dich selber zu beschäftigen.«

Das alles wurde recht brüsk geäußert, und Tabitha, die ohnehin schon Respekt vor der strengen Houghton hatte, nickte schweigend. Dann faltete sie die Hände im Schoß und sah zu, wie die Frau eine Stickerei aus ihrer Tasche zog, um hastig daran zu arbeiten und nur innezuhalten, wenn die Kutsche über eine besonders unebene Wegstrecke holperte.

Tabitha sah neugierig aus dem staubigen Fenster und bemerkte, daß sie die offene Landstraße erreicht hatten. Sie kniete sich auf den Sitz, zog sich ihr schwarzes Kleid wärmend über die Füße und betrachtete die Winterlandschaft vor dem Fenster. Sie kamen durch einige unbekannte Dörfer und fuhren an anderen Reisenden vorbei, die zu Pferd oder zu Fuß unterwegs waren. Doch allmählich wurde Tabitha müde und sank auf ihrem Sitz zurück. Sie hatte nichts zu lesen oder zu spielen mit, außer ihrer heißgeliebten Lumpenpuppe, die sie unter dem Arm hielt, und ihre Begleiterin war eindeutig nicht zum Reden aufgelegt. Also lehnte Tabitha den Kopf zurück und beobachtete die flinken Bewegungen der Nadel und der Finger der Frau. Nach einiger Zeit wurden ihr die Lider schwer, und sie schlief ein.

Tabitha Mary Montecue war gerade mal sechs Jahre und hatte in ihrem kurzen Leben noch nie eine so weite Reise gemacht. Doch Ereignisse in ihrer jüngsten Vergangenheit hatten ihre Lebensumstände drastisch verändert, und so hatte sie sich nicht beklagt, als Reverend und Mrs. Morewell sie in die Kutsche gesetzt hatten, sie ermahnt hatten, brav zu sein, und sich mit Küssen von ihr verabschiedet hatten. Ihre junge Seele, immer noch aufgewühlt von dem Verlust der beiden Menschen, die sie am meisten auf der Welt geliebt hatte, war gar nicht auf die Idee gekommen, gegen die Entscheidung zu protestieren, die sie der Obhut der Morewells entzog, denn diese Angelegenheit kam ihr angesichts des Verlustes ihrer Mama und ihres Papas nebensächlich vor.

Rupert Montecue war erst zwanzig gewesen, als er Eleanor Litherland kennengelernt und sich Hals über Kopf in sie verliebt hatte; in ein Mädchen, das so schön war wie unpassend als Braut des jüngsten Sohnes von Sir Jasper Montecue. Eleanors Vater, Reverend Litherland, war der verarmte Pfarrer eines benachbarten Sprengels, und obwohl die entzückende Eleanor die Ausdrucksweise und Manieren eines guterzogenen Mädchens besaß, wurde sie von Ruperts Familie als unpassend betrachtet. Der alte Sir Jasper hatte die Verbindung verboten.

Doch Rupert hatte die Anordnungen seiner Familie

ignoriert und war davongelaufen, um seine große Liebe zu heiraten, und als Folge davon hatte er seine Verwandten nie wiedergesehen, die ihm verboten hatten, den Familienbesitz Wroxley Manor je wieder zu betreten. Dieses Verbot hatte den jungen Mann nicht allzusehr beeindruckt, da er seinen Eltern ohnehin nicht besonders zugetan gewesen war. Selbst als er erst die Nachricht vom Tod seines Vaters und kurz darauf die vom Tod seines älteren Bruders Henry erfuhr, verspürte er nicht den Wunsch, nach Hause zurückzukehren.

Henrys Frau, die neue Lady Montecue, hatte Rupert als höchst unangenehme Person in Erinnerung, die er nicht wiedersehen wollte, geschweige denn Eleanor zumuten wollte. Da Mylady so klug gewesen war, einen Erben hervorzubringen, ehe sie Witwe wurde, verspürte Rupert auch nicht die Pflicht, nach Wroxley zurückzukehren.

Nein, er war mehr als zufrieden, dort zu bleiben, wo er jetzt war, und ein einfaches, aber glückliches Leben zu führen, Hunderte von Meilen von Wroxley entfernt und mit bescheidenem Einkommen, das er einer Stellung als Lateinlehrer an einer Jungenschule am Rande von Devizes verdiente. Wenn das Cottage, das Eleanor und er gemietet hatten, nicht das war, woran er gewöhnt war, so war ihre Liebe zueinander mehr als genug Ausgleich für ihn. Sie waren überströmend glücklich miteinander, und als knapp ein Jahr nach ihrer Hochzeit ihre Tochter zur Welt kam, war ihr Glück vollkommen.

Eleanor brachte rasch hintereinander zwei weitere Kinder zur Welt, aber beide überlebten kaum eine Woche, da sie zu früh geboren waren. Allmählich gewöhnten sie sich an den Gedanken, daß Tabitha wohl ihr einziges Kind bleiben würde, und sie wuchs zu so einem entzückenden Mädchen heran, daß sie höchst zufrieden waren.

Tragischerweise war ihnen nur wenig gemeinsame Zeit vergönnt, denn eines Tages brach in Wiltshire die Cholera aus, ergriff auch die Stadt Devizes und forderte nicht nur Eleanors, sondern auch Ruperts Leben mit dem vieler anderer. Trotz ihrer Jugend erkrankte Tabitha nicht und wurde von Reverend Morewell und seiner Frau aufgenommen, die sich lieb um das Kind kümmerten, während sie Nachforschungen nach seinen Verwandten anstellten. Es stellte sich heraus, daß Eleanor keine lebenden Verwandten mehr hatte, denn sie war ein Einzelkind und ihre Eltern waren inzwischen verstorben, doch Ruperts Familie war rasch aufgespürt. Schon bald wurden Gespräche zwischen den Morewells und der verwitweten Lady Montecue aufgenommen, und die Witwe stimmte zu, Tabitha trotz des Zerwürfnisses in der Familie aufzunehmen.

Die Reisenden verbrachten die Nacht in einem komfortablen Gasthaus, aber Tabitha war so müde, daß sie es nur gerade eben schaffte, ihre Mahlzeit aus Brot und kaltem Braten unter den wachsamen Augen der Houghton zu sich zu nehmen, ehe sie ins Bett ging. Nur widerstrebend hatte sie am folgenden Morgen erneut die Kutsche bestiegen, aber nun näherte sich die Reise ihrem Ende.

Die Kutsche bog durch ein hohes Eisentor und rollte die längste baumbestandene Auffahrt entlang, die Tabitha je gesehen hatte. Neugierig vergaß sie ihre Lustlosigkeit und preßte das Gesicht ans Fenster. Sie wußte, daß ihr Papa hier in seinem anderen Leben gewohnt hatte, ehe er Mama kennengelernt hatte – und daß er nie mehr hatte zurückkommen wollen.

Auch wenn Rupert Montecue nur selten von seinem Leben in Wroxley Manor gesprochen hatte, hatte Tabitha doch gemerkt, daß er dort nicht glücklich gewesen war und daß die Leute dort ihre Mutter nicht nett behandelt hatten. Tabitha merkte, daß sie sich plötzlich heftig nach Reverend und Mrs. Morewell zurücksehnte, deren einfacher Haushalt sie an ihr Zuhause erinnert hatte. Es war auch nahe daran gewesen, sie hatte das Cottage noch sehen können. Hier war alles fremd und so weit weg ...

Die Kutsche fuhr durch eine Kurve und enthüllte den großen Augen des Kindes das Heim ihrer Vorfahren. Erstaunt blickte Tabitha hin. Sie war an die hübschen, aber einfachen Cottages von Devizes gewöhnt und hatte sich auch in ihren wildesten Träumen nicht vorstellen können, daß es ein Haus wie dieses gab.

Wroxley Manor war im klassischen Stil erbaut, und es mangelte dem Haus das gotische oder barocke Beiwerk, mit dem so viele Häuser dieser Epoche geschmückt waren. Der dunkelrote Stein hob sich deutlich gegen den klaren Winterhimmel ab und verlieh dem Haus ein drohendes Aussehen. Die weiten Wiesen rund um das Herrenhaus waren voller großer alter Eichen und Ulmen und durchaus dazu angetan, die Phantasien eines Kindes zu wecken, aber Tabitha sah sie gar nicht, denn ihr Blick hing unverwandt an dem großen Haus. Es war, entschied sie, ein häßlicher Anblick – dunkel und häßlich. Kein Wunder, daß Papa nicht hatte hierbleiben wollen, wenn er ein hübsches weißes Cottage mit Kletterrosen und Glyzinien hatte haben können.

Diese Gedanken bereiteten dem Kind Unbehagen. Tabitha warf einen Blick zu Houghton und bemühte sich, die Tränen wegzublinzeln. Aber Houghton konzentrierte sich ganz darauf, ihre Stickarbeit wegzupacken, an der sie so unermüdlich gearbeitet hatte.

Die Kutsche kam zum Stillstand. Die Tür ging auf, und der Kutscher hob Tabitha heraus, um sie vorsichtig an der Treppe zum Eingang des Herrenhauses abzusetzen. Ehe Tabitha Zeit hatte, sich umzusehen, ergriff

Houghton ihre Hand mit festem Griff und zog sie die Stufen hinauf und durch die Tür. Ein beeindruckender Mann hielt die Tür für sie auf, und Tabitha sah voller Bewunderung zu ihm auf. Er kam ihr ungeheuer groß und prächtig gekleidet vor. An seinem pfauenblauen Rock glänzten goldene Knöpfe, und Hose und Strümpfe waren fleckenlos weiß.

»So, das ist die junge Miss, Lattersby. Master Ruperts Mädchen. Ist Ihre Ladyschaft unten?«

»Das ist sie«, erwiderte der große Mann stolz. »Sie befindet sich im Chinesischen Salon. Die Countess of Huntleigh ist zu Besuch.«

Wieder wurde Tabitha von Houghton weitergezogen. Die Dienerin zog sie durch einen Flur an vielen Türen vorbei, bis sie Stimmen hörten. Die Stimmen verstummten, als Houghton und sie die letzte Tür erreichten, denn diese war geöffnet und erlaubte den Leuten im Zimmer einen guten Blick auf die Neuankömmlinge.

Beeindruckt von der Eleganz ihrer Umgebung, ließ Tabitha Houghtons Hand nicht los. Im Gegenteil, sie umklammerte die Finger der Dienerin nur noch fester. Vorwärts gezogen sah sie sich staunend um und betrachtete die üppige Ausstattung des Zimmers, das noch luftiger war als der Flur. Alles war weiß, golden und blau, von den Samtvorhängen an den Fenstern bis zum Teppich unter ihren Füßen.

Eine der Damen erhob sich von ihrem Stuhl und trat auf das Kind zu. »Ah, Houghton«, sagte sie, »ich habe dich gar nicht so früh erwartet.«

»Nein, Ma'am, aber die Straßen waren trocken und frei, und wir sind heute morgen sehr früh losgefahren.«

»Danke, Houghton«, entließ die Dame die Dienerin. Dann wandte sie sich ähnlich kühl an Tabitha. »Tritt vor, Kind, und laß dich anschauen.«

Tabitha hörte, wie die Tür hinter ihr ins Schloß fiel, und hatte das Gefühl, als wenn jetzt auch die letzte Verbindung mit ihrer Vergangenheit gekappt worden wäre. Auch wenn sie gehorsam auf die Erscheinung in lavendelfarbener Seide zutrat, brachte sie es dennoch nicht über sich, ihr ins Gesicht zu sehen. Sie sah starr geradeaus auf ein Paar plumpe weiße Hände, die üppig mit Ringen geschmückt waren.

»Ich sehe, daß du die Tochter deiner Mutter bist«, begann die Dame in einem Ton, der nicht wie ein Kompliment klang. »Du siehst ihr sehr ähnlich. Von dem armen Rupert ist nichts in deinem Gesicht.«

Dann schwieg sie einen Moment, als dächte sie nach, ehe sie fortfuhr: »Ich bin deine Tante Montecue, Kind, und du wirst jetzt bei uns auf Wroxley Manor leben. Komm, ich stelle dich deinen Cousins und den Gästen vor, denn wir haben heute Besucher hier.«

Sie wandte sich um und winkte ihre Kinder zu sich.

Tabitha hob den Blick und sah einen Jungen und ein Mädchen herankommen.

»Kinder«, erklärte Tante Montecue, »das ist eure Kusine Tabitha, die, wie ich euch schon erklärt habe, bei uns bleiben wird. Tabitha, das ist Amelia, und dies ist Richard.«

Einen Augenblick lang betrachteten sich die Mädchen schweigend. Amelia ist recht hübsch, dachte Tabitha. Sie hatte ihre langen blonden Haare mit einem blauen Band zurückgebunden, und ihr Kleid war wunderschön, blau mit Puffärmeln und mit gelben Bändern verziert. Tabitha schätzte, daß das Mädchen wohl etwas älter war als sie und der Junge noch älter, vielleicht zehn oder elf. Der Junge, groß und kräftig gebaut, war ebenfalls gut angezogen, und zum erstenmal im Leben schämte sich Tabitha ihrer eigenen Erscheinung. Sie trug noch immer das düstere schwarze Trauerkleid, das den Kontrast zwischen ihr und ihren Cousins nur betonte, und Tabitha fragte sich, was sie wohl von ihr denken mochten.

»Ich bin acht«, verkündete Amelia. »Wie alt bist du?«

Nervös und unsicher versagte Tabitha die Stimme, ehe sie antworten konnte. Der Junge, Richard, antwortete rasch an ihrer Stelle. »Ich glaube nicht, daß sie weiß, wie alt sie ist«, kicherte er. »Vielleicht kann sie auch gar nicht zählen.«

»Das reicht, Richard«, wies Lady Montecue ihn streng zurecht, ehe sie ihre Nichte ansah. »Ich glaube, Tabitha ist sechs Jahre alt.«

Tabitha nickte dankbar und sah ihrer Tante zum erstenmal voll ins Gesicht. Dabei sah sie, wie sehr die Kinder ihrer Mutter ähnlich sahen. Lady Montecue war eine robust aussehende Frau mit hellbraunem Haar und frischer Gesichtsfarbe. Sie hielt sich sehr gerade, was auf große Disziplin hindeutete, und sie sah nicht so aus, als wenn sie viel lächeln würde. Sie lächelte auch jetzt nicht, als sie Tabitha am Arm ergriff und sie zu einer Dame führte, die auf einem der blau-weißen Stühle saß, die um den Kamin herum standen.

»Wie du sehen kannst, Tabitha«, begann Lady Montecue, »haben wir heute Gäste. Dies ist Lady Huntleigh, deren Besitz an Wroxley angrenzt. Mach einen Knicks, Tabitha.«

Tabitha gehorchte und blieb dann schweigend stehen, während ihre Tante mit der Dame sprach.

»Das ist Ruperts Tochter. Ich glaube, ich habe dir die Geschichte erzählt. So eine Tragödie. Aber wie auch immer, sie haben offenbar geheiratet, so daß das Kind legal eine Montecue ist und ganz sicher auch als solche erzogen werden wird.«

»Ich habe keinen Zweifel daran, daß du das tun wirst, Minerva«, erwiderte die Dame. Dann sah sie Tabitha an, lächelte und sagte: »Willkommen in Warwickshire, Tabitha. Ich nehme an, daß du nach einer so langen Reise müde bist.«

Tabitha nickte. Die hübsche Dame gefiel ihr. Sie

mochte ihre sanfte Stimme und das dunkle Haar – Haare so dunkel, wie die von Mama gewesen waren. Auch wenn ihr kirschrotes Kleid genauso prächtig war wie das ihrer Tante, kam sie ihr insgesamt doch weniger einschüchternd vor und viel freundlicher in ihrer Art. Als sie Tabitha jetzt anlächelte, lächelte das Kind scheu zurück.

»Dies sind meine Kinder«, erklärte die Countess. »Lucy ist sechs, so wie du, deshalb denke ich mir, daß ihr Freundinnen werdet, und Dominic ist zwölf.«

Tabitha betrachtete neugierig ihre Altersgenossin, und was sie sah, gefiel ihr nicht schlecht. Das Mädchen war blond, noch blonder als Kusine Amelia, und trug ein rosa Kleid, das genauso hübsch war wie Amelias blaues. Aber wichtiger noch, das Mädchen lächelte sie an und machte Platz auf dem Sofa.

»Willst du dich neben mich setzen?« fragte Lucy. »Es ist Platz genug.«

Tabitha sah ihre Tante rasch an, und als sie nichts dagegen zu haben schien, nickte Tabitha. Sie umklammerte ihre Puppe und kletterte zwischen Lucy und Dominic aufs Sofa.

Dann warf Tabitha dem Jungen einen Blick zu und sah, daß er seiner Schwester nicht im geringsten ähnelte. Seine Haare waren so dunkel wie ihre eigenen, und er sah schon recht erwachsen aus, noch älter als Richard. Tabitha dachte, daß er so aussah, als wäre er lieber woanders als im Salon ihrer Tante, und sie fragte sich, ob auch er sich durch die prächtige Ausstattung eingeschüchtert fühlte.

»Wirst du für immer hier wohnen?« fragte Lucy.

Tabitha warf ihrer Tante einen unsicheren Blick zu, ehe sie antwortete. »Ich weiß nicht …«

»Natürlich wirst du das, Kind«, warf Lady Montecue prompt ein. »Ich weiß nicht, wo du sonst leben solltest. Das ist jetzt dein Zuhause.« Dann wandte sie sich an ihre Gäste. »Pamela, ehe du gehst, lassen wir die Kinder vielleicht kurz allein. Ich möchte dir das Porträt zeigen, für das wir Henry Raeburn letztes Jahr gesessen haben. Er hat es endlich fertig, und jetzt hängt es in der Bibliothek.«

Lady Huntleigh lächelte und erhob sich. »Ich hoffe, daß es dir gefällt, Minerva. Es heißt, daß Raeburn recht frei mit seinen Modellen umgeht.«

»Das stimmt«, erwiderte Lady Montecue. »Auch wenn ich glaube, daß er sich nicht bemüht hat, uns zu schmeicheln, gefällt mir das Bild gut.« Sie wandte sich an die Kinder. »Richard, Dominic, paßt einen Moment auf die Mädchen auf. Wir sind gleich wieder da.«

Als die Damen gingen, sah Tabitha, daß sie zwar gleich groß waren, daß ihre Tante aber viel kräftiger gebaut war. Lady Huntleigh war so schlank und anmutig, wie ihre Mutter es gewesen war, und Tabithas Herz flog ihr zu. Als sie sah, wie sie im Nebenzimmer verschwand, wäre Tabitha ihr am liebsten nachgelaufen und hätte ihr Gesicht in den Falten ihres Rockes vergraben.

»Hast du Hunger, Tabitha?« Lucys Worte rissen sie aus ihren Gedanken. »Wir haben schon Kuchen gegessen, aber es ist noch etwas da. Richard hat am meisten gegessen. Er ißt mehr als Dominic.«

»Das tue ich nicht, du Lügnerin!« fuhr Richard ärgerlich dazwischen. Er sah Lucy finster an. »Außerdem ist es nicht dein Haus«, setzte er gehässig hinzu, »und es ist nicht deine Aufgabe, ihr Kuchen anzubieten. Wenn sie Kuchen will, soll sie uns fragen, nicht dich.«

Ohne auf ihn zu achten, hatte Lucy bereits selbstbewußt nach einer Platte mit Fruchttörtchen gegriffen, um sie Tabitha anzubieten. »Versuch diese«, lud sie ein, »die mag ich am liebsten.«

Tabitha hätte gerne gleich mehrere gegessen, denn sie sahen so lecker und appetitlich aus, und sie hatte Hunger. Sie wählte sich eines aus. »Danke«, sagte sie und lächelte scheu.

»Ist das deine Puppe?« fragte Lucy.

Tabitha nickte, den Mund voller Kuchen.

»Darf ich sie mir einmal ansehen?«

Tabitha zögerte kurz und reichte ihr dann die Puppe, schluckte rasch und ermahnte Lucy: »Sie vorsichtig.«

»Das werde ich. Sie ist sehr hübsch. Von wem hast du sie?«

»Von meiner Mama.«

»Kann ich sie auch sehen?« fragte Amelia.

Ehe Tabitha nicken konnte, beugte sich Richard vor, entriß Lucy die Puppe und warf sie seiner Schwester zu.

»Nicht!« Tabitha sprang auf. »Tu das nicht!«

Aber Amelia, mitgerissen von der Idee ihres Bruders, warf sie ihm wieder zurück. Tabitha sprang vom Sofa, lief zu Richard und versuchte entschlossen, aber vergeblich, ihren wertvollen Besitz zurückzubekommen.

»Gib sie ihr zurück, Richard, sonst wirst du es bereuen.«

Tabitha sah sich um und sah Lucys Bruder neben sich stehen. Dominic, der sehr wohl erkannte, daß Richard nicht daran dachte, entwand ihm die Puppe mit Gewalt.

»Du bist gräßlich, Richard Montecue«, rief Lucy. »Ich hasse dich!«

»Ich habe nur Spaß gemacht. Außerdem weiß ich ohnehin nicht, was sie darin sieht. Das Ding ist doch so schäbig.«

Mittlerweile gab Dominic Tabitha die Puppe zurück, und sie dankte ihm scheu.

»Gerne geschehen«, erwiderte er und warf Richard einen Blick zu, der Bände sprach. Tabitha erkannte, daß die beiden einander nicht ausstehen konnten.

Tabitha kletterte wieder aufs Sofa, froh, Lucy und Dominic bei sich zu haben. Sie mochte Richard nicht. Er war gemein, und seine Schwester war nicht viel besser.

Lucy kicherte, und Tabitha wandte sich um, um zu sehen, was ihre neue Freundin so amüsierte.

»Du siehst aus wie ein Kätzchen mit großen grünen Augen«, sagte Lucy und lachte wieder, und Tabitha lachte auch, weil das Mädchen so freundlich zu ihr war.

Dann kehrten die Damen zurück, ohne etwas von den Ereignissen in ihrer Abwesenheit zu ahnen. Die Countess trat auf ihre Kinder zu. »Dominic, Lucy, wir müssen jetzt gehen. Ich will zu Haue sein, ehe es dunkel wird.« Sie ergriff ihr Täschchen und einen Hut. »Danke für den guten Tee, Minerva. Die Kinder freuen sich, wenn sie Gesellschaft haben. Ich übrigens auch. Auf Wiedersehen, Richard und Amelia.« Dann wandte sie sich an Tabitha, beugte sich hinunter und sagte freundlich: »Auf Wiedersehen, Tabitha. Es freut mich, dich kennengelernt zu haben. Vielleicht kommst du mal zur Abtei rüber und spielst mit Lucy?«

Tabitha nickte.

»Gut, wir machen etwas aus.«

Nachdem Dominic und Lucy sich verabschiedet hatten, folgten sie ihrer Mutter hinaus, und Tabitha war zum erstenmal mit ihren Verwandten allein. Sie saß sehr still da, die Hände im Schoß gefaltet, und fragte sich, was wohl als nächstes geschehen würde.

Lady Montecue zog an der Klingelschnur, und fast sofort erschien ein Mädchen.

»Ah, Potter. Ich nehme an, daß meine Nichte nach der Reise müde ist. Begleite sie auf das Zimmer, das Houghton vorbereitet hat, bade sie und bring sie ins Bett. Falls sie Hunger hat, soll sie auf ihrem Zimmer essen. Das ist alles.«

Tabitha hörte zu und glitt ohne Zögern vom Sofa, um dem Mädchen zu folgen, dankbar, ihren Cousins entkommen zu können.

Als sie dem Mädchen die Treppe hoch folgte, nutzte sie die Gelegenheit, um sich umzusehen.

Der Flur war durch viele Kerzen erhellt. Die Wände waren mit Eiche getäfelt, und alles wirkte schwer, düster und ernst, nur die goldgerahmten Bilder funkelten im Kerzenlicht. Tabitha fragte sich, ob die Rahmen wohl aus echtem Gold waren. Sie hätte gerne die Dienerin danach gefragt, wollte aber ihre Unwissenheit nicht zeigen. Sie war zutiefst verunsichert von diesem neuen Leben zwischen lauter fremden Leuten.

»Jetzt sind wir gleich da, Miss Tabitha«, verkündete das Mädchen fröhlich. »All diese Stufen machen die Beine müde, nicht wahr?«

Tabitha, die in der Tat sehr müde war, konnte aus vollem Herzen zustimmen.

»Ja, aber ich nehme an, daß ich mich daran gewöhnen werde.«

Verity Potter sah auf das Mädchen neben sich herab. Sie kannte ihre Geschichte – alle Diener kannten sie –, und das arme, kleine Mädchen tat ihr leid. Ihre Ladyschaft war kein mitleidiger Mensch – nein, von ihr dürfte das Kind keinen Trost zu erwarten haben.

Schließlich hielt Verity an und führte das Kind in ein Zimmer, das sicher so groß war wie das, was sie in Devize gehabt hatte. An einer Wand stand ein Bett, daneben eine Kommode aus dunklem Holz. Ein Schaukelstuhl und ein Tisch neben dem Kamin bildeten den Rest der Einrichtung in dem einfachen Zimmer, aber Tabitha war nicht enttäuscht. Sie mochte die blaßgelben Wände, die hübschen Vorhänge und vor allem die Tatsache, daß es nur ein Bett gab und sie ihr Zimmer nicht, wie sie befürchtet hatte, mit Amelia teilen mußte.

Ihre Reisetasche war bereits ausgepackt worden, und Tabitha sah sich um, ratlos, was sie als nächstes tun sollte.

»Ihre Ladyschaft sagt, daß ich dich baden soll, und da hier keine Wanne ist, müssen wir in die Halle runter. Dort gibt es ein leeres Zimmer mit einer Wanne. Aber ich hole dir erst etwas zu essen. Hast du Hunger?«

»Ja, bitte.«

»Was möchtest du denn haben?« fragte Verity.

»Ich weiß nicht.« Tabitha sah die Magd unsicher an. »Was darf ich denn essen?«

Verity lachte. »Was du willst, denke ich. Da gibt es die Diener und die Familie. Du kannst sagen, was du haben möchtest.«

»Nun ...« Tabitha dachte gründlich nach. »Ich hätte gerne etwas Toast mit Butter. Oh, und einen von den kleinen Kuchen von vorhin.«

»Gut. Warte hier, während ich Bescheid sage und die Wanne fülle. Es dauert nicht lange.«

Als Tabitha allein war, sah sie sich erst einmal gründlich um. Sie öffnete jede Schublade am Ankleidetisch und sah, daß ihre Sachen ordentlich weggepackt worden waren. Dann trat sie ans Fenster. Doch das Fenster lag zu hoch für sie, als daß sie es hätte erreichen können, und so schob sie den kleinen Tisch darunter, nur um zu entdecken, daß es zu dunkel war, um draußen etwas sehen zu können. Enttäuscht kletterte sie wieder hinunter und setzte sich aufs Bett, um auf das Mädchen zu warten. Ihr wurde kalt, und sie fragte sich, ob man sie vergessen hatte, als das lächelnde Mädchen mit einem Tablett eintrat.

Verity machte sich im Zimmer zu schaffen, während Tabitha ihr Abendbrot aß, und sprach mit ihr.

»So, und wenn du jetzt fertig bist«, sagte sie schließlich, »kümmern wir uns um dein Bad.«

Kurz darauf saß Tabitha in einer Wanne mit heißem Wasser, und Verity hatte die Ärmel aufgerollt und schrubbte sie gründlich ab.

»Es ist schrecklich, was mit deiner Ma und deinem Pa passiert ist«, sagte das Mädchen. »Das hat uns allen hier sehr leid getan.« Ohne auf das Schweigen des kleinen Mädchens zu achten, fuhr Verity fort. »Das war natürlich vor meiner Zeit, aber die Diener, die sich an Master

Rupert erinnern, sagen, daß er der Beste von allen war. Und deine Ma – was für ein reizendes Mädchen. Sie sagen, du siehst genauso aus wie sie.«

Bei diesen Worten hob Tabitha ihre großen Augen zum Gesicht der Dienerin.

»Ja?« hauchte sie. »Wirklich?«

»Nun, ich habe sie selbst nie gesehen. Aber es muß wohl so sein. Lattersby, das ist der Butler, sagt, du seiest ihr wie aus dem Gesicht geschnitten, und er hat sie damals gekannt.«

Tabitha lächelte wehmütig, und dann rollten ihr zu Veritys Bestürzung Tränen über die Wangen.

»Oh, Miss! Ich wollte dich nicht aufregen, du armes Ding! Komm, ich trockne dich ab, und dann geht es ins Bett.« Sie wickelte Tabitha in ein großes Handtuch und trug sie in ihr Zimmer hoch, zog ihr ein Nachthemd über und deckte sie und die Puppe dann gut zu.

»Es wird schon alles gut werden«, tröstete sie Tabitha dabei. »Sie werden gut zu dir sein, und dann wirst du wieder fröhlich.« Verity drückte dem Kind die Hand, blies die Kerze aus und wandte sich zum Gehen. Verity Potter war ein freundliches Mädchen, und die Kleine tat ihr leid. Sie hätte gerne gewartet, bis Tabitha eingeschlafen war, aber sie wußte, daß sie unten gebraucht wurde. Die Herrin würde nicht wollen, daß sie hier oben trödelte. Also schlüpfte sie aus dem Zimmer und hoffte, daß die Kleine schnell einschlafen würde.

Doch Tabitha konnte nicht einschlafen. Sobald Verity weg war, schwappte eine gewaltige Welle der Einsamkeit über sie hinweg, und sie begann zu weinen. Sie weinte um ihren Vater und um ihre Mutter, vor allem aber um sich selbst, weil sie dazu verurteilt war, an diesem kalten, unfreundlichen Ort zu leben, zusammen mit ihren feindseligen Verwandten. Sie wußte, daß Amelia und Richard sie nicht mochten – sie konnte den Haß in Richards Augen sehen. Sie wußte, daß er vorhin nur aufgehört hatte, weil er Angst vor den Gästen gehabt hatte, und sie fürchtete sich vor dem, was er tun könnte, wenn er sie allein erwischte. Tabitha rollte sich im Bett zusammen, umklammerte ihre Puppe und schlief erschöpft ein.

2

Die Sonne schien heiß, selbst für Mitte Juli, und die Landschaft war satt und grün. Seit Wochen hatte keine Wolke den blauen Himmel getrübt, und die Temperatur stieg mit jedem Tag höher.

Tabitha lag auf dem Bauch und streckte die Hand aus, bis sie das Wasser gerade eben berühren konnte. Langsam ließ sie ihre Finger im Wasser hin und her gleiten und fragte: »Glaubst du, daß sie uns bis hierher folgen können?«

»Das ist mir egal«, erwiderte ihre Begleiterin sorglos, »denn ich lasse sie nicht mitmachen, wenn ich nicht will. In meinem Haus müssen sie mir gehorchen, und das hier ist unser Spiel.«

Lucy Rees lag ebenfalls lang ausgestreckt auf der kleinen hölzernen Brücke. Sie hatte die Ärmel aufgerollt und zupfte an einer Seerose, um sie näher an sich heranzuziehen, denn eine Libelle war darauf gelandet, und sie wollte sie genauer betrachten.

»Ich hoffe, daß morgen wieder die Sonne scheint«, murmelte Tabitha schläfrig. Sie hatte die Augen geschlossen und lag fast dösend da. »Es wird Unmengen von Erdbeeren geben, und Mrs. Glastonbury bereitet einen speziellen Punsch zu. Ich bin froh, daß du diesen Sommer nicht weg bist, Lucy«, fuhr Tabitha dann fort. »Ohne dich und Dominic wäre es nur halb soviel Spaß.«

»Nun, wenn du nicht auf Wroxley wärst, würde ich morgen nicht kommen wollen, Tabby, und das ist die

Wahrheit«, erwiderte Lucy gefühlvoll. »Amelia ist so eine Langweilerin, und oh! Sie ist weg.« Lucy schlug ärgerlich aufs Wasser.

»Was war das?« Tabitha saß jetzt hellwach da und spähte in das trübe Wasser.

»Eine Libelle.«

»Sieh doch, Lucy!« rief Tabitha aus. »Kaulquappen! Ich wünschte, wir hätten etwas, worin wir sie fangen könnten.«

Lucy setzte sich auf und zog Schuhe und Strümpfe aus. »Wenn wir im Flachen bleiben, können wir vielleicht ein paar mit der Hand fangen. Komm, Tabby!« rief sie ungeduldig, die Füße bereits im Wasser.

Doch Tabitha, notgedrungen vorsichtiger, zögerte. »Sollen wir wirklich? Was ist, wenn jemand kommt?«

Lucy sah auf. »Wen kümmert es, was sie denken?« fragte sie trotzig, viel zu geliebt und verwöhnt, um zu verstehen, was hinter der Sorge ihrer Freundin stand. »Komm schon, Tabby. Es lohnt sich, auch wenn wir hinterher ausgeschimpft werden.«

Tabitha wußte nur zu gut, was ihre Tante Montecue sagen würde, wenn sie sie mit bloßen Beinen im See erwischen würde, aber die Damen tranken auf der Terrasse der Abtei Tee, und die Aussicht auf das kühle Wasser war zu verlockend …

Mehr als zwei Jahre waren vergangen, seit Tabitha voller Kummer und Verwirrung im Haus ihrer Tante eingetroffen war, und seit jenem ag hatte sie keinen Grund gehabt, den ersten Eindruck, den sie von ihren Verwandten gehabt hatte, zu korrigieren. Ihre Tante Montecue hatte sich als genauso streng erwiesen, wie Tabitha es von Anfang an vermutet hatte. Streng, diszipliniert und ohne eine Spur Geduld für jedes Kind, das nicht ihres war, hatte sie Tabitha niemals auch nur einen Funken Wärme entgegengebracht. Tabitha hatte es gelernt, damit zu leben, und auch wenn sie sich zuweilen nach einer mütterlichen Frau in ihrem Leben sehnte, so hatte sie doch auch gelernt, daß sie, wenn sie ihrer Tante aus dem Wege ging – was nicht schwer war, denn Lady Montecue zeigte keinerlei Verlangen danach, ihre Nichte um sich zu haben – und wenn sie sich brav zeige, Ermahnungen und härteren Strafen entgehen konnte.

Nein, nicht ihre Tante war ihr Hauptproblem. Die Geißel ihres Lebens hier war Richard. Richard war boshaft und grausam, und sein Einfallsreichtum kannte keine Grenzen, wenn er ihr Harm zufügen konnte. Das Schulzimmer war noch sicher – unterband hier doch die Gegenwart der Gouvernante Miss Plumridge ärgere Streiche und Gemeinheiten –, aber sobald der Unterricht vorüber war, war Tabitha verletzlich.

Sie versuchte, Richard soviel wie möglich aus dem Weg zu gehen, blieb im Schulzimmer und las, während Miss Plumridge nähte oder Briefe schrieb. Aber wann immer Richard Tabitha unbewacht und ohne Erwachsene in der Nähe antraf, quälte er sie. Manchmal ragte er nur drohend über ihr auf und sprach davon, was er ihr alles antun wolle, und seine grausamen Worte ließen Tabitha zurückschrecken, als hätte er ihr wirklich Gewalt angetan. Dann wieder tat er ihr wirklich weh. Er packte ihr Haar und wand es sich um die Hand, bis ihr die Tränen in die Augen traten, oder er schubste sie und stieß sie zu Boden.

Tabitha hatte rasch gemerkt, daß Amelia ihr nicht helfen würde, denn sie zog sich sofort zurück, wenn sie Ärger ahnte, so daß Tabitha sich so gut sie konnte selbst verteidigen mußte. Immer wieder wurde Tabitha zu ihrer Tante gerufen, wo sie sich eine Predigt darüber anhören mußte, wie undankbar sie war, mit Frechheit die Güte zu vergelten, daß ihre Familie sie aufgenommen hatte. Auf diesen Vortrag folgten gewöhnlich zwei Schläge mit einer Ledergerte auf die Handfläche, und danach wurde Tabitha auf ihr Zimmer geschickt. Nein, es war besser, nicht von Richards Benehmen zu sprechen. Das machte die Dinge nur noch schwieriger.

Doch Tabithas Leben barg nicht nur Härte und Unterdrückung. Ihre Besuche auf Breckenbridge Abbey und ihre Freundschaft mit Lucy waren Balsam für ihre Wunden. Die junge Lady Lucy war witzig und offen, und Tabitha betete sie an. Und sie betete Dominic an.

Dominic war nur in den Ferien zu Hause, aber in seiner Gegenwart empfand Tabitha allergrößte Sicherheit. Denn Richard, das hatte Tabitha schnell gemerkt, hatte vor Dominic mehr Angst als vor irgend jemand sonst. Außerdem war alles, was ein sechs Jahre älterer Junge tat, für Tabitha interessant. Er hatte ihr beigebracht, wie man Vogelnester in den Hecken vor dem Haus fand, wie man fischte und Kaulquappen fing. Er hatte sogar erlaubt, daß Lucy und sie mit ihm Kricket spielten. Dieses Spiel mochte sie am wenigsten, denn insgeheim fürchtete sie den harten Ball, wenn er mit kräftigen Schlägen über den Boden befördert wurde, aber sie hätte noch ganz andere Dinge ertragen, wenn sie dafür in seiner Gesellschaft sein durfte. Und so wurde Tabitha, wann immer sich die Gelegenheit dazu ergab, Dominics Schatten.

Deshalb geschah es auch ohne das geringste Zögern, daß Tabitha Dominic heftig zuwinkte, als sie mit gehobenen Röcken bis zu den Knien im Wasser stand und er zwischen den Bäumen hervortrat.

»Was zum Teufel macht ihr da?« rief Dominic.

»Wir haben von der Brücke aus Kaulquappen gesehen«, erklärte Tabitha.

»Nun, ihr kommt besser mit. Alle suchen nach euch.«

»Noch nicht«, bat Lucy. »Wir haben noch gar keine gefangen.«

Ihr Bruder grinste. »Ihr schafft es höchstens, daß ihr sie alle verjagt. Wißt ihr denn gar nichts?«

»Kannst du uns nicht helfen, Dominic?« flehte Lucy gekonnt. »Bitte?«

Dominic dachte einen Moment nach, doch dann fiel sein Blick auf Tabitha.

»Heute nicht. Wie gesagt, sie suchen euch schon.«

Lucy öffnete den Mund, um zu widersprechen, aber Dominic hatte sehr entschieden geklungen, und sie wußte, daß es keinen Sinn hatte, darauf zu beharren. Gehorsam machten sich die Mädchen auf den Weg zum Ufer. Sie waren fast dort, als Lucy, die voranging, etwas im Wasser wirbeln sah und die Balance verlor. Lucy schlug um sich, griff instinktiv nach Tabithas Schulter und ging mit ihr zusammen zu Boden. Sie waren nur eine Sekunde unter Wasser, ehe sie prustend und spuckend erst auf die Knie und dann wieder auf die Füße kamen. Eher erschrocken denn verletzt begann Lucy zu weinen, und Tabitha schob rasch ihre Hand in die ihrer Freundin.

»Nicht, Lucy«, bat sie, »weine doch nicht.« Sie hatte Lucy noch nie zuvor aufgeregt erlebt, und der Anblick verstörte sie. »Sieh, dort ist Dominic, er wird dir helfen.«

Immer noch schluchzend ließ Lucy es zu, daß ihr Bruder sie hochhob und an Land trug.

»Sag mal! Was habt ihr denn angestellt?« durchschnitt da Richard Montecues Stimme die Stille. Er erschien mit den Händen in den Hosentaschen am Ufer und betrachtete die kleine Gruppe voller Schadenfreude.

Tabitha zuckte beim Klang seiner Stimme zusammen, was Dominic nicht entging, der Lucy absetzte und sich neben Tabitha kniete. »Geht es dir gut?«

Sie nickte.

»Gut. Keine Sorge, um Richard kümmere ich mich.

Geh mit Lucy und suche deine Schuhe, dann wartet auf mich.«

Richard trat einen Schritt auf sie zu. »Jetzt bekommst du aber Ärger, Dominic Rees. Solltest du nicht auf sie aufpassen?« Seine Stimme klang lässig, aber seine Augen verrieten seine Genugtuung. Es war immer riskant, Dominic zu reizen, was Richard sehr wohl wußte.

»Nein, ich kann mich nicht erinnern, daß man mich darum gebeten hat«, erwiderte Dominic kalt. »Aber gut, daß ich es getan habe, nicht wahr? Wer die Probleme haben wird, bist du, wenn du Ärger machst, verstanden?«

Richard wurde durch die Rückkehr der durchnäßten Mädchen einer Antwort enthoben. Lucys Tränen waren versiegt, und sie sah wieder fröhlich drein, aber Tabithas Augen, groß in ihrem blassen Gesicht, sprachen von einer anderen Stimmung, und Dominic empfand plötzlich Hilflosigkeit. Selbst wenn er Richard soweit brachte, das Mädchen in Ruhe zu lassen, würde es eine strenge Strafpredigt von ihrer unbeugsamen Tante ertragen müssen.

Und er hatte recht. Sobald sie an der Abtei eintrafen, wo die Damen auf der Terrasse Tee getrunken hatten, hob Lady Montecue beim Anblick ihrer Nichte entsetzt die Hände und befahl dem zitternden Kind, sofort in die Kutsche zu steigen.

Auf dem kurzen Weg nach Hause wurde kein Wort gesprochen, aber sobald sie im Haus waren, wandte Lady Montecue sich an ihre Nichte und sagte in ihrer kalten Art: »Ich will dich sofort in meinem Salon sehen.« Dann wandte sie sich an ihren Sohn und fuhr fort: »Da du wohl Zeuge dieses Debakels warst, sollst du auch kommen. Vielleicht kannst du mir sagen, was sich in Wahrheit abgespielt hat.«

Als Tabitha kurz darauf in nassen Kleidern vor ihre

Tante und Richard erschien, verließ sie auch der letzte Rest Mut.

»Nun, Miss, was hast du zu deiner Verteidigung zu sagen?« begann Lady Montecue.

Tabitha ertrug es nicht, die kalte Wut im Gesicht ihrer Tante zu sehen, und hob den Blick nicht vom Boden, während sie verzweifelt überlegte, was sie sagen sollte. Sie wußte, daß ihre Tante ihr das Waten im Wasser nicht erlaubt hätte, aber sie hatte gehofft, unentdeckt damit davonzukommen. Aber das wäre Verrat gewesen, und Verrat mußte bestraft werden. Das hatte Reverend Hall erst letzten Sonntag in seiner Predigt gesagt. Warum war nur alles verboten, was Spaß machte?

Lady Montecues scharfe Stimme unterbrach ihre Überlegungen. »Tabitha scheint nicht die Absicht zu haben, etwas zu erklären oder sich zu entschuldigen. Vielleicht kannst du mir eine Erklärung geben, Richard.«

»Ja, Ma'am. Tabitha und Lucy waren beide im Wasser. Tabitha muß Lucy hineingestoßen haben, denn sie hat geweint, und Dominic mußte ihr heraushelfen ...«

»Nein! So war es nicht!« stieß Tabitha hervor, als Richards Ungerechtigkeit ihr den Mut verlieh, für sich selber zu sprechen. »Sie – sie hat geweint, weil sie untergegangen ist. Wir sind beide untergegangen.«

»Aber du hast nicht geweint«, warf Richard ein. »Du hattest keine Angst. Du hast sehr zufrieden mit dir ausgesehen.«

»Nein! Das stimmt nicht!« Tabitha sah ihre Tante verzweifelt an. »Es tut mir leid, Tante Montecue. Wir sind nur gewatet, und ich weiß, daß ich das nicht hätte tun dürfen, aber ich wollte nicht hineinfallen – es war ein Versehen.«

»Ich denke, ich habe genug gehört«, entgegnete Lady Montecue schließlich. »Da ich dich kenne, hätte ich etwas Derartiges erwarten können. Ich hätte dir nie erlauben dürfen, auf Beckenbridge herumzustreifen und Lucy zu verderben. Ich bin selbst schuld, aber du hast uns nicht nur vor den Augen der Countess blamiert, sondern mich auch vor einer Freundin beschämt. Ich hoffe um deinet- und um Lucys willen, daß sie dadurch nicht krank wird. Wenn man naß wird, kann man sich sehr leicht erkälten. Wir können nur beten, daß das nicht geschieht.« Sie schwieg und wandte sich dann an ihren Sohn. »Du kannst jetzt gehen, Richard.«

Als sich die Tür hinter ihm geschlossen hatte, ergriff sie die Lederpeitsche und sah Tabitha an. »Streck die Hand aus.«

Tabitha gehorchte nur mit leichtem Zögern, denn sie wußte, daß die Folgen noch viel schlimmer waren, wenn sie sich weigerte zu tun, was ihre Tante von ihr verlangte. Dann schloß sie die Augen und wappnete sich gegen den Schmerz, den ihre Tante ihr gleich zufügen würde.

3

Tabithas und Lucys Hoffnungen erfüllten sich, als die Sonne am nächsten Tag genauso herrlich schien wie am Vortag. Auf Wroxley waren die Diener seit Sonnenaufgang auf den Beinen, um die Gartenparty vorzubereiten. Das Herrenhaus summte vor Betriebsamkeit, als Bestecke und Gläser poliert, Möbel gewachst und Teppiche geklopft wurden. Im Garten wurden die Blumen gegossen, der Rasen geschnitten und Tische unter der großen Eiche bereitgestellt, deren ausladende Äste für willkommenen Schatten in der Sommerhitze sorgten. Mittags war alles fertig, und die ersten Gäste trafen nach und nach ein.

Tabitha stand am Fenster und sah zu, wie die Kutschen eintrafen und ihre prächtig gekleideten Fahrgäste ausstiegen. Fasziniert betrachtete sie die Damen mit ihren seidenen Kleidern und Federhüten, bis sie im Haus verschwanden. Dann konnte Tabitha nichts mehr sehen, denn der Picknickplatz lag auf der Südseite des Hauses, die Tabitha von ihrem Zimmer aus nicht sehen konnte. Sie mußte auf die nächsten Gäste warten.

Als Tabitha die Kutsche der Rees erkannte, preßte sie ihr Gesicht an die Fensterscheibe, um keine Sekunde lang ihren Anblick zu verpassen. Lucy war als erste zu sehen, wie sie in ihrer üblichen Lebendigkeit die letzte Stufe der Kutsche herunterhüpfte. Als Tabitha sie sah, atmete sie erleichtert auf. Die Episode unter Wasser hatte sie eindeutig ohne Erkältung zurückgelassen. Hinter ihr erschien Lady Huntleigh, gefolgt von Dominic, und Tabitha dachte nicht zum erstenmal, welches Glück Lucy doch hatte, einen Bruder wie Dominic zu besitzen. Nicht daß sie neidisch auf Lucy gewesen wäre, wie auch, wenn sie sie doch so sehr liebte? Tabitha sah zu, wie sie die Treppe zum Haus hochstieg, und ihr Herz folgte ihnen mit schmerzlicher Sehnsucht, bis sie sie nicht mehr sehen konnte. Dann merkte Tabitha, daß ihre Wangen naß vor Tränen waren, und sie machte sich auf die Suche nach einem Taschentuch.

Draußen hatten die Diener alle Hände voll damit zu tun, Gläser und Becher durstiger Gäste aufzufüllen und Stapel von Tellern und Schüsseln den langen Weg bis zur Küche und wieder hinaus in den Garten zu tragen. Der Tisch unter der Eiche war mit köstlichem Braten, Broten, Kuchen, Früchten, Konfekt und Erdbeeren gedeckt, neben denen frische Schlagsahne wartete. Minerva Montecue erwartete viel von ihren Angestellten, aber heute hatten sie ihre Erwartungen erfüllt, und voller Zufriedenheit beobachtete die Dame des Hauses ihre Gäste auf dem Rasen und der Terrasse, denen die Party offenbar gefiel.

»Ein großer Erfolg, Minerva.«

Sie wandte sich um und sah Lady Huntleigh neben sich stehen.

»Ja, ich glaube auch«, lächelte Lady Montecue. »Natürlich haben wir Glück mit dem Wetter. Ich weiß nicht, was wir getan hätten, wenn es geregnet hätte.«

»Es ist ein wunderbarer Tag«, stimmte die Countess zu. »Wir haben lange keinen so schönen Juli gehabt. Bei der Hitze werden deine Gäste eine Menge Champagner trinken, und ich hoffe –«, setzte sie lachend hinzu, »– daß die Kinder nicht in Versuchung geraten, von der Bowle zu probieren.« Dann senkte sie die Stimme und gestand: »Ich habe Hugo neulich dabei überrascht, wie er Dominic ein Glas Brandy erlaubt hat. Habe ich mit den beiden geschimpft!« Trotz der Klage funkelten die Augen der Countess vor Belustigung.

»Wie geht es Hugo?« fragte Lady Montecue ernst, denn der Earl of Huntleigh litt seit einigen Jahren an einer mysteriösen Krankheit, die ihn zuzeiten sehr einschränkte.

»Oh, mal so, mal so, wie immer«, erwiderte die Countess ruhig. »Heute geht es ihm nicht so gut, sonst wäre er mit uns gekommen.«

»Apropos«, wechselte sie dann das Thema, das stets schmerzlich für sie war, »ich habe Tabitha noch gar nicht gesehen. Ich hoffe, sie ist nach dem unfreiwilligen Bad gestern nicht erkrankt? Dominic hat mir erzählt, was passiert ist, und Lucy hätte sie nicht überreden dürfen. Ich hoffe, sie hat sich nicht erkältet?«

»Nein«, erwiderte Lady Montecue kurz, »das ist sie nicht.« Dann winkte sie eine junge Dame herbei und stellte sie der Countess vor, ehe sie sich entschuldigte.

Doch Lady Huntleigh war nicht die einzige, der Tabithas Abwesenheit auffiel. Gleich bei ihrer Ankunft hatte Lucy vergebens nach ihrer Freundin gesucht. Sie lief zu Amelia und fragte sie, wo Tabitha denn steckte.

»In ihrem Zimmer«, erklärte Amelia zufrieden. »Sie darf nicht nach unten kommen.«

»Warum nicht?« fragte Lucy erstaunt. »Ist sie krank?«

»Ja«, erwiderte Amelia, »und sie darf nicht zur Party, hat Mama gesagt.«

Lucys nächster Gesprächspartner war ihr Bruder, den sie schließlich unter einem der Bäume ausmachte, wo er an einen Stamm gelehnt saß und eine große Schüssel Erdbeeren aß.

»Na, kleine Schwester?« begrüßte er sie, bevor sie etwas sagen konnte. »Ich sehe an deinem Gesicht, daß du etwas von mir willst. Du kannst dir selber ein paar Erdbeeren holen, wenn es das ist, was du willst.«

»Nein, nein«, wehrte Lucy ungeduldig ab, »ich will nicht deine dummen Erdbeeren, ich will, daß du mit mir nach oben kommst.«

»Warum? Was führst du jetzt wieder im Schilde?« fragte ihr Bruder wenig hilfreich.

»Ich will Tabby sehen. Sie ist krank, und ich will sie aufheitern.«

»Sie ist krank?«

»Nun, das muß so sein. Amelia sagt, daß sie nicht rauskommen darf. Ich will sie sehen.«

Dominic betrachtete das Gesicht seiner kleinen Schwester genau. Er konnte sich sehr gut denken, was Lady Montecue davon hielt, wenn sie Tabitha oben besuchten, aber die Ansicht der Dame interessierte ihn nicht besonders, außerdem war sie mit ihren Gästen beschäftigt …

»Weißt du, wo ihr Zimmer ist?«

»Ja.« Lucy nickte und sah Dominic hoffnungsvoll an.

»Na gut, im komme mit. Aber es muß unser Geheimnis bleiben, verstanden? Lady Montecue würde das nicht gefallen, und wenn Tabby krank ist, könnte sie uns anstecken, und das würde Mutter auch nicht gefallen, also darfst du nichts sagen.«

»Ich verspreche es«, erwiderte Lucy ernst und genoß die Aussicht auf ein Geheimnis mit ihrem Bruder.

Lucy führte Dominic zu einer wenig benutzten Hintertreppe und führte ihn hoch, bis sie vor Tabithas Zimmertür standen. Lucy drückte die Klinke, während Dominic im Flur Wache stand. Aber die Tür ging nicht auf, und Lucy klopfte und rief: »Tabby – bist du da drin? Mach auf, ich bin es, Lucy.«

»Ich kann nicht«, kam schließlich gedämpft eine Antwort. »Es ist abgeschlossen.«

Dominic trat herzu und sah den Schlüssel im Schloß. Er drehte ihn um und öffnete, und Tabitha stand vor ihnen.

»Warum hat man dich eingeschlossen?« fragte Lucy mit großen Augen, denn sie hatte noch nie erlebt, daß jemand eingeschlossen wurde.

»Bist du krank?«

»Nein«, erwiderte Tabitha ruhig.

»Gut!« Impulsiv trat Lucy vor und umarmte ihre Freundin. »Kannst du mit runterkommen? Unten ist nur Amelia zum Spielen, und das macht keinen Spaß.«

»Nein.« Tabitha schüttelte traurig den Kopf und trat einen Schritt zurück. »Ich darf nicht. Ich soll hier oben bleiben.«

»Wer hat dich eingeschlossen?« fragte Dominic. »Deine Tante?«

Tabitha nickte, und Dominic sah sie stirnrunzelnd an, denn er wußte, was das bedeutete, zumal er kurz ihre Hände gesehen hatte, als Lucy sie umarmt hatte.

»Warum hat sie das gemacht?« fragte Lucy wieder. »Warum läßt sie dich nicht raus?«

Dominic griff ein, ehe Tabitha antworten konnte. »Ich denke, du solltest jetzt gehen, Lucy. Lady Montecue würde es nicht wollen, und du willst Tabby doch nicht in Schwierigkeiten bringen, oder?«

»Nein.« Lucys Augen waren rund vor Neugier. »Aber …«

»Geh schon runter, ich komme gleich nach. Ich will kurz mit Tabby sprechen.«

»Warum kann ich das nicht auch?« beharrte Lucy.

»Weil es nicht geht«, erwiderte Dominic fest. »Geh jetzt, sonst werde ich wütend.«

»Oh, na gut«, schmollte Lucy. »Aber ich sehe es nicht ein, schließlich ist Tabitha meine Freundin.«

Dominic öffnete die Tür, schob seine Schwester sanft auf den Flur und sagte: »Warte nicht auf mich. Ich komme auch gleich. Und Lucy – Tabby ist auch meine Freundin, vergiß das nicht.«

Dann schloß er die Tür und trat auf Tabitha zu. »Zeig mir deine Hände.«

Sie schüttelte den Kopf und verbarg sie rasch auf dem Rücken.

»Zeig sie mir, Tabby«, verlangte Dominic, ergriff ihre Handgelenke und zog ihre Hände nach vorne. Zum erstenmal fluchte er vor einer Frau. »Himmel! Hat diese Frau das mit dir gemacht?«

Tabitha nickte unglücklich, und Dominic betrachtete entsetzt ihre blutigen und geschwollenen Handflächen.

»Warum? Warum hat sie das gemacht?« Dominic zwang sich zur Ruhe.

»Wegen gestern. Weil ich ins Wasser gegangen bin.«

»Aber du hast doch nichts Falsches gemacht. Nichts!«

»Doch«, erwiderte Tabitha leise. »Ich wußte, daß ich es nicht darf, und bin trotzdem hineingegangen.« Sie ließ den Kopf hängen. »Das war falsch.«

»Nein!« rief Dominic heftig. »Laß nicht zu, daß sie dich überzeugt, du hättest dich falsch verhalten. Ich habe gesehen, was passiert ist. Wenn jemand schuld hat, dann Lucy, und Mutter hat sie natürlich nicht bestraft.«

Dominic ließ Tabithas Hände los. Der Anblick hatte ihn entsetzt. Diese Frau war grausam und ein Ungeheuer, das er haßte, aber was sollte er tun? Wenn er hierblieb, half das Tabitha nicht, es machte die Dinge nur noch schlimmer für sie. Dennoch zögerte er, sie wieder allein zu lassen.

Dominic betrachtete ihr blasses Gesicht und überlegte, wie jung sie doch aussah. Sie war so alt wie Lucy, wirkte aber viel dünner und schmaler, als wenn sie nicht genug zu essen bekäme. Konnte Lady Montecue soweit gehen, daß sie ihr nicht genug zu essen gab? Und schon fragte er: »Hast du Hunger, Tabby? Hat dir jemand etwas zu essen gebracht?«

»Ja«, nickte Tabby. »Verity bringt mir immer etwas.«

»Gut.« Dominic zwang sich zu einem Lächeln. »Ich

muß jetzt gehen, aber denk daran, Lucy und ich sind immer deine Freunde.«

Tabitha nickte und sah ihm schweigend nach, als er zur Tür ging. Als Dominic noch einmal über die Schulter sah, stand sie immer noch ganz still da. Dann schloß er ab, denn er wußte, daß er das tun mußte.

»Mutter, ich will nach Hause. Jetzt.«

Lady Huntleigh sah in die klaren grauen Augen ihres Sohnes, die mittlerweile auf ihrer Höhe waren, und runzelte die Stirn.

»Was ist los?« fragte sie. »Und wo ist Lucy?«

»Ich will einfach nur gehen. Geht das?«

»Wir können nicht so früh gehen, ohne es zu erklären«, erwiderte seine Mutter mit einem ungeduldigen Unterton. »Das wäre eine Beleidigung, wie du sehr gut weißt. Tatsächlich würde ich selber gerne eine Erklärung haben.«

»Sag ihnen, daß Lucy zu viele Erdbeeren gegessen hat«, erwiderte Dominic. Als er den Schreck in den Augen seiner Mutter erkannte, setzte er hinzu: »Sie sitzt hinter dir auf den Terrassenstufen.«

Lady Huntleigh drehte sich um und sah ihre Tochter mit einem Gesicht dasitzen, das eher betrübt als krank aussah.

Sie wandte sich wieder an ihren Sohn. »Ich nehme an, du hast dich wieder mit Richard gezankt«, sagte sie scharf. »Nun, ich fürchte, Dominic, du wirst die Folgen tragen müssen. Wenn du das nächstemal eingeladen bist, möchte ich dich bitten, nicht mit den Kindern des Hauses zu streiten.«

»Aber das habe ich nicht, Mutter. Ich habe gar nicht mit Richard gesprochen. Ich habe sogar den Verdacht, daß er mir aus dem Weg geht.«

»Was ist es dann?«

Dominic sah beiseite. Er wünschte, er hätte das Thema nicht aufgebracht. Er wollte seiner Mutter nichts sagen, aber anlügen konnte er sie auch nicht.

»Du hast recht«, sagte er schließlich, »wahrscheinlich wäre es unhöflich, so früh zu gehen.« Damit verschwand er im Garten. Er spielte mit dem Gedanken, Richard zu suchen und ihm eine Lektion zu erteilen, aber nach einigen Nachdenken entschied er sich dagegen, denn das würde nur eine Tatsache aus der Sorge seiner Mutter machen, daß sie sich gestritten hätten.

Dominic wußte sehr gut über Richards gemeine Seite Bescheid, und auch wenn es für Richard ein leichtes gewesen wäre, Tabithas Mißgeschick am Fluß gestern zu erklären, würde er nichts getan haben, um seiner Kusine ihr Schicksal zu erleichtern. Wahrscheinlich hatte er eher alles versucht, um es Tabitha so schwer wie möglich zu machen.

Als die drei Rees-Gäste später in ihrer Kutsche davonfuhren, kochte Dominic immer noch innerlich. Sein Gesicht verriet seine Gefühle, und Lady Huntleigh betrachtete erst ihn, dann ihre Tochter mit Mißtrauen. »Das reicht, ihr beiden«, erklärte sie schließlich. »Ich will wissen, was passiert ist.«

»Tabby war unglücklich, Mama«, verriet Lucy jetzt, die nicht länger schweigen konnte. Ihr Bruder sah sie finster an, aber jetzt war es zu spät. Die Countess beugte sich zu ihrer Tochter vor, um mehr zu erfahren.

»Was stimmt denn nicht mit Tabitha?«

Lucy fing einen Blick ihres Bruders auf und wandte sich ab, um aus der Kutsche zu sehen.

»Sag es mir, Lucy«, verlangte Pamela Rees in einem Ton, der keinen Widerspruch duldete.

Sie warf ihrem Bruder einen hilflosen Blick zu und sagte: »Sie war in ihrem Zimmer. Lady Montecue hat sie eingeschlossen.«

»Ich verstehe. Und wie hast du das herausgefunden?«

»Amelia hat es mir gesagt. Sie sagte, Tabitha wäre krank, aber das war eine Lüge. Wir sind nach oben gegangen, um sie zu sehen.«

»Dominic?«

»Das stimmt, aber jetzt ist nicht der richtige Zeitpunkt, um darüber zu reden.« Er warf seiner Mutter einen warnenden Blick zu, der sie bewog, das Thema fallenzulassen, bis sie zu Hause waren. Dort rannte Lucy die Treppe hinauf, während die Countess ihren Sohn in den Salon führte und die Tür schloß.

»Gut, Dominic, jetzt sprich. Habt Lucy und du euch wirklich so schlecht benommen, daß ihr nach oben gegangen seid?«

»Ja.«

Lady Huntleigh lehnte an einem Sessel und betrachtete sorgfältig ihre Hände, ehe sie ihren Sohn ansah. »Ich weiß, daß Lady Montecue streng mit Tabitha ist, aber sie ist nicht das erste Kind, das zur Strafe auf ihr Zimmer geschickt wird. Es war unrecht von dir, Lucy hochzubringen.«

»Ich weiß. Aber Tabitha war verletzt, Mutter. Ihre Tante hat ihr die Hände ausgepeitscht. Du hättest sie sehen sollen, beide Handflächen waren wund. So etwas habe ich noch nie gesehen, nicht einmal in der Schule.«

Die Herzogin seufzte. »Hat Lucy das gesehen?«

»Nein. Ich habe sie rausgeschickt, sobald ich wußte, was los war.«

»Das war klug von dir.«

Dominic sah seine Mutter an, überrascht, daß sie kein Zeichen der Wut zeigte, die er empfand. Sie schien mehr um Lucy besorgt als um Tabithas Leiden, und das bewog ihn, das Thema noch nicht fallenzulassen. »Weißt du, was sie getan hat, um eine solche Strafe zu verdienen, Mutter? Es war, weil sie ins Wasser gewatet ist. Weil sie an einem heißen Tag Schuhe und Strümpfe ausgezogen hat. Und ich kann nicht verstehen, warum du nicht entsetzt bist«, sagte er dann lauter. »Ich dachte, du magst Tabitha.«

Lady Huntleigh sah ihren Sohn an und erkannte mit einem Zusammenzucken, daß er kein Kind mehr war, sondern ein junger Mann. Seine grauen Augen blickten stürmisch, und sein Gesichtsausdruck erschreckte sie. Es dauerte einen Moment, bis sie ihm antworten konnte, und dann achtete sie sorgfältig auf ihre Worte.

»Ich empfinde wie du, Dominic, die Strafe war ungerechtfertigt hart, aber wir können nichts tun. Ich habe schon lange den Verdacht, daß das Kind dort leidet, aber die Gesetze unseres Landes verbieten Lady Montecues Verhalten nicht, und bis auf Mord darf sie so gut wie alles mit dem Kind machen. Alles, was wir für Tabitha tun können, ist, ihr gute Freunde zu sein und nichts zu tun, was der Autorität ihrer Tante widersprechen könnte.«

»Ja, Mutter, aber ...«

»Du mußt wissen, daß jede Einmischung unsererseits die Sache für Tabitha nur schlimmer machen würde. Wenn du heute nachmittag beispielsweise in ihrem Zimmer überrascht worden wärest, wer, meinst du, hätte dann die Schuld dafür bekommen?«

»Ich weiß. Ich habe aufgepaßt.«

»Deine Sorge ehrt dich, Dominic, aber ich will keine Einmischung haben, verstanden?«

»Ja, Mutter.«

»Dann ist das Thema erledigt. Du kannst gehen.«

Kaum hatte sich die Tür hinter ihm geschlossen, öffnete sie sich wieder, und der Earl of Huntleigh trat ein. Er hielt sich nicht mehr so aufrecht wie einst und stützte sich auf einen Stock, als er hereinkam.

»Was war los?« wollte er wissen. »Dominic sah aus, als wäre er mächtig wütend, und du, meine Liebe, siehst erregt aus. Sag mir nicht, daß ihr zwei euch gestritten habt.«

»Nein, Hugo. Nie.« Pamela lächelte ihren Mann tröstend an, denn sie wollte ihn nicht beunruhigen. »Er wird nur so schnell erwachsen – schneller, als wir gemerkt haben.«

4

Für den Rest des Sommers hatte Dominic keine Gelegenheit mehr, Tabitha zu sprechen, denn er sah sie nur noch kurz. Er wollte sie fragen, ob es ihr gutging und ob Richard sie in Ruhe ließ, aber es ergab sich nie eine Gelegenheit. Dann kam der September, und Dominic kehrte zur Schule zurück. Vertieft in die Angelegenheiten dort, verblaßte der Sommer in seiner Erinnerung.

Gleichzeitig mit Dominic Abreise erhielt Tabitha die beste Nachricht seit langem – Richard ging weg auf ein Internat. Seine Abwesenheit für Wochen und Jahre gab ihr den nötigen Freiraum, nach dem sie sich so sehnte. Wenn ihr Bruder nicht da war, wurde Amelia zugänglicher, und im großen und ganzen kamen die beiden Mädchen gut miteinander zurecht.

Aus Tagen wurden Wochen, und als es draußen kälter wurde, zählten sie schließlich die Tage, bis Richard für die Weihnachtsferien nach Hause kam. Daß der gesamte Haushalt seine Abwesenheit genossen hatte, war spürbar, dachte Tabitha, auch wenn seine Mutter sich darauf freute, ihn wiederzusehen.

Mit bangem Herzen erhob sich Tabitha an dem Morgen, an dem seine Rückkehr erwartet wurde. Rasch schlüpfte sie in ihre Wollstrümpfe und das Kleid, aber dennoch zitterte sie vor Kälte, denn um diese Zeit wärmte noch kein Sonnenstrahl ihr Zimmer. Tabitha zeichnete ein Muster auf die Scheibe. Vielleicht war Richard viel zu aufgeregt über sein Nachhausekommen, um von ihr Notiz zu nehmen. Wenn sie sich ganz still verhielt, würde er vielleicht gar nicht an sie denken.

Deshalb hielt Tabitha sich auch gut im Hintergrund, als die Familie und die Dienstboten sich auf der Treppe versammelten, um den jungen Herrn zu Hause willkommen zu heißen. Zu ihrer großen Erleichterung kam und ging der große Moment, ohne daß Richard sie auch nur einmal angesehen hätte, und rasch schlüpfte sie davon. Tabitha lief nach oben, um sich Mütze und Handschuhe zu holen und in die frische Morgenluft zu entkommen. Jeder war viel zu beschäftigt, um sich um sie zu kümmern, und sie wollte zum See spazieren, um zu sehen, ob er schon zugefroren war.

Am Morgen hatte es ein wenig geschneit, und die Landschaft lag wundervoll vor ihr. Tabitha lief schnell, um die Kälte fernzuhalten, und schon bald gelangte sie an den See, der an der Grenze des Montecue-Landes zu dem der Rees lag. Als Tabitha sah, daß der See in der Tat gefroren war, lachte sie laut vor Entzücken und begann, Hände voller Schnee zu sammeln, um Schneebälle über die glatte Oberfläche zu werfen.

Sie war so vertieft in ihre Beschäftigung, daß sie die Pferde erst hörte, als sie schon ganz nahe waren. Sie fuhr herum.

»Tabby!« quietschte die Kleinere der Reiter.

»Lucy!« entgegnete Tabitha ähnlich begeistert, und ihr Gesicht erstrahlte. »Oh, Lucy, was suchst du denn hier draußen?« fragte sie aufgeregt, und ihr Atem stieg als weißes Wölkchen in die klare Luft.

»Wir wollten einmal um den See herumreiten, aber ich dachte nicht, daß wir dich hier treffen«, erklärte Lucy. »Oh, Dominic, hilf mir herunter.«

»Hallo, Tabby.« Dominic lächelte seiner kleinen Freundin zu und saß ab. Ihr Gesicht und die Hände waren rosa von der Kälte, und Tabithas Kleider waren mit einer dünnen Schneeschicht bedeckt. »Du siehst aus wie ein kleiner Schneemann. Was hattest du denn vor?«

»Sehe ich das? Du auch gleich«, kicherte Tabitha und warf eine Handvoll Schnee nach Dominic. Doch der war zu schnell für sie, hob sie hoch und schwang sie im Kreis, bis sie quietschend die nächste Ladung fallen ließ.

»Bewirf Lucy damit, du Göre, aber nicht mich. Ich bin viel zu erwachsen für eine Schneeballschlacht.«

»Dominic!« verlangte Lucy laut. »Laß mich nicht einfach so hier sitzen.«

Dominic wandte sich zu seiner Schwester um und sah sie mißbilligend an.

»Wenn du deine Bitte etwas höflicher formulieren könntest, würde ich ihr auch eher nachkommen«, schalt er und trat aber heran, um sie vom Pferd zu heben.

»Tut mir leid«, erklärte Lucy ohne Reue und kletterte zu Tabitha herunter, um mir ihr die Eisfläche mit Schneebällen zu bombardieren.

Dominic band die Pferde an einen Baum und beobachtete die beiden Mädchen. Er bezweifelte, daß Tabitha alleine so weit weggehen durfte und nahm an, daß sie für eine Weile entkommen war – eine Weile unerlaubter Freiheit. Gut für sie, aber ihre Kleider waren für die Kälte kaum angemessen, auch wenn sie nicht verfroren aussah – tatsächlich sah sie genauso gesund und rosig aus wie seine Schwester –, aber er mußte dem ein Ende bereiten, ehe sie fror oder jemand sie suchen kam.

»Ihr seid hoffnungslos schlechte Werfer«, lachte er und ging zu ihnen. »Ihr braucht eindeutig Unterweisung.«

»Sei nicht so gräßlich, Dominic«, fauchte Lucy. »Du kannst nur weiter werfen, weil du größer bist, und das ist nicht fair. Außerdem«, setzte sie achtlos hinzu, »brauche ich deine Unterweisung nicht. Ich kann schon weiter werfen als Tabby.«

»Kannst du es mir beibringen, Dominic? Bitte?« Tabitha sah mit einer Handvoll Schnee hoffnungsvoll zu ihm auf.

»Vernünftiges Mädchen«, lobte er grinsend und setzte dann ruhig hinzu: »Ich zeige dir, wie du Lucy besiegst. Beuge den Arm so und benutze auch die Schulter. Sieh mal.« Er formte einen Schneeball und warf ihn weit hinaus auf die Eisfläche.

Tabitha sah bewundernd zu und wandte sich dann zu Dominic um. »Das könnte ich nie.«

»Mag sein, aber ich bin ja auch größer als du. Versuch es mal, und denk daran, den Arm zu beugen.«

Mit ernstem Gesicht folgte Tabitha seinen Anweisungen und lachte entzückt, als der Erfolgt sie bestätigte.

»Mir auch, zeig es mir auch!« bettelte Lucy.

»Jetzt nicht, wir müssen gehen. Beim nächstenmal vielleicht.«

»Ihr geht schon?« fragte Tabitha, und all ihre Fröhlichkeit schwand im Nu.

»Ja«, erwiderte Dominic, »und das wirst du auch tun. Willst du auf meinem Pferd bis zum Home Wood reiten?«

»O ja!« Sofort strahlte Tabithas Gesicht wieder auf.

»Dann komm.«

Dominic hob Lucy auf ihr Pony, stieg auf sein Pferd und hob dann Tabitha zu sich in den Sattel. Tabitha hatte noch nie auf einem Pferd gesessen und keuchte erschrocken auf, als der Boden plötzlich wo seit weg war.

Dominic lachte und schlang ihr den Arm um die Taille. »Keine Angst, ich lasse dich schon nicht herunterfallen.«

»Ich habe keine Angst«, erwiderte Tabitha schnell. Um es zu beweisen, wandte sie sich um und lächelte Dominic an.

»Dann ist dir kalt, denn du zitterst.« Er berührte kurz

ihre Wange. »Dir ist kalt, du Dummkopf. Du hättest viel eher nach Hause gehen sollen.«

Viel zu schnell erreichten sie die Stelle, wo das Herrenhaus in Sicht kam und Tabithas Ritt endete.

»Versprich mir, daß du sofort reinrennst«, verlangte Dominic und ließ Tabitha herunter.

»Ich verspreche es. Tschüs, Lucy. Tschüs, Dominic!« Mit einem Winken verschwand Tabitha in Richtung Haus.

Dominic hatte recht, ihr war sehr kalt, und mit zitternden Fingern hob Tabitha den Riegel zur Küchentür. Es war am sichersten, das Haus so zu betreten, denn sie wußte, daß sie zerzaust aussah. Leise schlich sie zu ihrem Zimmer hoch, um Ärger zu vermeiden.

Oben streifte sie die nassen Sachen ab und kleidete sich mit steifen Fingern neu an. Aber es hatte sich gelohnt. Nicht nur hatte sie Lucy und Dominic getroffen, sie hatte auch auf seinem Pferd reiten dürfen, was ein so großes Erlebnis war, daß es den Tag für sie rettete. Rasch rubbelte Tabitha sich die dunklen Haare trocken, flocht sie zu einem Zopf und ging nach einem letzten Blick in den Spiegel nach unten.

Die Wanduhr schlug, und Tabitha dachte, was für ein Glück es war, daß sie zum Essen rechtzeitig zurückgekommen war. Rasch ging sie zum Eßzimmer, denn jede Verspätung wäre eine unverzeihliche Sünde, besonders heute, da Richard zurückgekommen war.

Sie trat als letzte ein, aber noch rechtzeitig, und das Essen verlief angenehm, weil niemand auf sie achtete, was Tabitha ungleich lieber war, als bemerkt zu werden. Sie hielt den Blick die ganze Zeit gesenkt, um nichts von ihrer Freude über das morgendliche Abenteuer zu verraten. Es war schwer, gelassen auszusehen, wenn man vor Glück fast barst.

Ab und zu betrachtete Tabitha Richard und sah, daß er sich wenig verändert hatte. Er war vielleicht etwas größer geworden, aber bestimmt nicht dünner. Die Jungen an seiner Schule bekamen eindeutig reichlich zu essen. Auch sonst war er ganz der alte, redete das ganze Essen über und genoß die hingerissene Bewunderung seiner Mutter und Schwester.

Nach dem Essen schlüpfte Tabitha nach oben, in der Hoffnung, Miss Plumridge im Schulzimmer zu finden. Die Gouvernante war noch am ehesten eine Verbündete Tabithas in diesem Haus, aber leider hatte die alte Jungfer keine Macht.

Als Tabitha ins Schulzimmer trat, wurde sie enttäuscht. Von Miss Plumridge war nichts zu sehen. Doch ein Feuer brannte im Kamin, und sie entschied, ein Weilchen hierzubleiben. Tabitha trat an den Schreibtisch und nahm sich Papier und ein paar Stifte. Sie würde den Morewells einen Brief schreiben.

Tabitha schrieb oft an den Reverend und seine Frau in Devizes, und sie antworteten immer. Es tröstete Tabitha ungemein, mit dem Ehepaar, das ihre Eltern gekannt hatte, in Kontakt zu bleiben, und jeder Brief an sie war mit Bildern und Zeichnungen von Tieren und Blumen verziert. Tabitha wußte sehr wohl, daß ihre Tante ihre Briefe las, ehe sie sie zur Post gab, und so wählte sie ihre Worte mit Bedacht.

Doch ihre Einsamkeit sollte an diesem Tag nicht von langer Dauer sein. Kaum eine halbe Stunde verging, dann öffnete sich die Tür, und Richard erschien. Er schloß die Tür hinter sich und trat zwei Schritte auf Tabitha zu.

»Dachte ich mir doch, daß ich dich hier finde, wo du dich wie immer bei Miss Plumridge einschmeichelst. Nun, das wird dir nichts nützen, denn sie hat mir nichts mehr zu sagen.«

Er lächelte, zumindest glaubte Tabitha, daß es ein Lächeln sein sollte, auch wenn sie sein Gesicht abstoßend fand, und sorgsam drehte sie ihr Blatt Papier um, ehe sie sich sehr aufrecht hinsetzte und versuchte, gegen die Furcht anzukämpfen, die er immer in ihr weckte.

»Was machst du?« wollte Richard wissen.

»Ich schreibe einen Brief«, erwiderte Tabitha ruhig.

»Gib ihn mir«, befahl er.

Tabitha zögerte und hätte sich ihm zu gerne widersetzt, wagte es jedoch nicht. Richard sah ihr Zögern, trat vor und entriß ihr das Blatt. Er überflog den Brief und las dann laut und sarkastisch vor: »Lieber Reverend und Mrs. Morewell, ich hoffe, daß es Ihnen gutgeht. Mir geht es sehr gut, auch wenn es in letzter Zeit sehr kalt ist. Mögen Sie Katzen? Eine der Katzen in der Scheune hat letzte Woche Junge bekommen ...«

Hier hatte Tabitha begonnen, ein Bild von spielenden Kätzchen zu malen, und Richard deutete darauf und lachte laut. »Glaubst du wirklich, daß diese Leute an deinen dümmlichen Schilderungen und schlechten Bildern interessiert sind?«

Tabitha sprang auf und rief: »Das sind sie! Sie mögen es, wenn ich ihnen schreibe.« Sie unternahm einen vergeblichen Versuch, ihren Brief wieder an sich zu bringen, aber Richard hielt ihn absichtlich so, daß er gerade außerhalb ihrer Reichweite blieb.

»Ich muß sagen, lieber Reverend«, ahmte Richard eine hohe Frauenstimme nach, »ich kann nicht noch einen langweiligen Brief von diesem Gör ertragen! Wirf ihn ins Feuer.«

»Nein!« rief Tabitha. »Nicht.« Aber es war zu spät. Er zerknüllte den Brief bereits und warf ihn achtlos in den Kamin.

Tabitha fiel auf die Knie und griff danach – ein dummes Verhalten, denn es war nur ein Brief, noch dazu einer, der erst zur Hälfte geschrieben war, aber Tabitha wurde von dem Verlangen getrieben, Richards zerstörerischem Tun ein Ende zu bereiten. Sie spürte die

Hitze an ihrer Hand, bekam das Papier zu fassen und trat darauf, um es zu löschen. Erst jetzt spürte sie den Schmerz, und als sie auf ihre Hand blickte, sah sie, daß Finger und Handgelenk und die Manschette ihres Kleides angesengt waren. Tabitha begann zu weinen und sank in einer plötzlichen Schwäche zurück auf die Hacken.

Richard, der ungläubig zugesehen hatte und jetzt ihre Verbrennungen sah, starrte sie an und drehte sich dann um, um aus dem Zimmer zu fliehen. Doch in diesem Moment flog die Tür auf, und er fand sich Auge in Auge mit Miss Plumridge.

»Was für eine Teufelei hast du dir diesmal ausgedacht, Richard Montecue?« verlangte sie zu wissen. »Ich habe den Lärm gehört, und deinem Gesichtsausdruck nach war es nichts Gutes.«

»Es war nicht meine Schuld«, sagte Richard schnell, »das war Tabitha. Ich glaube, sie ist gestolpert und ins Feuer gefallen. Ich habe versucht, sie aufzufangen, aber es war zu spät ...«

Miss Plumridge kniete bereits neben Tabitha und betrachtete ihre Hand, ehe sie sich an Richard wandte. »Oh, du böser, verdorbener Junge! Geh und hole sofort deine Mutter. Geh!« rief sie, als sie ihn zögern sah. Dann wandte sie sich wieder Tabitha zu, die vor Schmerz halb ohnmächtig war, und half ihr auf einen Stuhl, wo sie bleich und stumm sitzenblieb.

Miss Plumridge sah sich Tabithas Hand genauer an und sah, daß sie stark geschwollen war, besonders an der Unterseite des Handgelenks. Die Gouvernante glaubte keinen Moment lang an Richards Geschichte, daß er Tabitha zu Hilfe geeilt wäre. Die Wahrheit würde sie zweifellos bald von Tabitha erfahren, aber noch war das Kind zu schockiert, um zu sprechen. Sie bot soviel Trost, wie sie konnte – ein Arm um die Schulter und beruhigende Worte –, aber innerlich kochte sie vor Wut und Abneigung. Das Leben konnte unerträglich unfair sein, grausam. Hier war ein Kind, das sich verzweifelt nach Zuneigung und Wärme sehnte und doch mit so wenig auskommen mußte.

Miss Plumridge wußte sehr gut, daß sie, sollte sie eine Vorliebe für ihre jüngste Schülerin zeigen, ihre Stelle auf Wroxley verlieren würde – eine Stelle, an die sie sich klammerte, weil sie nicht nur für sie lebenswichtig, sondern auch für ihre Schülerin ein großer Trost war. Wer wußte denn, was für ein Ersatz an ihrer Stelle kommen würde, wenn sie entlassen wurde.

Schritte erklangen, und Lady Montecue trat ins Zimmer, dicht gefolgt von ihrem Sohn.

»Was geht hier vor, Miss Plumridge? Was hat das Kind jetzt wieder gemacht?« verlangte sie ungeduldig zu wissen.

»Es sieht so aus, als habe sich Miss Tabitha eine Verbrennung an der Hand zugezogen«, erwiderte Miss Plumridge vorsichtig.

»Sie ist durchs Zimmer getobt«, warf Richard schnell ein, »und dann ist sie gestolpert und ins Feuer gefallen. Es war ein Unfall.«

»Ich verstehe.« Lady Montecue wandte Tabitha ihre Aufmerksamkeit zu, und dadurch entging ihr, daß ihr Sohn sich rasch nach einem verkohlten Stück Papier bückte, das er in die Jackentasche steckte. Das alles ging so schnell, daß selbst die aufmerksame Gouvernante nichts bemerkte.

»Bringen Sie sie auf ihr Zimmer, Miss Plumridge«, ordnete Lady Montecue an.

»Und kümmern Sie sich um ihre Hand. Ich werde ihr später klarmachen, wie ungehörig es ist, wie eine Wilde durch das Schulzimmer zu toben.«

»Ja, Ma'am«, erwiderte die Gouvernante fest, auch wenn sie vor Wut zitterte. Es war nur gut, daß Richard mit seiner Mutter diskret das Zimmer verließ, denn die sanfte Gouvernante verspürte den ungewohnten Drang, einem anderen Menschen Schaden zuzufügen.

Miss Plumridge entschied, daß Tabitha zu schwach war, um in ihr Zimmer gehen zu können, deshalb nahm sie sie auf die Arme, was nicht schwer war, denn Tabitha war zierlich und leicht. Sie legte Tabitha auf ihr Bett und holte einen Wasserkrug, um die verletzte Hand zu baden und zu kühlen. Tabitha war immer noch erschüttert, aber nicht so, daß sie sich nicht an die Ereignisse im Schulzimmer erinnert hätte, und unter Tränen erzählte sie ihre Version dessen, was sich dort ereignet hatte.

»Das habe ich mir doch gedacht«, erwiderte Miss Plumridge, als Tabitha fertig war. Dann setzte sie sanft hinzu: »Es war aber auch dumm von dir, den Brief wieder aus dem Feuer zu holen. Hättest du ihn nicht später noch einmal schreiben können?«

Tabitha nickte stumm, weil sie nicht erklären konnte, wie sie sich gefühlt hatte, wie sie von dem Drang getrieben worden war, Richards Gemeinheit zu unterbinden, einem Drang, der plötzlich Eigenleben entwickelt hatte, so daß sie ein Symbol hatte setzen wollen, daß sie sich von Richards Tyrannei nicht vollkommen unterkriegen lassen würde. Das alles war ihr bewußt, aber sie konnte es nicht in Worte fassen.

Miss Plumridge band ein Tuch um Tabithas schmerzende Hand, und Tabitha zuckte zusammen. Schließlich schloß sie die Augen, schwach und voller Schmerzen.

»Richard sollte bestraft werden«, hörte sie Miss Plumridge sagen. »Ich werde tun, was ich kann, aber du weißt, daß das nicht viel ist. Ich weiß nicht, ob deine Tante dem Jungen wirklich glaubt oder weil sie ihm nur glauben möchte.«

»Oh, wie ich ihn hasse«, schrie Tabitha da plötzlich auf. »Ich wünschte, er wäre tot!«

»Pst, Kind, so etwas darfst du nicht sagen.«

»Aber es stimmt. Wenn Dominic und Lucy nicht wären, würde ich weglaufen, aber ich kann es nicht ertragen, sie und Sie, Miss Plumridge, nicht wiederzusehen.« Damit rollte sie sich zusammen und schluchzte immer heftiger, bis die arme Gouvernante fürchtete, das Kind könnte hysterisch werden.

»Tabitha, Tabitha, bitte!« beschwor sie sie, als die Tür aufging und die Person hereinkam, die sie am meisten fürchtete.

»Was soll das?« fragte Lady Montecue, trat an Tabithas Bett und rief: »Hör sofort damit auf!«

Aber Tabitha hatte sich nicht mehr unter Kontrolle. Der Schmerz in ihrer Hand war so groß wie der in ihrem Herzen, und der Kummer war so groß, daß sie ohne Rücksicht auf Schaden ausrief: »Geh weg, laß mich in Ruhe, ich hasse dich!«

»Tabitha Montecue, wie kannst du es wagen! Miss Plumridge, lassen Sie uns alleine.«

Als Lady Montecue mit ihrer Nichte allein war, ergriff sie sie ohne Rücksicht auf ihre Verletzung am Arm und riß sie hoch. »Du schamloses, ungehorsames Gör!« rief sie rot vor Wut. »Wie kannst du es wagen, so mit mir zu sprechen, wo ich dich aufgenommen habe! Undankbares Gör!«

Bei jedem Wort schüttelte die Frau das Mädchen, das schlaff in ihrem Griff hing.

»Ich hätte wissen sollen, daß ein Kind von Eleanor Litherland nur ihre ungezogene Art erben konnte, ihre Respektlosigkeit vor höheren Rängen. Du verdienst es nicht, zu meiner Familie zu gehören. Du bleibst in deinem Zimmer, bis ich etwas anderes sage, und nur, wenn du dich entschuldigst, darfst du wieder runterkommen.« Damit warf sie das Kind aufs Bett zurück und verließ das Zimmer.

Tabitha hörte, wie sich der Schlüssel im Schloß drehte, und ihr Unglück war perfekt. Erst spät am nächsten Tag hörte sie den Schlüssel wieder. Tabitha lag zusammengerollt auf ihrem Bett, geschwächt vom Schmerz und Hunger, denn sie hatte seit dem Mittagessen des Vortages nichts zu essen bekommen. Neben den körperlichen Schmerzen spürte sie tiefe Melancholie. Immer wieder dachte sie an die Gemeinheiten ihres Cousins, an die gefühllose Art ihrer Tante. Tabitha wünschte sich, ihre Eltern wären noch am Leben und hätten sie nicht allein gelassen.

So kam es, daß sie ihre Tante aus leeren Augen ansah, als sie zu ihr kam.

»So, Miss, jetzt hattest du Zeit zum Nachdenken und kannst mit uns essen, wenn du dich angemessen entschuldigst.«

Lady Montecue wartete auf eine tränenreiche Entschuldigung, aber als Tabitha nichts sagte, wurde sie rot vor Wut und fauchte: »Wer glaubst du denn, wer du bist mit deinem fehlgeleiteten Stolz und den Anfällen? Gott wird dich dafür strafen.«

Und dann ging sie und schloß die Tür erneut hinter sich ab. Tabitha zog die Beine an, umschlang sie mit den Armen und blieb zitternd liegen. Wenig später öffnete sich die Tür erneut, um Verity Potter einzulassen. Sie brachte ein Tablett mit Essen und ein Glas Milch, das sie auf den Tisch stellte, ehe sie sich auf Tabithas Bett setzte und dringlich zu sprechen begann.

»Ich soll nicht mit dir sprechen, sondern nur das Tablett bringen und wieder gehen.« Schockiert betrachtete sie Tabithas aufgelöste Erscheinung. »Du mußt essen, Miss. Essen und dich erholen.«

Verity wollte nicht gehen. Das Kind sah halbtot aus. Was, wenn sie in der Nacht starb? Dann wäre die Herrin eine Mörderin. Denn es war Mord, wenn man jemanden so unglücklich machte, daß er starb. Verity zog die Decke hoch, ängstlich, daß man sie dabei ertappen könnte und ängstlich, was sie am nächsten Morgen vorfinden würde, wenn sie das Frühstück brachte.

Ihre Furcht war nicht unbegründet, denn Tabitha lag noch genauso da wie am Vorabend, und ihr Tablett war unberührt. Verity legte furchtsam die Hand an die Wange des Kindes und atmete erleichtert auf, als sie die Wärme spürte, die von Leben sprach. Aber ihre Erleichterung war nur von kurzer Dauer, als ihr aufging, daß das Mädchen unnatürlich heiß war, und rasch lief sie aus dem Zimmer, um Miss Plumridge zu suchen, denn ihr fehlte der Mut, selbst mit der Herrin zu sprechen. Miss Plumridge jedoch fand den Mut. Als Lady Montecue daraufhin nach Tabitha sah, erschrak sie doch so sehr, daß sie sogleich nach dem Arzt schickte, der nach Miss Plumridges Meinung sofort nach Tabithas Hand hätte sehen sollen.

Bei der Untersuchung zeigte sich, daß die Hand überraschend gut abheilte und für das Fieber nicht verantwortlich gemacht werden konnte. Woher es stamme, erklärte Doktor Goodall, sei unklar.

Nach und nach erholte Tabitha sich wieder, aber die Krankheit war gefährlich gewesen, und Lady Montecue, die erleichtert war, daß das Kind nicht gestorben war, erwähnte die Umstände nicht mehr, unter denen Tabitha erkrankt war. Als Tabitha soweit wieder genesen war, daß sie wieder ihrem normalen Tagesablauf nachgehen konnte, entdeckte sie, daß ihre Situation sich unmerklich geändert hatte und jeder eine Spur freundlicher zu ihr war. Das beste aber war, daß Richard ihr aus dem Wege ging, und dann waren die Ferien auch schon vorbei.

Für einige Zeit behielt Miss Plumridge Tabitha bei sich, verwöhnte sie und bestand darauf, daß sie nur in angemessener Winterkleidung ins Freie hinausging. Auch wenn die Gouvernante normalerweise sehr für die Vorzüge von Bewegung und frischer Luft war, wurde es Februar, ehe sie Tabitha erlaubte, ihre täglichen Spaziergänge wieder aufzunehmen.

Tabithas Hand war inzwischen wieder vollkommen verheilt, und nur eine helle Narbe am Handgelenk erinnerte noch an den Unfall. Als Amelia und Tabitha am ersten Februartag zusammen ausritten, sah Miss Plumridge beruhigt, daß Tabitha genauso energiegeladen und kräftig war wie ihre Kusine.

Schneeglöckchen bedeckten den Boden, und die beiden Mädchen knieten nieder und sammelten Hände voll davon ein, denn Miss Plumridge hatte sie immer ermuntert, die Natur zu studieren – Blumen, Früchte, Kastanien, Samen – was immer gerade Saison hatte. Sie nahmen die Sachen mit ins Schulzimmer, um sie später zu besprechen und abzuzeichnen.

Tabitha hatte schon früh ein besonderes Talent zum Zeichnen gezeigt, und jetzt mit neun Jahren hatte sie schon einen guten eigenen Stil. Sie zeichnete mit einer Präzision, die für ein Kind ihres Alters ungewöhnlich war, aber mehr noch bewunderte Miss Plumridge, wie ihre Stimmungen das Gezeichnete beeinflußten.

Die Gouvernante hatte beide Kinder mit Wasserfarben vertraut gemacht, und Tabitha hatte schon viel mit den Farben experimentiert. Ihr Himmel war mal blau, mal violett, mal rosig, ihre Grüntöne umfaßten die ganze Skala, und ihre Tierbilder waren liebevoll ausgeführt und erinnerten an Fabelzeichnungen aus der Mythologie.

Lady Montecue war nicht der Auffassung, daß Tabithas Talent beim Zeichnen etwas Außergewöhnliches sei. Im Gegenteil, ihr mißfiel die phantasievolle Art, in der ihre Nichte die Dinge porträtierte, und der sie die akkurate, aber einfallslose Art ihrer Tochter vorzog. Die Meinung ihrer Tante zu ihrer Kunst beeindruckte Tabitha nicht. Sie hatte sowieso nichts anderes erwartet, und solange Tabitha so malen durfte, wie es ihr gefiel, war sie zufrieden.

Zum Glück war die Gefahr einer Einmischung gering, denn Lady Montecue hatte Ehrgeiz in bezug auf ihre Tochter, nicht auf ihre Nichte. Solange Miss Plumridge Amelia so unterrichtete, wie Lady Montecue es wünschte, wurden die Dinge im Schulzimmer weitgehend Miss Plumridge überlassen.

Miss Plumridge erlaubte es Tabitha, täglich in ihrer Phantasiewelt zu schwelgen und ihre Kreativität auszuleben, und ihre Phantasie lebte von den Stimmungen.

Die Gouvernante sah alles Glück und Unglück ihrer Schülerin und brauchte gar nicht erst zu hören, wenn ihrem Schützling über die Jahre wieder Unrecht zugefügt wurde. Denn dann fand sie sie konzentriert und versunken oben im Schulzimmer, wo sie malte und Bilder produzierte, die mehr abstrakt als real waren, aber immer die Kraft hatten, die Gefühle der älteren Frau zu wecken.

5

Frühjahr 1816

Der Tag war für die Jahreszeit ungewöhnlich mild. Die traditionellen Märzwinde hatten sich gelegt, und nicht der leiseste Windhauch störte Tabitha in ihrer Konzentration, als sie versunken in ihre Arbeit dasaß. Malen war ihre Leidenschaft geblieben, und sie hatte damit weitergemacht, auch als Miss Plumridge schon lange von Wroxley Manor verschwunden war. Tabitha nutzte jede Gelegenheit, um dem Haus zu entkommen und draußen zu malen.

Viele dieser Zeichnungen wurden später Aquarelle, die sie oben im alten Schulzimmer sorgfältig herstellte. Jede Weihnachten rollte sie ein paar ihrer Lieblingsbilder hoffnungsvoll zusammen und schickte sie an Reverend und Mrs. Morewell. Sie hatten deutlich gemacht, wie sehr sie sich über ihre künstlerischen Gaben freuten, seit sie von ungeübten Kinderzeichnungen an bis zu den kunstvoll gefertigten Arbeiten der Gegenwart geworden waren.

Heute saß Tabitha am Seeufer, das Montecue von Breckenbridge Abbey trennte – zu dieser Zeit des Jahres eher ein melancholischer Anblick, aber durchaus ihres Skizzenblockes würdig. Die letzten vierzehn Tage waren Tabithas Tante und Kusine verreist gewesen, was Tabitha viel Zeit für sich selber gelassen hatte. Minerva Montecue und ihre Tochter Amelia weilten zur Zeit in

London, noch etwas zu früh für die Saison, aber mit der erfreulichen Aufgabe beschäftigt, Amelias Brautausstattung zu kaufen, denn im Mai sollte sie heiraten.

Tabitha hatte Miles Pembury nur einmal auf Wroxley kennengelernt und ihn gemocht. Sie hatte das Gefühl, daß er ihrer Kusine ein guter Mann werden würde, und sie glaubte, daß Amelia, wenn sie erst einmal dem Einfluß Wroxleys entzogen wäre, glücklich werden könnte. Tabitha hatte Amelia über die Jahre immer lieber gewonnen, denn obwohl das Mädchen von ihrer Mutter verwöhnt wurde, war es zu Tabitha immer freundlich gewesen.

Was Richard anging, kam er zu Tabithas Erleichterung nur selten nach Warwickshire. Nicht, daß er sie mit derselben grausamen Art behandelt hätte, mit der er sie als Kind gequält hatte. Tatsächlich trat er auf wie ein Gentleman, aber Tabitha konnte nicht anders, als ihn abzulehnen. Manchmal hatte sie den Verdacht, daß ihre Antipathie einfach nur die Summe des Ärgers aus den Jahren davor war, und sie schalt sich dafür, daß sie so verbittert war, daß sie ihm sein Fehlverhalten solange nachtrug. Dann wieder sagte sie sich, daß ihre Abneigung durchaus berechtigt war und nur der Vorsicht entstammte, die sie annehmen ließ, daß unter seinen Schichten guten Betragens immer noch der grausame Richard von einst verborgen war.

All das bedeutete, daß Tabitha sich in den langen Zeiten von Richards Abwesenheit wohler fühlte. Er lebte in London, wo er laut Amelia ein Leben führte, das so voller Abwechslung und Aufregung war, wie Warwickshire es ihm nie bieten könnte, und diese Regelung gefiel Tabitha gut.

Die meisten achtzehnjährigen Mädchen hätten ein solches Leben wohl als langweilig und einsam beklagt, aber Tabitha hatte ihr Los schon lange akzeptiert und war zufrieden. Ihre Erwartungen an das Leben waren realistisch. Sie ging davon aus, daß sie eines Tages selber für ihren Lebensunterhalt aufzukommen hatte, und da ihr dann nur wenig Zeit für sich selber bleiben würde, wollte sie die ruhigen Tage jetzt dazu nutzen, mit der Sonne, dem Himmel, der Landschaft und ihrer Phantasie alleine zu sein.

Das Geräusch eines Menschen, der sich ihr näherte, weckte Enttäuschung in Tabitha. Sie legte den Stift weg und sah auf, um zu sehen, wer sie in ihrer Einsamkeit störte. Was sie sah, vertrieb alle Gedanken an Einsamkeit, und Tabitha sprang auf und ließ dabei den Zeichenblock zu Boden fallen.

»Dominic!« rief sie. »Oh, ich kann es nicht glauben.« Fast hätte sie sich ihm in die Arme geworfen, hielt sich aber noch rechtzeitig zurück. Es war so lange her – fast fünf Jahre –, seit sie ihn zuletzt gesehen hatte, und sie sah auf den ersten Blick, daß er sich in dieser Zeit sehr verändert hatte. Aber nicht so sehr, daß sie ihn nicht wiedererkannt hätte.

Dominic kam auf sie zu. »Kann das wirklich Tabby sein? Gute Güte, du bist ja kaum wiederzuerkennen«, erklärte er. »Du bist ja eine richtige junge Dame geworden.«

Dominic trug seine rote Uniform und einen Mantel, und als er auf sie herablächelte, fühlte Tabitha sich plötzlich verlegen. Sie errötete, sagte aber ruhig: »Nun, das hoffe ich. Schließlich bin ich mittlerweile achtzehn.«

»Achtzehn!« wiederholte er ungläubig und setzte dann hinzu: »Aber das muß stimmen, denn Lucy ist es auch.«

Tabitha sah zu ihm auf und versuchte, ihn nicht anzustarren, aber sie wollte sich wieder mit seinem Gesicht vertraut machen. Er war schlank und groß, noch größer als sein Vater, und trug das schwarze Haar kurz und aus dem Gesicht gekämmt, ganz anders als der modische Stil, den Richard bevorzugte.

Von der Stirn über die Schläfe über den Mundwinkel bis zum Hals verlief die gezackte Narbe, von der sie erfahren hatte. Amelia hatte ihr vor einiger Zeit davon erzählt, nach der Schlacht von Toulouse, wo er verwundet worden war. Entstellt, hatte sie gesagt, und es würde nie mehr verschwinden. Nun, Amelia hatte sich geirrt, dachte Tabitha leidenschaftlich. Es brauchte viel mehr als eine Narbe dieser Art, um Dominic zu entstellen, denn sie fand ihn noch immer schön. Es schmerzte sie nur, an die Pein zu denken, die die Verwundung ihm verursacht haben mußte.

»Es tut mir leid wegen deines Vaters«, sagte Tabitha und besann sich auf ihre Manieren. »Er war so ein guter Mann.«

»Ja, nicht wahr?« erwiderte Dominic wehmütig.

»Sein Tod kam nicht unerwartet, und obwohl es nun schon zwei Jahre her ist, hat meine Mutter noch nicht aufgehört, um ihn zu trauern. Ich hätte hiersein sollen«, setzte er dann hinzu, »aber ich konnte nicht weg.«

Tabitha sah ihn traurig an. »Aber jetzt bist du ja da. Bleibst du für immer hier?«

»Ich nehme es an. Jetzt, wo ich den Besitz und den Titel geerbt habe, werde ich aus der Armee austreten. Ich hätte das schon früher tun sollen, gleich nach dem Tod meines Vaters, aber sie hatten zuwenig Leute, so daß es damals einfach unmöglich war.«

»Deine Mutter wird erleichtert sein, dich zu Hause zu haben.«

»Ja, es war eine schwere Zeit für sie.«

»Bestimmt«, stimmte Tabitha zu, denn sie wußte nur zu gut um die Qualen, nicht zu wissen, ob er am Leben war oder nicht.

Jedesmal, wenn neue Geschichten über Kämpfe in Frankreich eingegangen waren, hatte Tabitha innerlich gelitten, voller Furcht, Dominics Namen unter denen der Gefallenen zu hören, vor allem letzten Juni, als es bei Waterloo so viele Verluste gegeben hatte. Aber er hatte den Alptraum überlebt, wie es aussah, ohne größeren Schaden zu nehmen.

Doch auch nach Waterloo, wo Napoleon besiegt und in die Verbannung geschickt worden war, hatte Tabitha einen erneuten Aufstand befürchtet. Dominic war Teil von Wellingtons Truppe geworden, aber nun war er zu Hause. Zu Hause und sicher, und Tabitha war benommen vor Erleichterung.

»Störe ich dich?« fragte Dominic. »Willst du lieber allein sein?«

»Nein, nein, natürlich nicht«, lächelte Tabitha. »Ich habe nur gerade den See gezeichnet.«

»Ich könnte schwören, einen Hauch von Ärger auf deinem Gesicht gesehen zu haben, als du sahst, wer da kommt.«

»Du hast recht«, lachte sie. »Ich war verärgert, daß da jemand kam, um meinen Frieden zu stören, aber nur weil ich dachte, es wäre ein Diener vom Herrenhaus, der mich zu irgendeiner Pflicht zurückruft.«

»Ich bin geschmeichelt. Heißt das, daß du mich höher schätzt als einen Diener deiner Tante?«

Tabitha errötete. Er flirtete mit ihr, was sie nicht kannte, und sie wußte nicht, wie sie damit umgehen sollte. Sie hob ihren Zeichenblock auf und bemerkte gefaßt: »Das kannst du dir doch denken.«

»Dann hast du nichts dagegen, wenn ich mich ein Weilchen zu dir setzte?«

»Natürlich nicht«, lächelte sie. »Ich will hören, was du in den vergangenen Jahren alles gemacht hast. War es sehr schlimm?« Tabitha setzte sich ins Gras und breitete ihre Röcke um sich aus.

»Manchmal schon«, erwiderte er offen und setzte sich neben sie. »Es ist unbegreiflich, daß der Ehrgeiz und Größenwahn eines einzelnen Mannes so viele Leben kosten kann, so viel Leid verursachen kann. Ich kann nur hoffen, daß es vorbei ist und er nicht wieder aus dem Exil entkommt.«

Dominic hatte über den See geblickt, aber jetzt sah er Tabitha an und lächelte. »Aber genug davon. Ich will nicht lauter häßliche Bilder beschwören.«

Er betrachtete das Mädchen neben sich und war überrascht, welche Veränderungen die wenigen Jahre mit sich gebracht hatten. Das schlaksige Kind, an das er sich erinnerte, war zu einem überraschend liebreizenden Mädchen herangewachsen. Sie war nur mittelgroß, hatte aber eine hübsche Figur und ein Gesicht, das seinen Blick magnetisch anzog. Noch immer bestimmten die ausdrucksvollen grünen Augen ihre Züge, und jetzt waren sie von dunklen Wimpern umgeben und bildeten einen entzückenden Kontrast zu ihrer cremeweißen Haut.

Dominic riß seinen Blick von ihr los und wandte sich dem Zeichenblock zu. »Darf ich einmal sehen?«

Tabitha nickte und sagte: »Es ist nicht viel Interessantes darin, nur Zeichnungen der Umgebung.«

Aber Dominic war interessiert – und beeindruckt, als er durch die Zeichnungen blätterte. »Die sind sehr gut, Tabby, weißt du das? Ich wußte ja gar nicht, daß du so talentiert bist.«

Tabitha errötete und erwiderte: »Oh, das bin ich gar nicht, ich habe nur viel Zeit damit verbracht, vor allem, wenn meine Verwandten weg sind und ich viel Ruhe habe.«

»Sind sie jetzt weg?«

Tabitha nickte.

»Ich habe gehört, daß Richard fast nur noch in der Stadt ist, aber was ist mit deiner Tante und Amelia? Wo sind sie?«

»Sie sind auch nach London gereist. Amelia wird im Mai heiraten, hast du das gewußt?«

»Ja, ich meine, Lucy hätte mir davon erzählt.«

»Nun, sie kaufen ihre Ausstattung. Ich denke, sie werden noch zwei Wochen wegbleiben. Tante Montecue reist nicht gerne, deshalb bleibst sie immer wenigstens einen Monat an einem Ort.«

»Gehst du auch manchmal mit?« fragte Dominic.

»Nein.« Tabitha spielte mit den Stiften und faltete dann die Hände im Schoß. »Ich möchte es auch gar nicht. Ich genieße die Ruhe und den Frieden hier, wenn sie weg sind.«

Dominic sah sie forschend an. Wenn das stimmte, was Lucy sagte, führte Tabitha ein Leben der fortwährenden Vernachlässigung, Langeweile und Qual. Und doch sah sie nicht unglücklich aus. Vielleicht gefiel ihr das ruhige Leben wirklich – ein Leben, das seine verwöhnte Schwester bestimmt unerträglich fände. Allerdings war auch ihm nicht entgangen, daß die Großzügigkeit, die Lady Montecue ihren Kindern zeigte, sich nicht auf ihre Nichte erstreckte, denn Tabitha trug ein Kleid, das sehr verwaschen war und ihr kaum noch paßte. Das veranlaßte ihn, sanft zu fragen: »Bist du glücklich? Behandeln sie dich jetzt freundlicher, Tabby?«

Tabitha sah ihn nicht an, und einen Moment dachte er, sie würde ihm nicht antworten, aber dann sah sie doch mit einem leichten Lächeln zu ihm auf. »Ich bin schon so lange hier«, begann sie, »daß ich mir kaum vorstellen kann, woanders zu sein. Aber …« Ihre Finger zupften an den Grashalmen neben ihr, und sie sah hinunter, als sie weitersprach. »Aber ich kann mich immer noch an das Glück und die Geborgenheit erinnern, die ich für selbstverständlich gehalten habe, ehe ich hierherkam. Das ist jetzt so lange her, aber ich werde dieser Erinnerungen immer in Ehren halten.«

Tabitha schwieg, aber dann merkte sie, daß sie seine Frage nicht beantwortet hatte, und ergänzte: »Ich denke, gerade du weißt, wie es hier für mich gewesen ist, aber jetzt, wo Richard nicht mehr oft hier ist, wie du zweifellos bald selber merken wirst, hat er sich verändert. Er behandelt mich mit mehr Höflichkeit, als ich je für möglich gehalten hätte. Tatsächlich ist es manchmal ...« Sie hielt inne, errötete und wandte den Blick ab, als wollte sie nicht weiterreden.

»Manchmal was?« drängte Dominic.

»Manchmal ist es so«, sagte Tabitha stockend, »als wollte er sogar mit mir flirten. Ich finde das sehr seltsam«, sagte sie und sah ihn mit einem Lächeln in den Augen an. »Ist es nicht seltsam, was Erwachsenwerden mit einem machen kann? Und dann ist da meine Tante. Ich habe schon vor langer Zeit gelernt, Zusammenstößen aus dem Weg zu gehen. Wenn ich tue, was sie will, läßt sie mich meistens in Ruhe.«

Dominic durchschaute den Versuch Tabithas, ein überwiegend optimistisches Bild ihres Lebens zu zeichnen, aber dennoch klang es deprimierend. Daß sie immer noch dieser schrecklichen Minerva gehorchen mußte, um Frieden zu finden, machte ihn wütend. Was Richards Verhalten anging, verärgerte ihn das zutiefst. Er wußte sehr gut, warum der junge Mann sein Verhalten gegenüber seiner Kusine verändert hatte, auch wenn Tabitha in ihrer Unschuld nichts ahnte. Es stieß Dominic ab, sich vorzustellen, daß Richard kommen und gehen konnte, wie er wollte, und vielleicht versuchte, Tabitha zu verführen oder sich ihr aufzuzwingen, und er wollte sie gerne warnen, aber er wußte nicht wie, ohne die Grenzen ihrer Freundschaft dabei ungebührlich zu übertreten. All das machte ihn wütend, und seine Gefühle zeigten sich auf seinem Gesicht, was Tabitha lebhaft daran erinnerte, wie er als Junge ausgesehen hatte, was sie jede Scheu vergessen ließ. Sie schob ihre Hand in seine.

»Sieh nicht so ärgerlich drein, Dominic. Es ist wirklich nicht so schlimm. Komm, laß uns einmal um den

See wandern. Ich will alles von Europa hören und von Lucy und deiner Mutter und allem anderen.« Sie zog ihn mit sich hoch. »Nie höre ich etwas Interessantes.«

»Na gut«, gab er nach und verdrängte alle häßlichen Gedanken. Dann lächelte er Tabitha an. »Was möchtest du zuerst hören?«

Tabitha dachte einen Moment nach. »Wie es Lucy geht. Ich habe sie lange nicht gesehen, aber ich habe gehört, daß sie geheiratet hat. Ich konnte nicht hingehen«, setzte sie dann hinzu, »weil die Hochzeit in London war.«

»Würde deine Tante das nicht erlauben?«

»Nein«, erwiderte sie und schwieg. Aber mit Dominic neben sich konnte sie nicht lange traurig sein, und bald lächelte sie wieder. »Bitte erzähl mir, was Lucy anhatte.«

»Keine Ahnung«, lachte Dominic, erleichtert, daß ihre Stimmung sich wieder gehoben hatte. »Ich war auch nicht da.«

»Oh«, erwiderte Tabitha niedergeschlagen. »Dann warst du noch in Europa?«

»Ja.«

»Ich bin sicher, daß Lucy sehr schön ausgesehen hat.« Tabitha seufzte. »Ich habe versucht, mir vorzustellen, was für ein Kleid sie anhat und wie sie auf dem Weg durch die Kirche aussieht … aber ich hatte mir vorgestellt, daß sie an deinem Arm geht.« Tabitha runzelte die Stirn. »Sieht ganz so aus, als müßte ich mir etwas Neues vorstellen. Wer hat sie geführt?«

Dominic mußte angesichts Tabithas ernstem Gesicht lächeln. Was für ein ausdrucksvolles Gesicht sie hatte. »Mein Onkel Septimus«, antwortete er, »falls ich mich recht erinnere, ein Bruder meiner Mutter. Ein großer, gesunder Bursche.«

»Oh.« Tabitha sah lächerlich enttäuscht aus. »Dann werde ich sie mir nach der Trauung am Arm ihres Mannes vorstellen. Kennst du ihn?«

»Piers Carlisle? Ja. Wir waren zusammen auf einer Schule.«

»Und du magst ihn?«

»Ja, sehr.«

Zufrieden damit lächelte sie, und eine Weile schritten sie schweigend nebeneinander her. Sie hatten fast den Holzpavillon auf dem See erreicht, als Tabitha Dominics Hand losließ und auf die kleine Brücke lief, die den Pavillon mit dem Festland verband.

Die ganze Konstruktion hatte dringend eine Reparatur nötig und sah schäbig und vernachlässigt aus, aber Tabitha liebte die kleine Hütte und saß oft darin, um zu lesen oder zu zeichnen, besonders im Sommer, wenn es wärmer war. Sie trippelte zierlich über die Brücke, ehe sie sich umwandte und sah, daß Dominic zögerte und zweifelnd das morsche Holz betrachtete.

»Glaubst du, daß das mein Gewicht aushält?«

»Ich weiß nicht.« Tabitha überlegte. »Ich glaube nicht. Du dürftest einiges schwerer sein als ich.«

Sie biß sich auf die Lippe, als sie sich vorstellte, daß Dominic – dieser neue, erwachsene, würdevolle Dominic – im schlammigen Wasser landete. »Du versuchst es besser nicht, sonst gibst du mir die Schuld und mußt mich zurücktragen, denn ich habe nicht die Absicht zu schwimmen.«

Dominic lächelte, entschloß sich aber, ihren Rat zu mißachten, und dann sah er, daß sie voller Anspannung beobachtete, wie er sich Schritt für Schritt auf die Brücke hinauswagte, die fester zu sein schien, als ihr Aussehen vermuten ließ.

Als er sicher im Pavillon angekommen war und Tabithas erwartungsvollen Blick sah, lachte er. »Du kleine Hexe! Du hast gehofft, daß ich hineinfalle, nicht wahr?«

»Nein, nicht wirklich ...«

»Nein?«

»Ich war gespannt«, gab sie zu. »Aber wirklich nicht,

das Wasser ist so schlammig und voller Algen, das würde ich niemandem wünschen.«

Dominic dachte daran, wie sie als Kind ins Wasser gefallen war, als sie so grausam bestraft worden war. Er fragte sich, ob auch sie daran dachte. Er wußte es nicht zu sagen und folgte ihrem Blick durch die Rundbögen auf den See.

»Weißt du noch, wie du Lucy und mir das Angeln beigebracht hast?« fragte Tabitha.

»Ich kann mich an den Versuch erinnern«, gab er zurück, »aber nicht an irgendeinen Erfolg.«

»Oh, aber den hattest du.« Tabitha wandte sich lächelnd zu ihm um. »Ich habe immer noch den Haken und die Leine, die du mir gegeben hast. Ich benutze sie nicht mehr, weil mir die Fische heute leid tun, aber als ich noch jünger war, bin ich oft hergekommen und habe geangelt. Ich war recht erfolgreich.«

Sie setzte sich auf eine schmale Bank vor dem Pavillon, und Dominic setzte sich neben sie und streckte seine langen Beine aus. Sie schwiegen, die Sonne schien, und Tabitha schloß die Augen und genoß die Wärme und die Gesellschaft des Mannes neben ihr.

Schließlich fragte Dominic: »Du warst immer viel allein, nicht wahr, Tabby?«

»Sicher mehr als die meisten Leute«, gab sie zu, »aber es hat mir nichts ausgemacht, weil ich mich selten langweile. Wenn man nur will, findet man immer etwas Interessantes. Ich denke, daß ich aufmerksamer bin als die meisten. Hast du den Krokusteppich unter der Weide bemerkt, als wir vorbeigegangen sind?«

Dominic schüttelte den Kopf.

»Ich weiß, daß sie gewöhnlich sind, aber sie sind zäh. Kein Wetter kann ihnen etwas anhaben, und sie duften so wunderbar. Ich bewundere sie.«

Tabitha seufzte. »Ich kann sie von hier aus fast riechen.«

Dann sah sie ihn plötzlich mit lachenden Augen an. »Findest du mich seltsam?«

»Aber gar nicht«, erwiderte er ehrlich. »Ich finde deine Gesellschaft sehr erfrischend.« Und beruhigend, dachte er.

Nach Jahren des Soldatenlebens, gefolgt von der dekadenten Betriebsamkeit Londons, fand er Tabithas Gesellschaft genau richtig. Er schätzte ihre süße Unschuld und freundliche Art. Zumindest, dachte er, hat Minerva ihr das nicht nehmen können.

»Erfrischend«, wiederholte Tabitha und dachte über den Ausdruck nach. »Du meinst, daß ich anders bin als die Leute, mit denen du sonst zusammen bist. Daß ich nicht wie ein Soldat bin, kann ich akzeptieren, aber ich frage mich, ob du an deine Freunde in der Stadt gedacht hast.« Sie runzelte die Brauen. »Hoffentlich erstere, denn wenn du mich mit letzteren vergleichst, mußt du mich als Mädchen vom Lande sehen.«

Dominic lachte auf. »So etwas habe ich nicht gemeint.« Amüsiert betrachtete er ihr Gesicht, ehe er wieder ernst wurde. »Ich war zu lange weg, Tabby, und ich habe viele schreckliche Dinge gesehen. Ich meine, daß meine Sinne alles mögliche ertragen haben, und meine Gedanken sind erschöpft. Deine Gesellschaft ist sehr heilsam.«

Tabitha sah hoch und betrachtete sein Gesicht, und sie wußte, daß sie sich auch nicht annähernd die Schrecken ausmalen konnte, die er erlebt hatte. Dominic sah sie nicht an, sondern blickte über den See, und sein Gesicht war hart.

Tabitha berührte sanft seinen Arm. »Es tut mir leid, ich hätte nicht so leichtfertig daherreden dürfe. Willst du darüber reden – über den Krieg?«

Dominic sah Tabitha liebevoll an. »Geschichten von Gewalt und Blutvergießen sind kaum Themen, die man mit einer jungen Dame diskutiert.«

»Aber ich werde nicht von den Gesetzen der Gesellschaft regiert«, erwiderte Tabitha ruhig und fragte dann: »Ich nehme an, Waterloo war am schlimmsten? Hast du viele Freunde verloren?«

»Bei Waterloo? Ja, viele.« Dominic lehnte den Kopf an die Holzwand. »Es gab riesige Verluste, vor allem nach dem Angriff der Kavallerie. Viele Männer und viele Jungen, nicht älter als du, sind an jenem Tag gestorben, und noch mehr sind furchtbar verkrüppelt worden.« Er schwieg, und Tabitha dachte schon, er wollte nicht mehr erzählen, als er doch noch weitersprach.

»Für mich war Toulouse vor zwei Jahren am schlimmsten, als wir in Frankreich eingefallen sind. Nicht deshalb –«, er berührte flüchtig die Narbe in seinem Gesicht, »– obwohl das auch daher stammt. Aber ich habe an dem Tag meinen besten Freund verloren, Tabby, einen jungen Mann namens Christopher Southey.« Er schwieg, und Tabitha sah, wie schwer ihm die Erinnerung wurde.

»Ich war verletzt. Erst im Gesicht, dann eine Bajonettwunde am Schenkel. Beides war nicht ernst, aber ich habe viel Blut verloren und war zu schwach, um aufzustehen.

Christopher stieg ab und hob mich auf sein Pferd. Das war das letztemal, daß ich ihn lebend gesehen habe. Er hat mein Leben gerettet und seines dafür gegeben. Ich war nicht ganz bei mir, sonst hätte ich das nie zugelassen, aber ich war halb bewußtlos ... sobald ich nach England zurückkam, habe ich seine Familie besucht und erklärt, wie er gestorben ist. Sie waren sehr nett zu mir, wodurch ich mich nur noch schlimmer gefühlt habe.«

Er sah sie an, und Tabitha erkannte den Schmerz in seinen Augen. Am liebsten hätte sie ihn an sich gezogen und gestreichelt, um ihn zu trösten. Sie rückte näher und ergriff seine Hand, weil sie ihn einfach berühren mußte.

»Dominic, dafür kannst du dir doch nicht die Schuld geben. Hättest du nicht dasselbe für ihn getan?«

»Ja«, erwiderte er ruhig, »das hätte ich.«

»Du stellst es so dar, als wäre er bewußt für dich in den Tod gegangen. So war es sicher nicht. Er hat sicher gedacht, eine Chance zu haben.«

Dominic lächelte über ihr ernstes Gesicht und drückte ihre Hand. »Vielleicht.«

»Und wie kommt es«, fuhr sie ärgerlich fort, »daß wir von deiner Beinverletzung nichts erfahren haben – die doch wohl recht ernst war? Wir wußten nur davon ...« Sie hob die Hand und berührte die Narbe an seiner Wange.

Sanft zog Dominic ihre Hand wieder zurück. »Es war kurz nach dem Tod meines Vaters«, erklärte er, »da wollte ich meine Mutter nicht noch mehr aufregen. Sie hatte damals genug zu kämpfen.«

Tabitha sah ihn mit Tränen in den Augen an. »Ich kann es nicht ertragen, daran zu denken«, flüsterte sie.

»Weine nicht, Tabby«, erwiderte Dominic leise. »Ich habe mich völlig erholt, und auch, wenn ich Christopher nie vergessen werde, werde ich nicht melancholisch werden. Das hätte ihm nicht gefallen.«

Wieder schwiegen sie, dann sagte Tabitha: »Erzähl mir von Wellington. Amelia sagt, wenn man nur seinen Namen nennt, fallen die Damen in London schon in Ohnmacht. Hat er das verdient?«

Dominic lachte. »Von solchen Geschichten weiß ich nichts, aber der Herzog von Wellington ist ein Mann, der sicher mehr Respekt verdient als mancher andere. Es war eine Ehre, unter ihm zu dienen.«

Schließlich erhob sich Tabitha. Sie hätte ihm den ganzen Tag lang zuhören können, aber sie wußte, daß sie zurückgehen mußte.

»Ich gehe jetzt besser«, sagte sie bedauernd. »Es ist schon spät, und die Diener fragen sich sicher, wo ich bleibe.«

Dominic stand ebenfalls auf und merkte, daß er sie nur ungern gehen ließ. »Das ist schade, aber vielleicht können wir uns wieder einmal hier draußen treffen?«

Sein Vorschlag wurde mit einem strahlenden Lächeln begrüßt.

»Das würde mir sehr gefallen.«

6

Und so setzten sie ein Muster für die folgenden Tage fest. Dominic wußte, daß Tabithas Gesellschaft genau das war, was er jetzt brauchte. Sie freute sich an allem, egal, wie geringfügig es war. Dinge, die ihn seit Jahren nicht mehr interessiert hatten – Weidenkätzchen, die ersten Schneeglöckchen, Osterglocken, Schwäne auf dem See – sah er durch sie mit neuen Augen.

Tabitha wollte alles zeichnen, und so saß er manches Mal bei ihr, während sie die Bilder in ihren Block übertrug. Wenn es kalt war, gingen sie spazieren. Am Ende jedes Nachmittags begleitete Dominic sie immer zum Rande des Home Wood zurück. Weiter wollte sich Tabitha nicht von ihm bringen lassen, und Dominic drängte sie nicht, denn er konnte sich denken, daß ihr Tun wahrscheinlich ihrer Tante berichtet wurde, und er wollte ihr keine Schwierigkeiten machen.

Tabitha war noch nie im Leben glücklicher gewesen. Es war wunderbar, Dominic jeden Tag so lange für sich zu haben, und sie sah alles in neuen Farben. Zu Hause war sie vorsichtig und bewahrte ein beherrschtes Auftreten, damit ein loyaler Bediensteter ihrer Tante keinen Verdacht schöpfte. Aber es gab Zeiten, da konnte sie das innere Leuchten kaum verbergen und war gezwungen, sich sehr zusammenzureißen.

Tabitha zweifelte nicht daran, daß diese schöne Episode ihres Lebens nur von kurzer Dauer sein würde, aber sie wollte sie genießen, sosehr sie konnte, um später davon zu zehren. Dominic gehörte zu einer anderen Welt, an der sie nie teilhaben konnte. Als Kinder hatten die Umstände sie zusammengeführt, aber als Erwachsene trennte sie eine tiefe Kluft – zu tief, um überbrückt zu werden. Er besaß einen Titel, Land und Vermögen und verkehrte in den ersten Kreisen, während sie eine verarmte Abhängige war, die schon bald ihr Geld selber würde verdienen müssen. Das durfte sie nicht vergessen.

An einem stürmischen Nachmittag zwei Wochen später lag Tabitha zusammengerollt in einem Lehnstuhl vor dem Feuer und las Charles Lambs *Abenteuer des Odysseus*, nachdem sie mit Dominic spazieren gegangen war. Es gehörte zu ihren Lieblingsbüchern, und Tabitha hätte fast vor Enttäuschung aufgestöhnt, als sie Kutschenräder im Hof hörte. Ihr Frieden war vorüber. Da sie nicht eher aufstehen wollte, als unbedingt nötig, blieb Tabitha, wo sie war, bis sie Stimmen in der Halle hörte. Dann erst legte sie ihr Buch beiseite und machte sich auf den Weg in die Halle.

»Ah, da bist du ja, Tabitha. Such bitte Houghton und sag ihr, daß wir den Tee im Chinesischen Salon nehmen. Brennt da ein Feuer? Gut. Selbst bei geschlossenen Vorhängen ist die Kutsche furchtbar zugig. Higgin soll sie sich mal ansehen.«

Minerva Montecue hatte sich in den vergangenen Jahren wenig verändert. Ihr Haar war etwas grauer, ihre Figur ein wenig untersetzter, aber sie hatte nichts von ihrer Energie eingebüßt, und die Dienerschaft, die sich ihr Mißfallen nicht zuziehen wollte, hörte auf jedes Wort. So kam es, daß nach wenigen Minuten ein üppiger Tee im Chinesischen Salon bereitstand.

Nachdem Tabitha die Tassen gefüllt und ihrer Tante und Kusine gereicht hatte, setzte sie sich hin und lauschte pflichtbewußt deren Ausführungen über den Besuch in der Hauptstadt.

Zum größten Teil bestanden die Erzählungen aus Klagen und Leidensgeschichten. Vom teuren Tüll bis zum schlechten Wetter hatte alles Lady Montecues Mißfallen erregt.

Amelia war stiller. Tatsächlich dachte Tabitha, daß sie regelrecht unglücklich aussah, und sie fragte, ob sie Mr. Pembury in der Stadt gesehen habe.

»O ja«, erwiderte Amelia, und ihr Gesicht hellte sich auf. »Wir waren oft zusammen. Ich hatte ihn so vermißt«, erklärte sie traurig, »und werde es wieder tun.«

»Ja, das kann ich mir vorstellen«, sagte Tabitha mitfühlend. »Aber nur noch vierzehn Tage, dann kommt er zur Verlobungsfeier her, und danach wirst du wieder in der Stadt sein.«

»Ich weiß, ich weiß, aber ich leide so unter der Trennung«, erklärte Amelia und wischte sich die Augen. »Du weißt nicht, wie es ist, von dem getrennt zu sein, den man liebt.«

Dann sprach Lady Montecue von den Vorbereitungen der Verlobungsfeier, und Tabitha war vergessen. Ihre Gedanken wanderten zu Dominic, und sie wünschte, sie hätte gewußt, daß ihre Tante heute zurückkam, damit sie sich von ihm hätte verabschieden können, denn jetzt konnte sie nicht mehr den Nachmittag über wegbleiben, ohne entdeckt zu werden. Oder doch? Vielleicht wenn sie dachten, daß sie zum Zeichnen unterwegs war …

Tabitha warf ihren Mantel über, ergriff ihren Zeichenblock und machte sich auf den Weg zum See. Es war zwar kalt, aber trocken, so daß ihr Vorsatz zum Zeichnen nicht allzu seltsam aussah.

Obwohl sie wußte, daß sie Dominic bald wiedersehen würde, war Tabitha das Herz schwer. In der Nacht war ihr der Gedanke gekommen, daß sie ihn heute vielleicht zum letztenmal so sah. Die Vorstellung hatte sie stundenlang wach liegen lassen und ihr den Mut gegeben, heute doch loszuziehen. Es war immer ein Risiko, Tantes Zorn zu erregen. Aber Tabitha wußte auch, daß ihre Stellung auf Wroxley immer unsicherer geworden war. Sie war jetzt achtzehn, in den Augen ihrer Tante alt genug, um selber Geld zu verdienen. Über die Jahre waren schon einige Bemerkungen zu dem Thema gemacht worden, und Tabitha zweifelte nicht daran, daß sie schon bald nicht mehr auf Wroxley Manor willkommen sein würde. Nicht, daß sie je hier willkommen gewesen wäre, aber es hatte sich etwas geändert, seit ihre Tante aus London zurückgekehrt war. Es wurden Zukunftspläne geschmiedet, soviel war sicher. Welcher Art, das konnte Tabitha nur vermuten, aber sie mußte damit rechnen, schon bald weit weg eine Stellung als Gouvernante angeboten zu bekommen. Rasch verdrängte sie den Gedanken und ging schneller.

Doch sie hatte erst ein paar Meter zurückgelegt, als sie hinter sich Schritte hörte und beim Umdrehen Houghton sah, die hinter ihr herlief. Hilflos blieb Tabitha stehen und wartete, und sie ahnte schon, was die Frau zu sagen hatte.

»Suchen Sie mich, Houghton?«

»Ja, Miss Tabitha, Ihre Ladyschaft wünscht mit Ihnen zu sprechen.«

»Das dachte ich mir. Gut, ich komme.«

»Sie ist im Schlafzimmer, Miss.«

»Danke.«

Tabitha stieg müde die Stufen hoch. Solche Vorladungen erforderten Vorsicht, und sie fragte sich, ob ihre Tante von ihren Treffen mit Dominic erfahren hatte. Sie sagte sich, daß es sicher um etwas anderes ging, und wappnete sich für die Unterredung. Tabitha betrat das

Zimmer und wurde zu ihrer Überraschung eine Spur herzlicher begrüßt als sonst. Lady Montecue saß vor ihrem Ankleidetisch, wo sie letzte Hand an ihr Make-up legte, und gebot Tabitha, hereinzukommen und sich hinzusetzen.

»Ich habe nach dir schicken lassen, um dich über eine Entscheidung zu informieren, die ich hinsichtlich deiner Zukunft getroffen habe«, begann Lady Montecue. »Du hast dich sicher gewundert, warum die Reverends Hall und Thackerey heute morgen hier waren. Es hat sich eine Situation ergeben, die dir sehr zusagen wird. Und zwar ist Reverend Thackerey kürzlich eine eigene Gemeinde angeboten worden, die genug abwirft, um ihm die Ehe zu ermöglichen. Ich hatte nicht erwartet, daß jemand um dich anhalten würde, da du keinerlei Mitgift zu erwarten hast, und ich kann nur vermuten, daß Reverend Thackerey die Nachteile deiner Armut und Herkunft zugunsten deiner Jugend und Gesundheit übersehen will.«

Tabitha hörte schweigend zu, aber ihr Gesicht verriet Erstaunen und den Schock, den sie empfand. Das bewog Lady Montecue zu dem Zusatz: »Amelias Hochzeit findet natürlich zuerst statt, aber ich sehe keinen Grund, warum deine nicht kurz danach sein sollte.«

Als Tabitha richtig verstanden hatte, worum es ging, stieß sie hervor: »Aber ich habe nicht den Wunsch ... die Absicht, Reverend Thackerey zu heiraten. Ich kann nicht ...« Sie brach ab, als sie den wütenden Blick ihrer Tante begegnete, und errötete.

»Wie bitte?« sagte Lady Montecue drohend.

Tabitha schwieg und knetete nervös die Hände im Schoß. Sie wußte, daß sie das niemals tun würde und konnte, aber jetzt war nicht die Zeit zum Widerspruch.

Lady Montecue, die Tabithas Schweigen als Zustimmung deutete, lächelte. »Das Angebot überrascht dich, und zu Recht. Ich betrachte es als glückliche Fügung, denn ich weiß nicht, was du sonst tun solltest. Du bist zu unerfahren, um als Gouvernante zu arbeiten, und ich hoffe, daß auch du nach einigem Nachdenken einsiehst, was für ein Glück du hast.«

Entlassen macht Tabitha sich auf den Weg in ihr Zimmer. Sie hatte noch keine Vorstellung von ihrer Zukunft, aber sie wußte, daß es eine ohne Ehemann sein würde, denn wie könnte sie sich einem Mann anvertrauen, wenn ihr Herz einem anderen gehörte?

Sie sank aufs Bett. Die Dinge überschlugen sich, und sie mußte schnell eine Lösung finden. Wahrscheinlich stimmte es, daß ihr die Erfahrung als Gouvernante fehlte. Sie konnte malen und nähen, und ihr Französisch war gut, aber sie beherrschte kein Musikinstrument, und sie war zu jung.

Einige Ideen fielen ihr ein und wurden wieder verworfen. Tabitha überlegte, ob sie an Reverend und Mrs. Morewell schreiben sollte. Sie hatten ihre Eltern gut gekannt und würden ihr sicher helfen können, eine Stelle zu finden, aber dann entschied sie, daß es unfair wäre, sie in einen Streit mit ihrer herrischen Tante zu verwickeln. Außerdem war Devizes so weit weg. Sie hatte nicht das Geld für die Reise und konnte die Morewells schlecht darum bitten.

Drei Tage vergingen, und auch wenn Lady Montecue das Thema Ehe nicht mehr ansprach, war sich Tabitha doch unbehaglich bewußt, daß sie beobachtet wurde. Vorsichtig bewegte sie sich durch Haus und wagte es nicht, zum See und zu Dominic zu entkommen. Ihr kam nicht einmal in den Sinn, sich ihm anzuvertrauen und ihn um Hilfe zu bitten. Allein der Gedanke, ein Mitglied der Rees in ihre Probleme zu verstricken, stieß sie ab.

Wie immer, wenn Tabitha etwas beunruhigte, flüchtete sie sich in die Malerei und saß stundenlang mit Pinsel und Farben im Schulzimmer. Die Apathie, die mit ihren Sorgen einherging, hielt sie davon ab, nach draußen zu gehen und sich von der Landschaft zu neuen Bildern anregen zu lassen. Statt dessen malte sie alles, was ihr durch den Sinn ging, und die Bilder waren ausdrucksstark und ungehemmt das, was sie empfand.

Aber so sehr sie sich auch in die Kunst versenkte, nichts konnte die Realität lange fernhalten, und so kam schließlich der Abend, den sie gefürchtet hatte. Reverend Hall und sein Kurat Josiah Thackerey waren zum Essen eingeladen, und Tabitha konnte sich den Grund dafür leicht denken.

Sie zog ihr einziges gutes Kleid aus lavendelfarbener Seide an, das Amelia ihr überlassen hatte, und betrachtete ihr Spiegelbild, ehe sie ihr Zimmer verließ. Da Tabitha nicht den Wunsch hatte, in den Augen des Mannes, der um sie anhielt, attraktiv auszusehen, hatte sie keinen Versuch unternommen, sich zurechtzumachen, lediglich ihre Haare gekämmt und zurückgebunden. Dieser strenge Stil stand ihr kein bißchen, und sie wußte, daß ihr Kleid längst aus der Mode war. Vielleicht änderte ihr Freier seine Meinung, wenn er sie so sah.

Tabitha stieg mit Bangen die Treppe hinunter und hoffte nur, daß ihr Verehrer nicht offen über Situation sprach, die er bereits als besiegelt ansah. Sie fühlte sich hilflos. Das Leben umzingelte sie und ließ sie machtlos dem Willen ihrer Tante ausgeliefert.

Tabithas Sorge wurde noch durch den Umstand erhöht, daß auch Reverend Hall anwesend sein würde, denn er und ihre Tante ergänzten sich hervorragend. Reverend Peter Hall hielt die gesamte Gemeinde, außer vielleicht Minerva Montecue, am eisernen Zügel seiner Religion. Seine Predigten waren lang und voller unchristlicher Härte und Drohungen, wie Tabitha fand.

Er war ein großer Mann mit stechendem Blick. An seinen Kuraten, den Tabitha bei wechselnden Anlässen getroffen hatte, konnte sie nur mit Abneigung denken. Körperlich war er einen Kopf kleiner als sie und dünn bis zur Magerkeit. Doch in seinen Augen lag ein Ausdruck, der sie abschreckte. Auch war er alt und viel zu ernst, als daß er Tabitha hätte gefallen können.

Tatsächlich war Josiah Thackerey achtunddreißig. Also nicht wirklich alt, aber der sehr jungen Tabitha kam er so vor, und die Vorstellung, seine Frau zu werden, stieß sie ab. Selbst wenn ihr Herz frei wäre, könnte sie Josiah Thackerey niemals heiraten.

Als Tabitha den Salon betrat, war die Gesellschaft bereits versammelt, nur Amelia fehlte noch. Reverend Thackerey stand vor dem Kamin, ein Glas Wein in der Hand, und als sie ihn sah, wußte Tabitha, daß Tante Montecue ihm ihre Hand bereits zugesagt hatte.

Dadurch schon verunsichert, wuchs Tabithas Unbehagen noch, als er den Wein abstellte, vortrat und ihre Hand ergriff. »Meine liebe, liebe Miss Montecue«, sagte er. Tabitha konnte nichts erwidern und wartete mit niedergeschlagenem Blick darauf, daß er ihre Hand wieder freigeben würde, was er erst tat, als Reverend Hall zu ihnen trat.

»Darf ich als erster gratulieren, meine Liebe«, sagte er. Er lächelte, was selten genug geschah, aber Tabitha spürte nicht den Drang, sein Lächeln zu erwidern, und konnte ihre Wut kaum zügeln.

»Eigentlich halte ich Sie für zu jung, und Sie neigen auch dazu, selbstsüchtige Ziele zu verfolgen, aber dann habe ich mir gedacht, daß ein würdiger Ehemann an Ihrer Seite Sie leiten und formen kann, Sie Demut und Gehorsam lehren kann, so daß sie ihm mit der Zeit eine gehorsame Frau werden können, und ich wünsche Ihnen alles Gute.«

Das war zuviel für Tabitha. Sie hatten kein Recht, das zu tun. Es war ihr Leben, und doch bestimmten sie darüber, und das in einer Art, die sie anwiderte. Ihr Vorsatz, den Abend nach außen hin ruhig zu überstehen, kam ins Wanken, und sie verlor die Beherrschung. Tabitha wich einen Schritt zurück. »Bitte, sagen Sie nichts mehr«, keuchte sie. »Ich kann und werde Mr. Thackerey nicht heiraten. Meine Gefühle sind nicht von der Art, daß ich … ich ihn als meinen Mann akzeptieren könnte.« Kaum hatte sie das gesagt, begann sie zu zittern und sah zu Boden.

Schließlich durchbrach Tante Montecues kalte Stimme das Schweigen. »Wirklich, Tabitha Montecue, ich kann kaum glauben, was ich da eben gehört habe. Geh jetzt! Geh auf dein Zimmer! Ich spreche später mit dir!«

Mit zitternden Beinen floh Tabitha aus dem Zimmer. Blind vor Tränen prallte sie auf der Treppe fast mit Amelia zusammen, die rasch auswich und ihre Kusine am Arm festhielt.

»Tabitha! Was macht dir denn solchen Kummer?« fragte sie bestürzt. Auch wenn Amelias erste Sorge immer sich selbst galt, sah sie doch, daß ihre Kusine betrübt war. Sie wußte, daß deren Position nicht zu beneiden war, aber da sie ihre Umstände nach außen hin mit Fassung trug, war es für die verwöhnte Amelia nur zu einfach gewesen, auf dem Auge blind zu sein. aber das weinende Mädchen auf der Treppe zu sehen, war etwas anderes, und sie konnte Tabithas Kummer nicht ignorieren.

»Ist es Mama?« fragte Amelia vorsichtig und sah besorgt die Treppe hinunter, denn auch sie verspürte die Furcht, die Lady Montecue in allen Haushaltsmitgliedern geweckt hatte. Tabitha konnte nicht sprechen und schüttelte den Kopf, und Amelia führte ihre Kusine nach oben, wo sie sich nebeneinander aufs Bett setzten.

»Versuche doch, dich zu fassen«, bat Amelia. »Es kann nicht so schlimm sein, wie du glaubst. Mama wird manchmal wütend, aber bis morgen hat sie es wieder vergessen, warte nur ab.«

Aber Tabitha schüttelte den Kopf. Dann zog sie ein Taschentuch hervor und putzte sich resolut die Nase.

»Diesmal nicht. Ich fürchte, was ich getan habe, ist unverzeihlich.«

Unsicher in der Rolle der Vertrauten, drängte Amelia Tabitha dennoch, sich ihr anzuvertrauen, und zögernd erzählte ihr Tabitha von Thackereys Antrag und dem Druck, dem sie ausgesetzt war, die Ehe zu akzeptieren.

»Mr. Thackerey?« wiederholte Amelia ungläubig. »Aber er ist so alt, und dann auch so … so unpassend. Ich kann es nicht glauben!«

»Nun, es stimmt aber«, sagte Tabitha ruhig. »Wie ich deine Mama kenne, habe ich zu dem Thema noch nicht alles gehört. Außerdem habe ich ihre Gäste beleidigt, was sie als öffentliche Demütigung versteht, und das wird sie mir nie verzeihen. Aber egal, wie sehr sie mich unter Druck setzt, ich werde niemals diesen Mann heiraten.«

Wieder brach sie in Tränen aus, was Amelia dazu bewog, ihr den Arm um die schmalen Schultern zu legen. »Bitte, Tabitha, hör auf zu weinen. Vielleicht hört Mama auf mich, wenn ich mit ihr spreche.«

»Das würdest du tun?« Tabitha sah ihre Kusine ungläubig an, denn sie wußte, daß Amelia sich in ihrem ganzen Leben nie ihrer Mutter widersetzt hatte.

»Ja, natürlich«, sagte Amelia schnell und zuversichtlicher, als sie sich fühlte. »Ich finde es nicht richtig, daß du ihn heiraten sollst. Ich werde sehen, was ich tun kann. Aber jetzt gehe ich besser runter, denn es wird deiner Sache nicht zuträglich sein, wenn ich Mamas Gäste vernachlässige.«

Auf dem Land aß man früh, und die Montecues setzten sich immer um achtzehn Uhr zu Tisch, so daß Lady Montecues Gäste sich bereits um zwanzig Uhr wieder verabschiedeten und sie in die Lage versetzten, das Zimmer ihrer Nichte aufzusuchen.

Tabitha hatte inzwischen eine äußerst nervöse Zeit zugebracht, weil sie nicht wußte, ob ihre Tante heute noch zu ihr kommen oder bis morgen warten würde. Sie hatte versucht zu lesen, um ihre Gedanken zu ordnen, aber sie hatte kein Wort aufgenommen und es schließlich aufgegeben. Statt dessen hatte sie sich in den alten Schaukelstuhl am Feuer gesetzt. Als sie die zielstrebigen Schritte ihrer Tante hörte, sprang sie auf und umklammerte haltsuchend die Lehne des Stuhls.

Die Tür ging auf, und Lady Montecue trat in Begleitung ihrer sauertöpfischen Kammerzofe Houghton ein. Als Lady Montecue sah, wie blaß und ängstlich ihre Nichte aussah, hatte sie keinen Zweifel daran, sie doch noch zum Gehorsam zwingen zu können. Zuversichtlich betrachtete sie Tabitha einige Momente schweigend, denn sie war sich ihrer Wirkung auf sie sehr bewußt.

Tabithas Ausbruch hatte ihre Tante überrascht und verunsichert. Das Mädchen hatte sich ihr so selten widersetzt, daß die Möglichkeit, daß sie sich gegen diese Ehe so heftig sträuben könnte, ihr nie in den Sinn gekommen war. Sie hatte all ihren Takt aufbieten müssen, um den aufgebrachten Reverend davon zu überzeugen, daß er in Tabitha doch noch eine willige Braut finden würde. Sie hatte die Jugend der Braut, ihre Unerfahrenheit und Unreife ins Feld geführt, um den Ausbruch zu erklären und ihm versichert, daß Tabitha mit der Zeit schon einsehen würde, welche Vorteile ihr eine solche Ehe böte.

»Nun, Miss«, begann Lady Montecue schließlich, »ich habe noch nie für jemanden erröten müssen. Daß du es wagst, so vor einem Mann Gottes zu sprechen, der dazu mein Gast ist, beweist mein Unvermögen, dir Manieren beizubringen. Und das, wo ich den Reverend davon überzeugt hatte, daß ich dich als Dame erzogen habe.« Sie hielt inne und trat einen Schritt auf Tabitha zu. »Ich habe schon lange den Verdacht, daß du mehr von der Familie deiner Mutter hast als von den Montecues, und es ist ein Jammer, daß ein Mädchen deiner Veranlagung einen so edlen Namen trägt.«

Tabitha ertrug die Worte ihrer Tante schweigend, denn sie waren ihr vertraut, aber sie wußte auch, daß sie nicht so leicht davonkommen würde. Ihre Tante war wütender denn je, und voller banger Erwartung wartete sie auf ihre Strafe.

Tabitha beobachtete, wie Lady Montecue sich zu ihrer Zofe umdrehte und die Hand ausstreckte. Houghton, deren Miene nicht weniger wütend war als die ihrer Herrin, reichte ihr die Ledergerte.

»Zieh dein Kleid aus und knie dich vor dein Bett«, befahl Lady Montecue. »Wir werden sehen, wie lange es dauert, dich in den Zustand der Unterwerfung zu bringen.«

Mit zitternden Fingern gehorchte Tabitha, wohl wissend, was jetzt folgte, aber unfähig, es zu verhindern. Gedanken an Flucht schossen ihr durch den Sinn, aber sie würde niemals an Houghton vorbeikommen. Nur in Mieder und Unterrock kniete Tabitha nieder und wappnete sich für das, was kommen würde.

Der erste Schlag ließ sie aufkeuchen, aber danach beherrschte sie sich, was ihr einen seltsamen Trost verschaffte, und kein Laut kam mehr über ihre Lippen.

Schließlich waren sie weg, und Tabitha kroch steif und wund in ihr Bett, und doch erfüllte sie ein Gefühl von Triumph. Hatte sie sich ihrer Tante nicht in nie gekannter Weise widersetzt? Hatte sie nicht dem Drängen ihrer Tante widerstanden und sich gewehrt? Ihre Stimmung hob sich, und sie machte es sich so bequem, wie es unter den Umständen möglich war und schlief ein.

7

Der nächste Tag war kalt und windig – echtes Märzwetter –, aber Dominic sah, daß außer ihm noch jemand den Elementen zu trotzen wagte und nun im Pavillon auf dem See saß. Erst dachte er, es wäre Tabitha, die er ein paar Tage schon nicht mehr gesehen hatte. Er nahm an, daß ihre Verwandten zurückgekommen waren und sie ihnen nicht mehr entkommen konnte.

Als er sich näherte, sah er, daß zwar eine Frau dort saß, aber nicht Tabitha. Er erkannte schließlich Amelia Montecue. Obwohl Dominic sie ein paar Jahre nicht gesehen hatte, war er sicher, daß sie es war, und er war überrascht, sie an einem so einsamen Ort zu sehen, wo es so kalt war, denn er hatte in Erinnerung, daß sie Bequemlichkeit immer sehr geschätzt hatte.

Da Dominic keine Lust hatte, mit einer Frau höfliche Worte zu wechseln, die er schon als Kind nicht besonders hatte leiden können, da ihm ihr Geschwätz immer auf die Nerven gefallen war, wollte er schon umkehren, aber es war zu spät. Amelia hatte ihn erkannt und winkte ihm zu. In Versuchung, vorzugeben, sie nicht gesehen zu haben und weiterzugehen, gab Dominic schließlich seinen guten Manieren nach und trat zu ihr.

»Dominic Rees!« rief Amelia aus. »Wie lange ich dich nicht gesehen habe. Und wie du dich verändert hast!«

Kaum hatte sie das gesagt, fiel ihr Blick auf seine Narbe, und sie wandte errötend den Blick ab. »Ich meinte nicht … du siehst so …«

»Ich weiß, daß wir beide reifer geworden sind«, fiel ihr Dominic ins Wort.

»Ja.« Sie lächelte dankbar und sah wieder auf. »Ich hoffe, daß das ein Kompliment sein soll.«

Dominic betrachtete ihre klare Haut und die dichte Fülle ihres honigfarbenen Haars. »Ganz bestimmt«, erwiderte er ehrlich.

Unheilbar kokett lächelte Amelia zu ihm auf und zog ihn neben sich auf die Bank. »Setz dich zu mir, Dominic, so leicht will ich dich nicht entkommen lassen. Warum haben wir dich nicht gesehen? Warst du die ganze Zeit in Europa?«

»Nein, ich war zwischendurch ein paarmal in London, aber in Warwickshire war ich sicher fünf Jahre nicht mehr.«

»Wie aufregend! Ich würde gerne mehr hören, denn ich bin heute traurig gestimmt und brauche eine Ablenkung, also erzähl mir mehr.«

Dominic merkte, daß der Anblick seiner Narbe Amelia verlegen machte. Sie spielte zwar die Rolle der angeregten Gefährtin, vermied es jedoch, ihn anzusehen, eine Reaktion, die er in den vergangenen drei Jahren schon häufig erlebt hatte. Dominic seufzte, schickte sich in das Unvermeidliche und gab ihr den gleichen knappen Bericht über seine Rolle in Welligtons Truppe, den er schon vielen gehalten hatte, die ihn dazu gedrängt hatten.

»Ich habe gehört, Amelia«, begann er dann einen Versuch, ein Thema zu wechseln, das für ihn schmerzvoll war und an dem sie nur das vordergründigste morbide Interesse haben konnte, »daß du im Mai heiratest.«

»Ja.«

»Warum bist du dann so niedergeschlagen? Ich hätte erwartet, daß du dich freust.«

»Das tue ich – zumindest habe ich das.« Amelia

zögerte kurz und fuhr dann fort: »Die Wahrheit ist, daß ich mich mit Mama gestritten habe, und das habe ich noch nie getan.«

Dominic verspürte kein Verlangen, in häusliche Reibereien zwischen Lady Montecue und ihrer Tochter verwickelt zu werden und wollte sich gerade verabschieden, als Amelias nächste Worte jeden Gedanken an Abschied vertrieben.

»Ich mußte es einfach sagen, verstehst du. Sie hat niemanden sonst, der ihr hilft, und wenn Tabitha schwört, daß ihn nichts, was Mama sagt, in ihren Augen akzeptabel macht ...«

»Wen akzeptabel macht?« unterbrach Dominic sie angespannt.

»Mr. Thackerey.«

»Wer zum Teufel ist Mr. Thackerey?«

»Der Kurat. Aber er ist alt und ...«

»Der Kurat – du meinst dieses Reptil, das Reverend Hall hilft?« fragte Dominic ungläubig.

»Ja, er hat seine eigene Gemeinde angeboten bekommen – ich glaube in Kent, und kann jetzt heiraten. Er will Tabitha heiraten, und Mama besteht darauf, daß sie ihn akzeptiert.«

Dominic hatte Josiah Thackerey nur ein- oder zweimal gesehen, aber er konnte sich gut an den Mann erinnern, und der Gedanke, daß die süße, unschuldige Tabitha mit so einem Mann verheiratet werden sollte, entsetzte ihn.

»Und du sagst, deine Mutter drängt Tabitha, so eine Person zu heiraten?«

»Ja, aber Tabitha hat ihn öffentlich zurückgewiesen, während Mama und Reverend Hall dabei waren. Mama war wütend.«

»Das kann ich mir vorstellen.« Dominic runzelte die Stirn. Es stimmte, er kannte Minervas Charakter gut genug, und auch ihre Einschüchterungstaktik. Ärgerlich wandte er sich wieder an Amelia. »Und wie versucht deine Mama, Tabitha doch noch zu überzeugen, diesen Kerl zu heiraten?«

Eingeschüchtert durch Dominics harte Miene, aber durchaus bereit, ihm alles zu erzählen, beschrieb Amelia, wie sie zum Zimmer ihrer Kusine gegangen war, als Tabitha nicht zum Frühstück erschienen war, und sie wund von den Schlägen, aber entschlossen, weiter Widerstand zu leisten, im Bett angetroffen hatte.

»Gute Güte!« rief Dominic entsetzt. »Verzeih mir, aber deine Mama ist die skrupelloseste Frau, die ich je gesehen habe. Wie kann sie es nur auf ihr Gewissen nehmen, dieses Kind so grausam zu behandeln?«

Er erhob sich, wandte Amelia den Rücken zu und sah aufs Wasser hinaus, während er versuchte, seinen Ärger in den Griff zu bekommen. Dann drehte er sich wieder um. »Wie geht es ihr?«

»Sie ist wund und steif, aber ich bezweifele, daß Mama ihre Meinung auch nur ein bißchen geändert hat.« Amelia spielte nervös mit ihrem Täschchen und sagte dann: »Sie ist viel mutiger als ich.«

»Sie ist viel mutiger als die meisten«, erwiderte Dominic. »Was passierte dann? Du sagtest, du hattest einen Streit mit deiner Mutter?«

»Ja. Ich war noch nicht lange bei Tabitha, als Mama kam. Sie wollte, daß ich gehe, aber ich habe mich geweigert, weil ich Angst hatte, daß sie Tabitha wieder schlägt. Ich habe mich noch nie gegen sie behauptet«, setzte sie mit bebender Stimme hinzu. »Es ist nicht leicht für mich, mich zu wehren – Mama, Richard – du weißt ja. Normalerweise können sie sich durchsetzen. Aber ich kann nicht danebenstehen, wenn sie Tabitha ins Unglück stürzen will. Ich kann den Mann meiner Wahl heiraten und weiß deshalb, wie sie sich fühlt.

Nun, ich habe versucht etwas zu finden, womit ich Mama drohen kann, aber alles, was mir einfiel, war, daß ich nicht zu meiner Verlobungsfeier komme, wenn sie nicht aufhört, Tabitha zu drangsalieren.«

»Das hast du gesagt?« Dominic hob überrascht eine Braue. »Das war nett von dir.«

»Im Moment geht das, aber was dann?«

»Ich weiß es nicht, aber es muß etwas geschehen. Sie kann diesen Mann nicht heiraten.«

»Nein.« Amelia erhob sich. »Ich muß gehen. Ich hätte dir das gar nicht erzählen dürfen, aber Tabitha hat mir immer schon leid getan. Du mochtest sie immer lieber als Richard und mich.«

Dominic lächelte leicht. »Ich muß sagen, daß es nicht leicht war, deinen Bruder zu mögen. Du dagegen gewinnst sehr in meinen Augen.«

Amelia errötete. »Ich wünschte, ich könnte noch mehr tun. Ich fühle mich schon schuldig genug, weil ich so oft danebengestanden und nichts getan habe, aber gegen Richard hatte ich nie eine Chance. Es war einfacher, seine Partei zu ergreifen. Er wird auch auf der Party sein. Kommst du auch?«

»Da kannst du sicher sein.«

»Dann bis nächste Woche.«

Dominic ergriff ihre ausgestreckte Hand und drückte sie. »Paß auf sie auf.«

»Das werde ich.«

Dominic sah Amelia nach. Das Mädchen hatte ihn überrascht. Er hätte nie gedacht, daß sie Tabitha beschützen würde, gedankenlos und egoistisch, wie sie als Kind gewesen war. Dominic wußte, daß er notfalls selbst etwas unternehmen mußte, um Tabitha zu helfen. Eine Ehe mit dem unheimlichen Kurat stand außer Frage. Vielleicht sollte er seine Mutter bitten, Tabitha zu einem Besuch nach London einzuladen. Lucy würde sich mit Sicherheit freuen, Tabitha wiederzusehen, und es würde Tabitha für eine Weile aus Minerva Montecues Klauen entfernen.

8

»Bist du sicher, daß du es noch rechtzeitig ändern kannst?«

Tabitha lächelte. »Zweifellos. Ich fange sofort damit an – und, Amelia: Danke.«

»Gern geschehen. Die Farbe ist genau richtig, weißt du«, setzte Amelia hinzu und betrachtete Tabitha, die vor dem Spiegel stand und sich ein smaragdgrünes Seidenkleid anhielt. »Viel besser als das langweilige lavendelfarbene Kleid, das du tragen wolltest. Es wird dir viel besser stehen, als es mir je gestanden hat.«

»Bestimmt nicht«, gab Tabitha schnell zurück. »Ich weiß, ich soll glauben, daß du es nicht haben willst und es dir nicht steht, aber ich weiß es besser. Du verschenkst eines deiner Lieblingskleider aus Freundlichkeit, und ich sollte es nicht annehmen, aber –«, Tabitha lächelte, »–ich kann einfach nicht widerstehen.«

Tabitha legte das Kleid über die Stuhllehne und trat an den Tisch, wo ihr Nähkörbchen stand.

»Ich muß gar nicht viel ändern. Das Mieder muß ich etwas enger machen«, überlegte sie und betrachtete Amelias Kurven, »und den Saum muß ich ein wenig auslassen. In einer Stunde bin ich fertig.«

Amelia lächelte. »Dann sehen wir uns gleich unten.« Sie wandte sich zur Tür, ein Bild in rosa Seide, die Haare elegant in Locken und schmeichelnd aufgesteckt.

Tabitha sah ihr nach und dachte, daß sie Amelia noch nie so hübsch gesehen hatte, aber sie hatte auch jedes Recht dazu, am Abend ihrer Verlobung zu strahlen.

Etwas über eine Woche war seit jener häßlichen Nacht vergangen, als Tante Montecue sie so hart bestraft hatte, und auch wenn Tabitha sich immerzu der nur schlecht verholenen Wut ihrer Tante bewußt war, war sie doch optimistisch gewesen. Ihre Wunden waren verblaßt, und Amelia hatte erstaunlicherweise nicht nur darauf bestanden, daß das Thema Ehe fallengelassen wurde – zumindest vorerst –, sondern auch darauf, daß Tabitha an der Verlobungsfeier teilnahm, was angesichts Tabithas Verhalten höchst unwahrscheinlich gewesen war.

Als Tabitha nach unten ging, waren bereits viele Gäste eingetroffen. Frühlingsblumen und Kerzen schmückten die Räume von Wroxley Manor, und der Ballsaal leuchtete in allen Farben. Die Flügeltüren zum Speisesaal waren geöffnet, so daß Platz für viele Besucher war. Zahlreiche Erfrischungen waren auf dem Tisch aufgebaut, von denen man sich später bedienen würde.

Tabitha zögerte am Eingang, etwas überwältigt von der Großartigkeit des Arrangements. Sie war noch nie zuvor auf einen Ball gewesen, denn ihre Tante hatte sie unter dem Vorwand, sie sei zu jung, stets von solchen Festen ausgeschlossen.

Ein Mädchen erschien mit einem Tablett voller Getränke, und Tabitha erkannte Verity Potter.

»Hallo, Verity«, lächelte sie. »Was hast du da?«

»Champagner, Miss«, erwiderte das Mädchen fröhlich. »Wenn ich das sagen darf, sehen Sie so aus, als könnten Sie ein Glas vertragen.«

Tabitha lachte. »Zum Mutantrinken? Vielleicht hast du recht.« Sie nahm ein Glas und nippte daran.

»Es sieht alles sehr großartig aus, nicht wahr, Verity?«

»Ja, aber Sie auch.«

Tabitha lachte wieder. »Meinst du? Ich habe nicht das Gefühl, hier dazuzugehören.«

Sie nahm noch einen Schluck Champagner. »Mm, der schmeckt mir.«

»Nun, machen Sie lieber langsam, Miss, sonst werden Sie beschwipst«, mahnte Verity. »Ich gehe jetzt besser.«

Das Mädchen ging weiter, und Tabitha wappnete sich, den Saal zu betreten.

Sie war erst ein paar Minuten dort, als Amelia mit einem jungen Mann im Schlepptau auf sie zukam. Tabitha erkannte den Sohn des Squire, Ben Costin, und lächelte ihn herzlich an. Er war jemand, der ihr ein Gefühl der Sicherheit gab, denn er fühlte sich hier noch weniger wohl als sie.

»Hallo, Ben«, begrüßte sie den jungen Mann. »Wir haben dich lange nicht auf Wroxley gesehen. Sind deine Schwestern heute auch hier?«

»Ja«, sagte Ben und deutete durch den Saal, während Amelia sich mit einem Lächeln auf die Suche nach besserer Gesellschaft begab. Mit dem jungen Ben neben sich begann Tabitha, sich zu entspannen und den Abend zu genießen.

Einige Zeit später kam Amelia erneut zu ihr und fächelte sich heftig Luft zu. »Ich hoffe, es macht dir nichts aus, daß ich Ben zu dir gebracht habe«, begann sie, »aber ich hatte nicht die Zeit, mich den Abend über um ihn zu kümmern.«

»Natürlich nicht«, erwiderte Tabitha fröhlich. »Wenn er seine Schüchternheit erst einmal vergißt, ist er ein netter Begleiter. Hast du uns tanzen gesehen?«

»Er hat dich zum Tanz aufgefordert?« erwiderte Amelia ungläubig. »Das kann nicht dein Ernst sein!«

»Doch, und es war schön. Und dann habe ich mit Mr. Pettigrove getanzt.«

»Mit dem alten Mr. Pettigrove? Oh, arme Tabitha, ich

muß einen besseren Tänzer für dich finden.« Sie dachte nach. »Hast du Dominic schon gesehen? Er braucht sicher wenig Überredung, um mit dir zu tanzen.«

Tabitha war sich eines seltsamen Gefühls in ihrer Magengegend bewußt. »Dominic ist hier?« fragte sie atemlos und spähte durch den Saal. »Ich wußte nicht, daß er auch kommt.«

»Nun, ich habe ihn noch nicht gesehen. Aber er wollte kommen, das hat er mir selber gesagt.«

Tabitha sah ihre Kusine an. »Er hat es dir gesagt? Dann hast du ihn gesehen?«

»Ja, unten am See. Sein Gesicht hat mich ziemlich verstört. Du bist besser vorbereitet auf die Narbe, aber seine Familie ist froh, daß sie ihn überhaupt wiederhat.«

Tabitha senkte den Blick, damit Amelia nicht sah, wie ihre Worte sie bestürzten. Ihre Gefühle für Dominic waren zu persönlich, um sie mit jemandem zu teilen. Aber er würde heute hier sein, sie würde ihn sehen – etwas, worauf sie nicht zu hoffen gewagt hatte.

»Da bist du ja«, erklang eine Männerstimme, und als sie sich umdrehten, sahen sie Miles Pembury, Amelias Verlobten, auf sich zukommen. Er war ein kräftiger junger Mann, groß, blond und mit angenehmem Gesicht.

»Ich komme, um dich zu entführen, meine Liebe«, wandte er sich mit einem Lächeln an Amelia. »Ich habe dich mit viel zu vielen anderen Männern tanzen sehen, jetzt bin ich an der Reihe.«

»Oh, Miles«, seufzte Amelia, »du weißt, daß ich am liebsten nur mit dir tanzen würde. Dieser gräßliche Mr. Hindley hat mich gleich zweimal aufgefordert, dabei hätte ich lieber mit dir etwas Kaltes getrunken.«

Mr. Pembury verbarg seine Enttäuschung gut. »Wie du wünscht, meine Liebe. Etwas Champagner – oder hast du davon schon genug?«

»Limonade muß es sein, fürchte ich«, erwiderte Amelia. »Mama würde mir nie verzeihen, wenn ich mich auf meiner eigenen Verlobungsfeier betrinken würde. Tabitha?«

»Für mich bitte auch Limonade.«

»Ist er nicht vollkommen?« hauchte Amelia, als ihr Verlobter verschwunden war.

Tabitha lächelte. Miles Pembury war sicher ein netter junger Mann, aber bestimmt nicht die Vollkommenheit in Person. Aber das würde sie ihrer Kusine nicht sagen. »Er betet dich an, Amelia«, sagte sie statt dessen, »und du kannst froh sein, die Liebe eines so besonderen Mannes errungen zu haben.«

»Ja«, lächelte Amelia, »das bin ich wirklich.« Ihr Gesicht wurde nachdenklich. »Weißt du, Tabitha, das wäre die Lösung für all deine Probleme. Ehe. Oh, nicht mit dem gräßlichen Mann, an den Mama denkt«, setzte sie schnell hinzu, als sie das Entsetzen in Tabithas Augen sah, »sondern mit jemandem, der dir etwas bedeutet und der dich liebt. Du warst hier immer so eingeschränkt. Was du brauchst, ist mehr Ausgang und die Gelegenheit, Leute kennenzulernen. Wenn ich erst einmal verheiratet und unabhängig bin, wird die Sache ganz anders aussehen – wart's nur ab.«

Nach der Dunkelheit draußen blendete ihn das Licht der vielen Kerzen fast, aber dennoch entdeckte Dominic Tabitha sofort. Sie stand auf der anderen Seite des Ballsaales und sprach mit einer verwegen aussehenden Witwe, die zu einem rot-grünen Kostüm einen purpurfarbenen Turban trug. Dominic löste sich von seiner Mutter und steuerte durch die Menge auf sie zu. Die meisten Gäste hier kannten ihn, und mancher Blick streifte sein Gesicht. Daß er noch immer seine Uniform trug, weil er offiziell noch nicht aus dem Dienst entlassen war, machte die Sache nicht besser. Dominic kam nur langsam voran, denn er mußte viele neugierige Fragen beantworten, nicht nur zum ruhmreichen Sieg bei Waterloo, sondern auch zu Wellingtons Vorstoß nach Frankreich. Dominic wurde mit Begrüßungen, Fragen und Glückwünschen überschüttet.

Als er sein Ziel schließlich erreicht hatte, murmelte er eine Entschuldigung an die Matrone mit Turban, ergriff Tabithas Ellbogen und führte sie beiseite.

Sie hatte ihn nicht kommen sehen, aber sobald sie ihn erkannte und sah, daß er ihre Gesellschaft gesucht hatte, hellte sich ihr Gesicht auf.

»Dominic! Du kommst aber spät. Ich hatte dich schon aufgegeben.«

»Es schmeichelt mir, daß du meine Abwesenheit bemerkt hast«, erwiderte er lächelnd. »Aber es war nicht meine Schuld. Meine Mutter muß trotz ihres Alters noch die Tugend der Pünktlichkeit lernen. Bist du für den nächsten Tanz noch frei?«

Sie nickte.

»Dann bitte ich dich darum.«

»Ich glaube nicht, daß ich das tun sollte«, erwiderte Tabitha tapfer, obwohl sie sich nichts mehr wünschte. »Nicht mit dir. Ich bin verpflichtet, mich um die einsamen Gäste zu kümmern. Mrs. Featherstone war ohne Gesellschaft, bis ich mich mit ihr unterhalten habe.«

»Aber ich bin ein Gast, bin ich dann nicht der richtige für dich?«

Tabitha lachte. »Der siegreiche Held? Wohl kaum! Du wirst den ganzen Abend über umlagert sein.«

Die Musik begann, und Dominic führte Tabitha auf die Tanzfläche, ohne auf ihre Proteste zu achten. Er betrachtete sie genau, aber obwohl sie blaß war, konnte er keine Spur der schlechten Behandlung entdecken, von der Amelia ihm erzählt hatte. Er hatte sie danach fragen wollen, aber als er sah, wie sie strahlte, wollte er ihr den Genuß an dem Abend nicht trüben.

Er hatte sie zwei Wochen lang nicht gesehen, und als

er sie jetzt wieder so dicht bei sich hatte, staunte er, wie schön sie war. Ihre Haut schimmerte weich im Kerzenlicht, und ihre Augen waren grüner denn je – vielleicht betonte die grüne Seide des Kleides auch ihre Augenfarbe –, und Dominic sagte: »Du siehst heute entzückend aus, Tabby.«

»Danke.«

»Du bist eine Schönheit.«

Tabitha errötete. »Nicht. Sonst verdrehst du mir noch den Kopf.« Sie drehte sich um. »Aber heute sehen alle Damen wunderbar aus, findest du nicht auch?«

Er antwortete nicht, und als Tabitha ihn fragend ansah, sah sie das Lachen in seinen Augen.

»Du mußt wissen, daß ich noch nie zuvor so ein Fest besucht habe«, sagte sie. »Ich nehme an, du lachst mich wegen meiner Naivität aus.«

»Wie auch nicht, wenn du alle Frauen hier bewunderst?« neckte er. »Gehört die Matrone in dem grellen Turban dazu?«

Tabitha warf einen zweifelnden Blick auf Mrs. Featherstone und sagte dann: »Du bist frech, Dominic Rees. Sie hat bestimmt viel Zeit auf ihr Aussehen verwendet ...«

Damit erstarb ihre Stimme, und jedes Lachen schwand aus ihrem Gesicht.

Dominic folgte ihrem Blick und sah Richard Montecue herankommen.

Dominic hatte Richard über die Jahre ein paarmal in London getroffen, aber er mochte den Mann nicht lieber als den Jungen. Auch wenn Dominic durchaus nicht prüde war, konnte ihm der ausschweifende Lebensstil des Mannes nicht gefallen, und er fragte sich, ob Minerva Montecue das ganze Ausmaß der Exzesse ihres Sohnes kannte.

»Ich glaube, wir bekommen Gesellschaft«, bemerkte er zu Tabitha.

»Ich nehme an, Tante Montecue hat ihn geschickt«, sagte Tabitha leise. »Es wird ihr nicht gefallen, wenn ich einen der gefeierten Gäste so lange mit Beschlag belege.«

Dominic betrachtete Tabithas Gesicht genau. Ihre Reaktion auf Richard hatte ihn überrascht, da sie doch von seiner Veränderung so überzeugt gewirkt hatte, als sie sich am See unterhalten hatten. Sie fühlte sich eindeutig unbehaglich, und Dominic fragte sich wütend, was der Mann ihr getan haben konnte.

Dann war Richard bei ihnen, und Tabitha verglich die beiden Männer unwillkürlich miteinander. Richard war fast so groß wie Dominic, aber da hörte die Ähnlichkeit auch schon auf. Richard hatte den schweren Körperbau und das rote Gesicht seiner Mutter geerbt und sah neben Dominics eleganter Schönheit fast bäuerlich aus. Auch seine Kleidung stand ihm nicht, denn er bevorzugte den Stil der überhohen Kragen und gepolsterten Schultern, was den Blick eher auf seine Nachteile lenkte als auf seine Vorzüge.

»Nun, Huntleigh«, hörte sie Richard sagen, »es muß doch ein gutes Gefühl sein, wieder englischen Boden unter den Füßen zu spüren. Kann nicht sagen, daß ich gerne so lange unter Fremden stationiert wäre. Was sind Sie jetzt?«

»Captain.«

»Mit vierundzwanzig Captain? Na, ich nehme an, das hätte ich bei Ihnen erwarten sollen.«

Es war das erstemal, daß Tabitha dabei war, als sie sich als Erwachsene trafen, aber sie sah sofort, daß die Unstimmigkeit zwischen den Männern unüberbrückbar war. Jeder pflegte, was der andere nicht war, und die gegenseitige Abneigung war fast spürbar.

Plötzlich wandte Richard sich an sie. »Entschuldige die Unterbrechung, Kusine, aber Mutter wünscht deine Anwesenheit, ich soll dich zu ihr bringen.«

Dominic sah das Erschrecken in Tabithas Augen und sah Richard wütend an, der Tabithas Ellbogen ergriff. »Ich helfe dir, sie zu finden, sie kann nicht weit sein.«

Aber Tabitha entzog ihm ihren Arm. »Nein, besser nicht. Ich finde sie schon, das heißt, ich sehe sie dort, am Eingang zum Speisesaal.«

Sie ging los, und Dominic folgte ihrer schlanken Gestalt mit den Blicken. Dann drehte er sich zu Richard um, der Tabitha ebenfalls nachgeblickt hatte und in dessen Augen ein Ausdruck war, der Dominic wütend machte.

»Denk nicht, Montecue«, sagte er wütend, »daß sich die Dinge geändert haben, nur weil wir erwachsen sind. Wenn Sie sie anrühren, schlage ich Sie halbtot.«

Richard lächelte. »Ich sehe, daß die Jahre des Krieges Ihre gewalttätige Ader stimuliert haben, Huntleigh. Ich muß die Frau erst noch treffen, die es wert ist, daß man ihretwegen Blut vergießt.« Er verbeugte und entschuldigte sich, aber Dominic hatte doch die kurze Angst in seinen Augen gesehen. Abgestoßen von der Feigheit und Gemeinheit des Mannes, schlenderte Dominic davon und wurde sofort von alten Bekannten umlagert, die wissen wollten, wie es ihm ergangen war.

9

Als Tabitha mit ihrer Tante in dem kleinen Vorzimmer zum Ballsaal allein war, ertrug sie geduldig deren Predigt über schlechtes Benehmen. Sie hörte kaum hin, denn die Musik spielte und lenkte ihre Gedanken zurück in den Ballsaal und zu Dominic.

Doch dann wurde ihre Aufmerksamkeit in die Gegenwart zurückgerissen, als sie ihre Tante sagen hörte: »… daß dein schamloses Flirten mit ihm nicht bemerkt werden würde? Wenn du glaubst, dir einen so guten Bissen wie den Earl of Huntleigh angeln zu können, bist du eine noch größere Närrin, als ich dachte. Glaubst du wirklich, daß Pamela Rees sich zurücklehnen und ihrem einzigen Sohn erlauben würde, sich mit einer wie dir zu verbinden? Oder glaubst du, daß seine Entstellung ihn zwingt, seine Ansprüche zu senken? Nun, da irrst du dich. Ein Mann seines Reichtums und seines Rangs kann wie ein Monster aussehen und immer noch der begehrteste Junggeselle sein.«

Tabitha erkannte, daß ihre Tante ihr bewußt weh tun wollte, um sie für ihr Verhalten in der vergangenen Woche zu strafen, und so schwieg sie. Das fiel ihr schwer, besonders, als sie so unfreundlich über Dominics Aussehen sprach. Sie hoffte, daß die wütende Frau bald fertig war und sie dann gehenließ. Aber so leicht sollte sie nicht davonkommen. Lady Montecue war noch nicht fertig mit ihr.

»Wenn du Lady Huntleigh ihre Freundlichkeit in den

vergangenen Jahren damit vergiltst, daß du dich so öffentlich und schamlos ihrem Sohn an den Hals wirfst, dann beweist das eine solche Undankbarkeit, daß es mich nicht wundern würde, wenn sie jeden Kontakt zu dir abbrechen wollte.«

»Aber ich habe nicht mit ihm geflirtet«, sagte Tabitha ernst. »Wir haben uns unterhalten, und dann hat er mich zum Tanzen aufgefordert. Wir sind lange schon Freunde, das ist alles. Ich versuche nicht, seine Frau zu werden«, erklärte sie mit brennenden Wangen.

»Das ist auch gut so«, erwiderte Lady Montecue kalt. »Wenn Dominic Rees irgendwelche Pläne mit dir hat, dann laß dir gesagt sein, daß Ehe sicher nicht darin vorkommt. Hast du mich verstanden?«

Tabitha sah ihre Tante aus großen Augen an. Sie war zu schockiert, um zu antworten.

Als sie gehen durfte, schlüpfte sie durch eine Seitentür, um nicht wieder unter den Gästen zu sein. Ihr Gesicht war rot, und ihre Hände zitterten. Sie brauchte jetzt etwas Zeit für sich, ehe sie sich wieder unter die Gäste mischen konnte.

Sie wollte gerade die Treppe hochsteigen, um sich in ihrem Zimmer wieder zu fassen, als sich eine schwere Hand auf ihre Schulter legte und sie zurückhielt. Richard.

»Ziehst du dich schon so früh zurück, Kusine? Ich dachte, daß du dich gut amüsierst?«

»Ich ziehe mich noch nicht zurück«, gab Tabitha ruhig zur Antwort. »Ich will nur einen Moment hoch. Laß mich bitte los.«

»Aber ich habe eine viel bessere Idee. Du brauchst eine Pause vor dem Lärm und der Unruhe, ja? Komm mit mir, wir erholen uns gemeinsam.«

Neugierig sah Tabitha ihn an. Ihr Instinkt riet ihr zur Vorsicht, aber sie wollte das, was ihr ein Freundschaftsangebot zu sein schien, nicht einfach zurückweisen.

»Danke«, sagte sie höflich und trat zurück. »Aber ich muß kurz auf mein Zimmer. Ich komme dann zu dir.«

»Mir wäre es lieber, du kämest jetzt«, sagte Richard schnell. »Ich habe gesehen, daß Mutter streng mit dir war, und ich will, daß du weißt, daß ich ihre ... Meinung nicht teile.«

Tabitha sah ihn ungläubig an, daß er so zu ihr sprach. Es stimmte, in den letzten Jahren war er ihr gegenüber toleranter gewesen, aber er hatte noch nie zuvor etwas gegen das Verhalten seiner Mutter gesagt.

»Bitte«, drängte er, »geh mit mir. Ich wollte schon lange einmal in Ruhe mit dir reden.«

Tabitha betrachtete sein ernstes Gesicht und nickte dann. Sie glaubte, einen Kloß in der Kehle zu haben. Vergangene Vorkommnisse fielen ihr ein, Richards Tyrannei und seine Grausamkeiten, seine Angst vor ihm, wann immer sie mit ihm allein gewesen war. Jetzt bereute er sein Verhalten anscheinend. Tabitha fragte sich, ob sie ihm je würde vergeben können, und sie wußte, daß sie das mußte, wenn sie ihm je wieder ruhig gegenübertreten wollte.

Sie erlaubt ihm, ihren Arm zu ergreifen und sie zur Bibliothek zu führen. Dort schloß er die Tür und wandte sich zu ihr um.

»Hab keine Angst«, sagte er ruhig, »ich will nur in Ruhe mit dir reden. Setz dich doch.« Er führte sie zu einem Sofa und setzte sich in einigem Abstand neben sie.

Ein paar Minuten schwiegen sie. Tabitha faltete die Hände im Schoß und kämpfte gegen die vertraute Furcht an, indem sie sich sagte, daß dieser hier der erwachsene, geläuterte Richard war.

»Du mußt wissen«, begann Richard schließlich, »daß ich dich hergebracht habe, damit wir unsere vergangenen Unstimmigkeiten bereinigen. Das hatte ich schon längst vor, aber irgendwie hat sich die Gelegenheit dazu nie ergeben. Ich bin mir bewußt, daß du jedes Recht hast, mir mit Mißtrauen und Vorbehalten zu begegnen, aber ich würde es vorziehen, wenn der Riß zwischen uns heilen würde.«

Tabitha, die die ganze Zeit ihre Hände betrachtet hatte, sah auf. »Du mußt mir glauben, daß ich gerne verzeihen möchte, Cousin, wenn du meinst, daß eine Versöhnung zwischen uns möglich ist.« Sie hatte Tränen in den Augen, und ihre Stimme zitterte.

»Ja, das meine ich«, sagte Richard und lächelte. »Ich weiß, daß du von Natur aus freundlich und gut bist, und ich hoffe schon lange, daß du mich als etwas anderes sehen könntest als den Tyrannen, den du einst gekannt hast.«

Tabitha wandte den Blick ab und sah aus dem Fenster auf den Zufahrtsweg hinaus. Der Vollmond warf lange Schatten auf den Rasen. Weich sagte sie: »Du hast mir das Leben schwergemacht. Jahrelang hast du mich nur verletzt und gequält und versucht, deine Mutter dazu zu bringen, daß sie es dir nachtut. Du hast versucht, alles zu zerstören, was mir etwas bedeutet hat, d-du ...« Hier schluchzte sie auf und konnte nicht weitersprechen. Tränen liefen ihr über die Wangen, und sie schlug die Hände vors Gesicht.

Richard rückte näher, legte ihr den Arm um die Schultern und zog sie an sich. »Bitte nicht«, bat er und holte ein Taschentuch hervor. Sie nahm es und putzte sich die Nase.

»Es tut mir leid«, flüsterte sie, »aber immer wenn ich an damals denke, überwältigen mich meine Gefühle.«

»Entschuldige dich nicht«, sagte er, »ich bin der, dem es leid tun muß.«

Richards Stimme klang sanft, und Tabitha schloß die Augen und ließ sich trösten. Dann hob Richard die Hand und zeichnete sacht die Linie ihrer Wangen nach. »Du bist so schön ...«, murmelte er, »das warst du immer.« Er hob ihr Kinn und wandte ihr Gesicht seinem zu. Sein Mund war rosa und feucht, und er küßte sie sanft auf die Lippen.

Tabitha öffnete die Augen und zuckte zurück, ehe sie aufsprang und zurückwich.

»Hab keine Angst«, sagte Richard und trat auf sie zu. »Ich werde dir nicht weh tun. Bleib nur noch etwas hier.«

Aber Tabitha wich noch weiter zurück. »Nein, ich wußte nicht, ich dachte – oh!« Sie keuchte auf, als sich seine Hand um Ihren Arm schloß. »Laß mich los!« verlangte sie und versuchte, sich loszureißen.

Aber Richard wollte sie nicht loslassen. Ihre Nähe, ihr Duft, die Berührung ihrer Haut hatten ihn erregt, und nun zitterte sie in seinem Griff wie ein ängstlicher kleiner Vogel. Er ergriff auch ihren anderen Arm und zog sie näher. Der Anblick ihrer großen Augen und des wilden Pulses erregte sein Verlangen mehr als irgend etwas sonst, und in dem Moment wußte er, daß er sie nicht wieder loslassen würde.

»Was für ein reizendes Geschöpf du doch geworden bist«, murmelte er.

Tabitha stand ganz still da. Sein Griff um ihre Handgelenke war so fest, daß sie sich niemals befreien könnte. Statt dessen sah sie ihn offen an.

»Laß mich gehen, Richard«, sagte sie so ruhig sie konnte. »Du weißt, daß das deiner Mutter nicht gefiele. Wir sind schon viel zu lange weg.«

Ein Lächeln trat in seine Augen und vertrieb die Lust, die sie erschreckt hatte.

»Hältst du mich für ein Kind, Kusine, das Angst vor seiner Mutter hat? Oder sorgst du dich um dich selbst? Keine Angst, sie wird dir nichts tun.« Seine Stimme klang zärtlich, und doch stieß er sie ab.

Tränen stiegen ihr in die Augen. Für wie billig er sie halten mußte, daß er so mit ihr umging. Und sie war bereit gewesen, seine Freundschaft zu akzeptieren. Aber sie hatte ihm glauben wollen, hatte sich nach der Rede ihrer Tante so sehr nach Mitleid gesehnt.

Richard senkte den Kopf, aber sie wandte das Gesicht ab, so daß er nur ihr Ohr traf. Er küßte es, dann ihren Hals. Tabitha schluchzte auf und begann dann, mit aller Kraft zu kämpfen. Erst schien es sinnlos, aber dann befreite sie ein Hand und schlug ihm hart ins Gesicht.

Überrascht von ihrem plötzlichen Feuer, sah Richard sie an, aber nur kurz. Dann hob er die Hand und schlug sie zu Boden.

Schon war er hinter ihr und zog sie hoch. Eine Hand legte sich auf ihren Mund und dämpfte die Schreie, die andere umfaßte ihre Taille und drückte sie an sich. Er hielt sie so fest, daß sie kaum atmen konnte, aber dann drehte er sich um und drängte sie gegen die Wand der Bibliothek.

»Das hättest du nicht tun sollen«, sagte er vorwurfsvoll. »Ich wollte sanft mit dir sein ...« Er hatte beide Hände neben ihr an die Wand gestützt, und sein Atem streifte ihr Gesicht, und Tabitha wußte auf einmal, wie eine Maus sich fühlen mußte, wenn die Katze mit ihr spielte. Ihre Furcht verschaffte ihm Lust, und er hatte vor, das Spiel zu verlängern.

Ihr Haß auf ihn war plötzlich größer als die Angst, und sie schlug ihn so hart, daß sie Schmerz in seinem Gesicht sah. Aber dann ergriff er ihre Schultern und schüttelte sie heftig. Ihr Kopf traf die Wand, und ihr Blick verschwamm. Dann spürte sie seinen Mund und seine Hände auf ihrem Körper, war aber viel zu benommen, um sich noch gegen ihn zu wehren.

Dominic begann sich unbehaglich zu fühlen. Lady Montecue war längst zurück in den Ballsaal gekommen, aber von Tabitha war nichts zu sehen. Vielleicht hatte ihre Tante sie gebeten, ihr etwas zu holen – oder sie hatte sie, wahrscheinlicher noch – nach oben geschickt. Dominic ging auf die Tür zu, als eines der Mädchen ihn leicht am Arm berührte.

»Verzeihung, Mylord, bitte kommen Sie mit mir.«

Etwas in den ängstlichen Augen der Magd bewog Dominic, ihr auf der Stelle zu folgen, und sobald sie außerhalb des Ballsaals waren, wandte sie sich in dringlichem Flüsterton an ihn. »Es ist Miss Tabitha, Mylord. Ich glaube, sie braucht Hilfe. Ich habe an Sie gedacht …«

»Wo ist sie?« unterbrach Dominic sie.

»Sie ist bei Master Richard. Er hat sie in die Bibliothek gebracht. Ich habe gesehen, wie sie hineingegangen sind, und das ist jetzt schon eine ganze Weile …«

Dominic brauchte nicht mehr zu wissen. In Sekunden war er bei der Bibliothek, riß die Tür auf und trat ein.

Erbost über den Anblick, der sich ihm bot, eilte er zu Richard und riß ihn so heftig von Tabitha weg, daß er zu Boden fiel. Dann baute er sich drohend über ihm auf und wartete, daß er auf die Beine kam.

Vorsichtig erhob sich Richard und staubte seine Jacke ab. »Ich glaube kaum, daß das nötig war, Huntleigh. Es verstößt nicht gegen das Gesetz, seine Kusine zu küssen, wissen Sie.«

»Ich habe Sie gewarnt, was passiert, wenn Sie sie anrühren«, sagte Dominic mit Mord in den Augen, »und ich halte mein Wort immer.«

Richard Montecue war ein großer Mann, aber ihm fehlte die Beweglichkeit seines wütenden Gegners, und schon bald entdeckte er, daß sein größeres Gewicht kein Vorteil war. Er versuchte, sich zu verteidigen, wurde aber wieder und wieder getroffen, bis er mit dem Rücken zur Wand stand. Hier hielt Dominic keuchend inne und sagte: »Na, du Bastard, wie gefällt es dir, einmal derjenige zu sein, der einstecken muß? Gefällt dir das?«

Richard antwortete nicht. Er wischte sich den Mund

mit dem Handrücken ab und entdeckte, daß er blutete. Sein Blick glitt zurück zu Dominics Gesicht, und erschrocken merkte er, daß er nicht so leicht davonkommen würde. Der nächste Schlag streckte ihn zu Boden, aber Dominics Wut war noch nicht verebbt, und wieder zog er den benommenen Mann auf die Beine.

Doch dann hielt Dominic inne, als er erkannte, daß er zu Tabitha gehen sollte, die mit angezogenen Beinen an der Wand lehnte und das Gesicht in den Händen vergraben hatte. Er beschloß, zum Ende zu kommen, und streckte Richard mit einem letzten, gutgezielten Schlag hart zu Boden.

Dann lief er zu Tabitha und sank neben ihr auf die Knie.

»Tabby«, fragte er sanft. »Alles in Ordnung?«

Sie sah auf. »Hmmm«, murmelte sie kaum hörbar.

Als er ihre geschwollenen Lippen und die Schramme auf ihrer Wange sah, fluchte er leise. Ihre Augen schwammen in Tränen, und der Ausschnitt ihres Kleides war eingerissen.

Dominic zog seine Jacke aus und legte sie ihr um, und dann nahm er sie wortlos auf die Arme. Als er sich umdrehte, stand die Dienerin immer noch in der Tür.

»Wie heißt du?«

»Verity Potter, Sir.«

»Nun, ich danke dir für dein Eingreifen, Verity, und bitte dich, meine Mutter zu holen. Kennst du Lady Huntleigh?«

Verity nickte.

»Gut. Sag ihr, daß wir gehen und daß ich Sie draußen treffe. Sag ihr, sie soll unauffällig gehen.«

Verity nickte und ging.

Dominic warf einen Blick auf Richard, der zu seiner Genugtuung immer noch besinnungslos auf dem Parkett lag – das war den Schmerz in seiner Hand wert – und trug Tabitha hinaus.

Dominic hatte sich schon immer als Tabithas Beschützer gesehen, und als er sie jetzt so schwach und hilflos in den Armen hielt, während sie das Gesicht an seine Brust schmiegte und leise weinte, spürte er neue Wut auf ihren Cousin, ein Zorn, der nicht größer gewesen wäre, wenn seine Schwester das Opfer gewesen wäre. Vielleicht noch mehr, dachte er, denn Tabitha konnte sich noch weniger wehren als seine resolute Schwester, die wahrscheinlich noch nie in ihrem ganzen Leben vor etwas Angst gehabt hatte.

Tabitha dagegen war sensibel. Zwölf Jahre war sie jetzt schon in diesem Haus, ohne daß jemand sich ihrer hartherzigen Tante oder dem brutalen Cousin entgegengestellt hätte. Er erinnerte sich noch an den Tag ihrer Ankunft – ein schmächtiges kleines Ding mit ängstlichen Augen und einem häßlichen Kleid. Damals hatte er gedacht, wie schrecklich es war, ein Kind so etwas anziehen zu lassen, und ihre Tante hatte sie ein Jahr lang Schwarz tragen lassen.

In all den Jahren hatte er sie nicht einmal über ihre Situation klagen hören. Aber ihre fröhliche Art, wann immer sie etwas Zeit mit seiner Familie verbracht hatte, war so unterschiedlich von ihrer sonst zurückhaltenden Art gewesen, daß es offensichtlich war, daß sie von ihren Verwandten fortwährend schlecht behandelt wurde. Doch die Chance sollten sie nie wieder erhalten, schwor sich Dominic. Er würde sie nicht mehr in ihre Nähe lassen.

Als er die Kutsche seiner Mutter erreichte und den Fahrer überraschte, der erst in ein paar Stunden mit ihnen gerechnet hatte, hatte Tabitha aufgehört zu weinen und lag jetzt still in seinen Armen. Er setzte sie mit einem beruhigenden Lächeln in die Kutsche, zog die Jacke zurecht, damit sie es bequem hatte, und trat dann zurück, um vor der Kutsche geduldig auf seine Mutter zu warten.

10

Benommen und verstört lehnte Tabitha ihren schmerzenden Kopf in das Polster der Kutsche. In Dominics Armen hatte sie sich getröstet und sicher gefühlt, aber jetzt, als sie allein in der Kutsche saß, fühlte sie sich einsam und verlassen, obwohl sie die gedämpften Stimmen Dominics und seiner Mutter draußen hören konnte.

Sie erkannte, daß sie sich jetzt nicht nach Breckenbridge Abbey flüchten konnte, denn sosehr sie Dominic dafür dankbar war, daß er sie vor Richard gerettet hatte, so wenig durfte sie Wroxley jetzt verlassen. Das würde sie nur in noch viel größere Schwierigkeiten bringen. Sie mußte aufstehen und aus der Kutsche steigen. Allen sagen, daß sie sie hierlassen sollten, daß Amelia ihr sicher helfen würde, daß selbst ihre Tante Richards letzten Übergriff nicht ignorieren würde. Aber irgendwie konnte sie sich nicht bewegen. Ihre Glieder waren bleiern, und sie hatte nicht die Kraft, sich von ihrem Sitz zu erheben.

Innerlich wegen ihrer Schwäche fluchend, sah Tabitha, wie sich die Tür öffnete und Dominic und seine Mutter nacheinander in die Kutsche stiegen.

»Du armes Kind«, sagte Lady Huntleigh sofort mitfühlend, setzte sich neben Tabitha und nahm ihre kalten Hände in ihre. »Dominic hat mir erzählt, was du erlebt hast«, sagte sie, »und er hat recht, du mußt mit zu uns kommen.«

Tabitha spürte, wie sich die Kutsche in Gang setzte

und sie von Wroxley Manor fortbrachte. »Ich weiß nicht, ob ich das tun sollte«, brachte sie schließlich hervor. »Sie sind so freundlich, aber das macht es für mich nur noch schlimmer. Tante Montecue …«

»Deine Tante kann zum Teufel gehen«, unterbrach Dominic sie heftig, »denn da gehört sie ganz sicher hin. Sie und dieser Satan, den sie Sohn nennt.«

»Dominic!« rief seine Mutter aus, schockiert über seinen aggressiven Tonfall. »So darfst du vor Tabitha nicht sprechen.«

»Oh, ich zweifele nicht daran, daß Tabitha genauso denkt«, erwiderte er und lehnte sich vor, um Tabitha anzusehen. Sein Gesicht wurde weich, als er ihr blasses Gesicht im Mondlicht sah, und die häßliche Schramme, die sich dunkel davon abhob.

»Tabby«, sagte er sanft, »ich möchte, daß du keinen Gedanken mehr an Richard und deine Tante verschwendest. Du wirst niemals mehr zu ihnen zurückkehren. Du kannst bei uns wohnen. Himmel, das hätte ich schon vor Jahren machen sollen. Wenn ich nicht so voller dummer romantischer Gedanken an Krieg, Heldentum und Ruhm gewesen wäre …«

»Oh, Dominic«, seufzte Tabitha, »du sprichst ohne nachzudenken, das werden meine Verwandten niemals zulassen.«

»Du unterschätzt mich. Deine Tante wird es schon einsehen, verlaß dich darauf.«

Sich auf Dominic verlassen? Das war einfach genug. Ihr Vertrauen in seine Fähigkeiten war grenzenlos. Und es war soviel einfacher, nicht zu denken und zu grübeln, denn der Kopf tat ihr weh, und ihre Arme und Schultern schmerzten von Richards hartem Griff. Tabitha schloß die Augen. Sie war vollkommen durcheinander und wollte nicht wieder die Kontrolle verlieren.

Schließlich hielt die Kutsche an, und sie erkannte,

daß sie die Abtei erreicht hatten. Tabitha setzte sich aufrecht hin und zog Dominics Jacke eng um sich.

Dominic half seiner Mutter aus der Kutsche und wandte sich dann zu Tabitha, um sie herauszuheben. Aber statt sie abzusetzen, wie sie es erwartet hatte, trug er sie die Treppe hinauf und ins Haus. Der Diener, der ihnen die Tür öffnete, verriet mit keinem Wimpernzucken sein Erstaunen, Tabitha Montecue in den Armen seines Herrn zu sehen, und Dominic gab auch keine Erklärung für sein Verhalten ab, sondern wünschte dem Mann nur eine gute Nacht.

Er trug Tabitha die Treppe hoch in eines der Gästezimmer und überließ sie dort den fähigen Händen seiner Mutter. Dominic wußte, daß seine Mutter bald zu ihm kommen würde, und so ging er in sein Arbeitszimmer hinunter, wo er sich einen Brandy eingoß und sich hinsetzte.

Eine gute Stunde später erschien Lady Huntleigh schließlich, ein wenig erschöpft aussehend. »Ich habe gesehen, daß Licht brennt, und wußte, daß du noch auf bist«, erklärte sie und schloß die Tür hinter sich.

»Schläft sie?«

»Ja, das arme kleine Ding.« Lady Huntleigh ließ sich auf den Stuhl neben dem ihres Sohnes sinken und sah ihn aus müden Augen an. »Ich kann nicht glauben, daß Richard Montecue so tief gesunken ist. Meinst du, er wollte …« Sie zögerte.

»Sie vergewaltigen? Daran habe ich keinen Zweifel. Aber Tabitha scheint sich heftig gewehrt zu haben, und ich war zum Glück rechtzeitig da.«

»Und was hast du mit Richard gemacht, um ihn daran zu hindern, einen Aufstand zu machen, als wir gingen? Ich hoffe, daß du ihn nicht umgebracht hast.«

»Langsam wünsche ich, das hätte ich«, gab Dominic bitter zurück. »Aber nein, ich habe ihn nur niedergeschlagen. Er war immer noch bewußtlos, als wir gegangen sind.«

Lady Huntleigh hob eine Hand an die Wange. »Oh, Dominic …«

»Er verdient dein Mitleid nicht, Mutter«, unterbrach er sie rauh.

»Nein, natürlich nicht.« Sie schwieg einen Moment und sagte dann: »Hast du mit Tabitha gesprochen? Hat sie dir erzählt, wie er sie dorthin gelockt hat?«

Dominics Gesicht verriet ihr, daß er nichts wußte, und so erzählte sie ihm, was sie von Tabitha erfahren hatte.

»Er hat sie auf dem Weg nach oben abgefangen. Sie war traurig – wegen ihrer Tante, glaube ich. Und Richard, dieses – dieses Monster, hat sie glauben lassen, daß er mit ihr fühle. Er bot ihr an, sich zu versöhnen, und Tabitha, das arme Kind, hat natürlich alles geglaubt und ist willig mit ihm gegangen. Dann hat er sich wohl entschuldigt und eine Versöhnung erbeten – zu welchem Zweck Richard das gemacht hat, kannst du dir ja denken. Als er zu freundschaftlich wurde, brach ein Kampf aus. Ich glaube, daß seine subtile Gemeinheit, sich ihr Vertrauen zu erschleichen, Tabitha mehr erschüttert hat als die körperliche Gewalt selbst.«

Dominic sprang wütend auf und lief auf und ab, aber seine Mutter bat ihn, sich wieder hinzusetzen. Er gehorchte und starrte finster in den leeren Kamin.

»Ich hätte ihn töten sollen«, murmelte er, »und das werde ich auch tun, wenn er es noch einmal wagt, sich ihr zu nähern.« Doch dann sah er die Sorge im Gesicht seiner Mutter und gab nach. Er versprach ihr, nichts zu übereilen.

»Ja, Dominic«, seufzte Lady Huntleigh, »aber was sollen wir jetzt tun?«

»Was ich gesagt habe, Tabitha hierbehalten. Sie kann nicht dorthin zurückgehen.«

»Nein, sicher nicht. Aber Minerva wird doch sicher eingreifen? Tabitha ist noch nicht volljährig. Wir haben kein Gesetz auf unserer Seite.«

»Das Gesetz? Mutter, erwartest du denn wirklich, daß Minerva Montecue sich auf das Gesetz berufen wird? Ihre Familie und ihren Namen vor Gericht zerren wird? Keine Sorge, überlaß Minerva nur mir, ich werde morgen mit ihr sprechen.«

Dominic stand auf und steckte ihr die Hand hin. »Komm, du bist müde und solltest im Bett sein.«

Die Countess stand erschöpft auf. »Ja, es war ein langer Tag. Gute Nacht, Dominic.«

Er gab ihr einen Kuß auf die Wange. »Gute Nacht, Mutter.«

Der nächste Morgen war verhangen. Schwere dunkle Wolken verbargen die Sonne, und ein stetiger Regen näßte die Fenster der Abtei.

Tabithas Zimmer lag im Westflügel des Hauses, und sie erwachte früh. Sie wußte nicht gleich, wo sie war, und setzte sich auf, aber dann fiel ihr alles wieder ein. Sie war in der Abtei. Dominic hatte sie letzte Nacht hergebracht. Tabitha legte sich wieder hin und dachte über ihre Situation nach. Sie war gestern zu verwirrt gewesen, um klar denken zu können, aber jetzt versuchte sie, Ordnung in ihren Kopf zu bringen.

Erleichterung war das vorherrschende Gefühl – Erleichterung, daß sie hier war, außer Reichweite all dessen, vor dem sie am meisten Angst hatte. Dazu gesellte sich Angst vor der Zukunft. Dominic hatte gesagt, sie solle ihm vertrauen, was sie auch tat. Sie hatte keinen Zweifel daran, daß er sie von Wroxley weggebracht hatte. Er hatte auch gesagt, daß sie in der Abtei bleiben solle – eine schöne Vorstellung, wenn es nicht so viele Einwände dagegen gäbe.

Ihr Hiersein belastete sicher die lange Freundschaft zwischen den Familien Montecue und Rees. Es beunruhigte Tabitha, daß sie eine jahrhundertealte Beziehung stören würde.

Noch weniger gefiel ihr der Gedanke, für immer als Abhängige dieser großherzigen Familie zu leben. Die Schuld wäre zu groß, um sie je abzahlen zu können. Am schlimmsten aber war die Vorstellung, daß Dominic irgendwann seine Frau mit nach Breckenbridge Abbey bringen würde. Vielleicht noch nicht, denn er war noch sehr jung, aber er würde seine Pflicht, einen Erben in die Welt zu setzen, nicht vernachlässigen.

Nicht zum erstenmal fragte Tabitha sich, welche Qualitäten Dominic wohl in einer Frau suchte. Sicher eine untadelige Herkunft und große Schönheit. Noch wichtiger wären ihm sicher Eleganz und Stil. Sie konnte sich Dominic nicht mit einer unauffälligen Frau vorstellen. Tabitha dachte, daß sie selber vielleicht ganz passabel aussah, denn das hatte Amelia ihr einmal gesagt, aber von allen Qualitäten, die er suchen würde, war das sicher die unbedeutendste.

Dominic sprach immer sehr freundlich mit ihr – seine Stimme drückte aus, was er für sie empfand. Er sah sie als kleines Mädchen, das er immer bedauert hatte und das er mochte. Das hatte ihr lange genügt, aber sie hatte sich verändert. Wenn er das doch nur sehen würde.

Als Tabitha beobachtete, wie es im Zimmer heller wurde, erkannte sie, wie sinnlos solche Hoffnungen waren. Die Worte ihrer Tante hallten schmerzhaft in ihrem Kopf. Sie war ihm gesellschaftlich weit unterlegen, und selbst, wenn er sie einmal begehrenswert fand, würde er sie nie heiraten. Aber er würde auch nie, da war sie sich sicher, eine Alternative vorschlagen.

Schließlich setzte Tabitha sich auf. Sie trug ein Nachthemd der Countess und erkannte, daß sie nichts anzuziehen hatte. Ihr grünes Seidenkleid war hoffnungslos ruiniert. Aber sie hätte sowieso kein Kleid tragen wollen, das von Richards Händen besudelt worden war.

Der Gedanke an Richard verursachte ihr Übelkeit, und rasch verdrängte sie ihn aus ihren Gedanken. Doch das war schwer, wenn ihre Gelenke noch immer von seinem Griff schmerzten und sie den Abdruck seines Mundes noch auf ihrem zu spüren meinte. Was sein Manöver anging, um sie einzulullen ... daran konnte sie nicht denken, wie sie ihm erlaubt hatte, sie zu trösten, zu berühren und zu umarmen. Tabitha schämte sich zutiefst ihrer Fehleinschätzung und wandte sich resolut anderen Dingen zu. Bald würde jemand kommen und ihr etwas anzuziehen bringen.

Kurz darauf klopfte es, und Hortense, die Zofe Lady Huntleighs, trat mit einigen Kleidungsstücken über dem Arm ein.

»Guten Morgen, Miss Tabitha. Lady Huntleigh dachte, daß ihnen Miss Lucys Sachen passen könnten, wenn Sie sich gut genug fühlen, um herunterzukommen.«

Tabitha stand auf. »Das ist sehr nett«, lächelte sie und griff nach dem pfirsichfarbenen Kleid, um es sich vorzuhalten.

Hortense sah kritisch zu. »Das ist ein bißchen lang, aber ich kann es kürzen, ja?«

»Nein, bitte nicht, das sind Lucys Sachen. Ich leihe mir gerne etwas, aber bitte nichts ändern. Ich kann die Röcke raffen.«

»Wirklich? Aber passen Sie auf, daß Sie nicht stolpern.«

»Ich bin vorsichtig.« Tabitha lächelte und begann sich anzuziehen.

Lady Huntleigh hatte niemandem gesagt, warum

Tabitha hier war, aber Gerüchte machten schnell die runde, und als Hortense die zerschrammte Wange Tabithas sah, dachte sie sich ihr Teil. Sie kannte Tabitha noch aus Kindertagen, als sie ein ernstes, stilles kleines Mädchen gewesen war, das sie immer lieber gehabt hatte als ihre lärmenden Cousin und Cousine, die sie höchst abstoßend gefunden hatte.

Das Kleid war in der Tat zu lang, denn Tabitha war sicher einen halben Kopf kleiner als die große Lucy. Es war auch zu weit, aber Tabitha war zufrieden.

Sie bürstete ihr Haar und band es lose zurück, dankte Hortense, hob den Rock und verließ den Raum.

11

Tabitha kannte sich in der Abtei gut aus, denn sie hatten als Kind oft hier gespielt. Sie kannte auch ihre Geschichte, die Lucy ihr mit Geistergeschichten versetzt erzählt hatte.

Obwohl Breckenbridge den Namen Abbey trug, hatten hier nie Nonnen gewohnt – außer in Lucys Phantasie, die gerne von Gespenstern erzählt hatte, die über die Flure huschten. Im ausgehenden 14. Jahrhundert hatte König Richard sich die Abtei angeeignet und sie einem seiner Günstlinge als Privatsitz übergeben. Das Haus stammte sicher aus dem 13. Jahrhundert, aber über die Jahre war so viel verändert und angebaut worden, daß der Originalbau unkenntlich geworden war.

Das Ganze war eine bunte Architekturmischung geworden, und das zeigte sich auch im Speisesaal, den Tabitha jetzt betrat. Das war ihr Lieblingszimmer, weil es so elegant geschnitten war und einen herrlichen Kamin an der Westseite hatte, der mit Stuckverzierungen und Malerei nach französischem Vorbild geschmückt war. Das hatte Tabitha schon als Kind fasziniert, und sie hatte oft gewünscht, sie könnte die Motive in ihren Skizzenblock kopieren. Vielleicht bekam sie ja jetzt Gelegenheit dazu.

Dominic saß bereits an dem großen Mahagonitisch beim Frühstück. Als er sie sah, stand er rasch auf und kam ihr entgegen.

»Oh, du bist schon auf. Die Rees-Frauen schlafen

immer länger. Bist du auch sicher, daß du schon aufsein solltest?« Er betrachtete sie besorgt. »Geht es dir gut?«

Tabitha, die beim Anblick Dominics von plötzlicher Scheu erfaßt wurde, konnte ihn nicht ansehen. »Mir geht es gut, danke«, erklärte sie und heftete ihren Blick auf seine schimmernden Reitstiefel.

»Dann komm und iß.« Er führte sie zum Tisch und stellte allerlei verlockende Speisen vor sie hin. Gebratene Nieren mit Pilzen, Würstchen und Eier mit Schinken.

Tabitha zwang sich zur Ruhe, verschränkte die Hände im Schoß und sah Dominic an. »Erst muß ich dir danken, Dominic, weil du mit letzte Nacht zu Hilfe gekommen bist. Ich weiß nicht, was ich getan hätte, wenn du nicht ...« Zu ihrem Entsetzen begann ihre Unterlippe zu zittern, und sie konnte nicht weitersprechen.

Dominic rettete sie, als er fröhlich sagte: »Denk nicht mehr daran. Ich habe schon lange nach einer Gelegenheit gesucht, dem Bastard mal eins überzubraten. Ich bin dankbar, daß du mir jetzt die Gelegenheit dazu gegeben hast.« Er betrachtete ihr besorgtes Gesicht und sagte dann entschieden: »Iß jetzt, Tabby, damit du in dein Kleid paßt.«

Er lächelte noch genauso wie früher, als sie Kinder gewesen waren. Tabitha vergaß ihre Verlegenheit und lachte. »Ich bezweifle, daß ich das je schaffe. Sehe ich sehr lächerlich aus?«

»Du siehst aus wie die halbe Portion, die du bist«, sagte er neckend.

Tabitha begann zu essen, und Dominic trank seinen Kaffee.

In dem großen Kleid sah sie lächerlich jung aus. Jung und unschuldig. Vor diesem Hintergrund war Richards Benehmen noch verachtenswerter. Er hatte sie mit Versprechungen von Versöhnung und Freundschaft eingelullt und dann mitleidlos sein Opfer geschnappt, ohne einen Gedanken daran zu verschwenden, wie die Konsequenzen für sie aussehen würden.

Dominic stellte rasch die Tasse ab. Seine Gedanken und der Anblick von Tabithas geschwollener Wange hatten seinen Zorn erneut geweckt, doch er zwang sich zur Ruhe. »Ich werde heute vormittag deine Verwandten besuchen, Tabitha«, sagte er. »Soll ich irgend etwas für dich mitbringen?«

Tabitha hörte auf zu essen und sah ihn erstaunt an. »Mußt du denn dorthin? Was willst du dort tun?«

»Sieh nicht so erschrocken drein«, sagte Dominic leichthin. »Ich will deiner Tante sagen, daß du von jetzt an hier wohnst und sie alle Rechte als dein Vormund verwirkt hat.«

»Und du glaubst, daß sie zustimmt?« fragte Tabitha mit gerunzelter Stirn.

»Sie wird keine Wahl haben«, erwiderte Dominic fröhlich. »Überlaß das nur mir. Aber du hast meine Frage nicht beantwortet. Was soll ich dir mitbringen?«

Tabitha dachte nach. Es gab nur wenig, woran ihr lag, eigentlich nur ihre Zeichnungen. »Vielleicht kann Verity meine Kleider zusammenpacken«, sagte sie schließlich und setzte dann scheu hinzu: »Und meine Malsachen und die Bilder. Ich habe sie gerne um mich.«

Dominic lächelte und erhob sich. Auch Tabitha stand auf und sah ihn an – er sah so eifrig aus. Ja, er würde die Konfrontation genießen, die sie niemals ertragen könnte. Wie seltsam, aber auch in ihrer Abgeschiedenheit hatte sie entdeckt, wie unterschiedlich die Menschen waren. Als Junge war Dominic immer leichtsinnig und furchtlos gewesen. Sie seufzte, weil sie sich wie ein Feigling fühlte, und fragte sich, wie es wohl wäre, so mutig zu sein.

Tabitha sah zu, wie er seinen Mantel anzog und zur Tür schritt. Ehe er ging, sah er sie an. »Warum siehst du so beunruhigt aus, Tabby?«

»Ich will nicht, daß du gehst«, erwiderte sie ruhig.

Er trat auf sie zu. »Meinst du, sie könnten etwas tun, was mich verletzt?«

»Ich weiß nicht, aber es ist schrecklich, daß du dir um meinetwillen ihr Mißfallen zuziehst.«

Er berührte kurz ihre Wange. »Sei keine Gans. Denkst du, ich schleppe dich mit, damit diese Frau dich beschimpfen kann? Mach es dir gemütlich und sorge dich nicht, ich komme zu dir, wenn ich wieder hier bin.«

Tabitha sah ihm nach und begab sich dann in das gemütliche kleine Zimmer vorne, das die Familie am liebsten hatte, obwohl es viel spärlicher eingerichtet war als die großartigen Salons. Hier würde sie auf Lady Huntleigh warten.

Um sich abzulenken, betrachtete sie die Bücher im Regal. Sie fand ein Exemplar von ›Sinn und Sinnlichkeit‹ von Jane Austen, das zu lesen Tante Montecue ihr immer verboten hatte, weil es ein Roman war. In Wroxley standen nur Erbauungsbücher und philosophische Traktate in den Regalen des Schulzimmers. Tabitha hatte schon von Jane Austen gehört, und voller Spannung begann sie zu lesen.

Lady Huntleigh stand in der Tat spät auf, denn es war schon kurz nach Mittag, ehe sie unten erschien, was in London keine Ausnahme darstellte, auf dem Land aber entschieden ungewöhnlich war.

Sie hatte Tabitha gerade erst begrüßt, als Schritte erklangen und Dominic zu ihnen trat. Er hatte seinen Mantel ausgezogen, und Regentropfen glitzerten in seinen Haaren.

»Du bist naß«, bemerkte seine Mutter, als er sie auf die Wange küßte. »Sag mir nicht, daß du schon in Wroxley warst, noch dazu bei dem Wetter?«

»Doch.«

Zwei besorgte Augenpaare sahen ihn an, und er lachte kurz auf.

»Nun?« fragte Lady Huntleigh ungeduldig. »Sollen wir den ganzen Tag hier warten, bis du erzählst, was passiert ist?«

»Nein, ich erlöse euch von der Spannung.« Dominic setzte sich. »Es war so, wie ich erwartet hatte. Ich habe um eine private Unterredung mit Lady Montecue gebeten, die höchst aufgewühlt aussah. Sie wollte sofort wissen, was ich mit ihrer Nichte gemacht habe. Ich habe ihr beschrieben, unter welchen Umständen ich dich letzte Nacht gerettet habe, Tabby, wobei ich keinen Hehl aus dem Charakter ihres Sohnes gemacht habe, dessen Jochbein links gebrochen ist, wie ich erfuhr.«

Als er den erschrockenen Ausdruck seiner Mutter sah, setzte er heftig hinzu: »Das hat er verdient. Ich hoffe nur, daß es ihm ordentlich weh tut.«

Dann richtete sich seine Aufmerksamkeit auf Tabitha, deren blasses Gesicht ihren inneren Aufruhr verriet. »Ich habe deiner Tante gesagt, daß du von jetzt an bei uns wohnen wirst, und dem muß sie zustimmen, wenn sie nicht will, daß ich die Geschichte deiner Mißhandlung in den letzten Jahren publik mache. Ich habe ihr auch gesagt, daß sie diesen Thackerey vergessen kann.«

Als er Tabithas überraschtes Gesicht sah, erklärte er: »Amelia. Ich habe sie am See getroffen. Warum hast du mir nichts gesagt, Tabby? Du hättest wissen müssen, daß ich dir geholfen hätte.«

»Was?« fragte Lady Montecue. »Wer ist Mr. Thackerey?«

»Das ist eine lange Geschichte, Ma'am«, warf Tabitha rasch ein, »die sich zu erzählen nicht lohnt.« Sie spürte, daß Dominic sie ansah und sah errötend zu Boden. Sie dachte, er würde bei dem Thema bleiben, aber zu ihrer Erleichterung fuhr er fort, von den Ereignissen des Vormittags zu erzählen.

»Um es kurz zu machen: Minerva hat ein paar von ihren Wohltätigkeitsgedanken von sich gegeben, Tabithas Undankbarkeit erwähnt und ihren Wunsch ausgedrückt, mich wegen des Angriffs auf ihren Sohn vor Gericht zu bringen. Aber das würde sie im Traum nicht riskieren. Ich habe ihr gesagt, daß wir ausstreuen werden, daß du auf Einladung Lucys bei uns zu Besuch seiest und daß du uns nach London begleiten wirst, was du tun wirst.«

Tabitha brauchte einen Moment, um alles einwirken zu lassen, was er gesagt hatte. »Ich weiß nicht«, erwiderte sie dann, »vielleicht nicht.«

»Aber ja«, erklärte Lady Huntleigh schnell. »Lucy wird sich freuen, sich zu sehen. Und die Saison hat fast begonnen. Wir können zu Gesellschaften gehen, ins Theater – das wird dir gefallen.«

Lady Huntleigh war offenbar froh über jeden Vorwand, London zu besuchen, denn ihre Augen blitzten vor Freude und Begeisterung. »Wir gehen, sobald du dich besser fühlst und diese Schramme abgeheilt ist«, erklärte sie heiter. »Natürlich brauchst du neue Kleider – wir können dich nicht in diesen scheußlichen Sachen lassen, die Minerva dich hat tragen lassen.«

In Tabithas Ohren klang das nach Paradies, aber sie mußte dem ein Ende setzen, ehe sie schwach wurde.

»Bitte nicht, Ma'am«, stieß sie hervor. »Es tut mir leid, Sie sind so freundlich zu mir gewesen, beide so freundlich, aber ich kann nicht für immer bei Ihnen bleiben, das müssen Sie doch verstehen.«

»Aber warum denn nicht?« fragte Lady Huntleigh. »Glaubst du nicht, daß es dir bei uns gefallen würde?«

»Oh, doch«, erwiderte Tabitha ehrlich, »aber ...«

»Aber was?« fiel Dominic ihr ins Wort. »Gib mir einen guten Grund, warum nicht.«

Tabitha sah unsicher von einem zum anderen, ehe sie tief Luft holte und fortfuhr. »Meine Anwesenheit hier wird für immer die Beziehung der Rees zu den Montecues zerstören.«

»Welche Beziehung?« Dominic lachte. »Gute Güte, darum habe ich mich schon gekümmert, als ich deinem Cousin das Jochbein gebrochen habe, meine Liebe. Und wenn du wirklich meinst, daß ich heimliche Wünsche hege, wieder freundschaftliche Beziehungen zu deinen Verwandten aufzunehmen, dann mußt du ernsthaft deinen Geist untersuchen lassen. War das alles?«

»Nein.« Tabitha schüttelte den Kopf. »Ich weiß nicht, ob Sie sich über meine Umstände im klaren sind.« Sie errötete tief. »Ich war von meiner Tante vollkommen abhängig. Ich besitze keine eigenen Mittel, und ich kann und werde nicht zulassen, daß Sie für mich aufkommen. Ich werde mir meinen Lebensunterhalt selbst verdienen.«

»Lebensunterhalt verdienen?« rief Lady Huntleigh ungläubig aus, als wenn sie so etwas noch nie gehört hätte. »Und wie hast du dir das vorgestellt?«

»Das weiß ich noch nicht so genau«, erklärte Tabitha, »aber ich kann zeichnen und recht gut Französisch sprechen. Ich dachte, ich könnte vielleicht eine der Fähigkeiten unterrichten.«

»Unterrichten!« wiederholte Lady Huntleigh. »Aber du bist doch selbst noch ein Kind. Wer sollte dich als Lehrerin anstellen?«

»Es mag dir nicht entgehen, Mutter«, warf Dominic ein, der interessiert und amüsiert zugehört hatte, »daß dein Ton vielleicht eine Spur verletzend ist. Du kannst Tabitha auch unterschätzen.«

Tabitha lächelte ihn dankbar an, aber seine Mutter fauchte ärgerlich: »Ihr seid ja beide verrückt geworden. So etwas habe ich ja noch nie gehört.«

»Bitte, seien Sie nicht ärgerlich, Ma'am«, sagte Tabitha begütigend. »Ich kann es nicht ertragen, Sie aufzuregen. Bitte, versuchen Sie doch zu verstehen ...«

»Das reicht.« Dominic unterband entschieden jede weitere Debatte. »Die Lösung ist ganz einfach. Tabitha, du kannst weder erwarten noch wünschen, eine Stelle hier in der Nähe zu bekommen. Also kannst du Mutters Wunsch nachkommen, uns nach London zu begleiten. Dort wirst du viele Leute kennenlernen und dadurch auch viel eher die Möglichkeit bekommen, für jemand anderen zu arbeiten.«

Die Countess sah aus, als wollte sie etwas einwenden, aber Dominic brachte sie mit einem warnenden Blick zum Schweigen.

»Zufällig«, fuhr Dominic fort, »habe ich Amelia getroffen, ehe ich ging, und sie hatte deine Sachen schon zusammengepackt. Sie sind jetzt oben, und vielleicht möchtest du hochgehen und dir etwas anziehen, das dir paßt.«

»Danke.« Tabitha erhob sich und hob den Saum ihres geborgten Kleides an. »Das werde ich tun, Dominic, und du hast recht – meine Chancen auf eine Anstellung sind in London viel größer, also danke ich dir und bin dir für deine Begleitung dorthin dankbar.«

Kaum hatte Tabitha das Zimmer verlassen, als Lady Huntleigh sich auch schon an ihren Sohn wandte. »Warum bestärkst du sie noch darin? Du kannst dir doch nicht wünschen, daß sie als Gouvernante endet. Hast du eine Ahnung, was für ein ödes Leben das für sie wäre?«

»Beruhige dich, Mutter, natürlich wünsche ich mir das für Tabitha nicht. Was glaubst du wohl, wie lange sie eine Saison mitmacht, ohne einen Heiratsantrag nach dem nächsten zu bekommen? Bei ihrem Gesicht und deinem Schutz werden viele das Fehlen einer Mitgift übersehen. Es wird ihr an Verehrern nicht mangeln.«

»Ist es das, was du dir für sie wünschst, Dominic – daß sie jemanden heiratet?« Fast hätte sie gesagt, jemand anderen, aber sie konnte sich das noch rechtzeitig verkneifen.

»Natürlich, jemanden ihrer Wahl. Ich will, daß sie glücklich wird.«

Lady Huntleigh sah ihn an. Wie schwer war doch ihr Sohn zu verstehen. Sie liebte ihn wirklich, aber manchmal war er ihr ein Rätsel. Sie hätte geschworen, daß er Tabitha liebte. Wann immer er sie ansah, wurde sein Blick weich wie bei niemandem sonst, und er war außerordentlich geduldig mit ihr – war es immer gewesen. Nicht zum erstenmal fragte sich Lady Huntleigh mit schwerem Herzen, ob er wegen seiner Narbe vielleicht ein Gefühl der Minderwertigkeit empfinden könnte. Aber das würde sie nie herausfinden. Trotz all ihrer Fragen zum Krieg, die er tapfer beantwortet hatte, hatte er nicht einmal über das Thema mit ihr gesprochen.

Dominic war seit Kindertagen schon ein selbstbewußter Junge gewesen. Wenn einer eine solche Entstellung verwinden konnte, dann er. Aber sie fragte sich, ob er vielleicht einmal durch eine unfreundliche Reaktion oder Bemerkung verletzt worden war. Auch wenn ihr Herz für ihn blutete, wußte sie doch noch gut, wie schwer es ihr gefallen war, ihren eigenen Schrecken zu verbergen, als sie ihn zum erstenmal so gesehen hatte. Wahrscheinlich hatten das nicht viele geschafft, womöglich nicht einmal Tabitha.

Sie beobachtete ihn genau, als er seine Sachen nahm und aufstand, aber wie immer verriet sein Gesicht nichts.

12

Es war noch sehr früh und kaum hell draußen, aber Tabitha wußte, wo sie war, sobald sie die Augen aufschlug. Wie auch nicht, wenn so viele ungewohnte Geräusche von der Straße zu ihr hochdrangen.

Sie waren gestern im Dunkeln am Berkeley Square eingetroffen, und sie war nach sechs Stunden in der Reisekutsche der Huntleighs unsagbar müde gewesen. Zu müde, um mehr zu machen, als ein leichtes Abendbrot einzunehmen und dann ins Bett zu gehen.

Doch jetzt warf sie erfrischt und mit neuer Energie die Decke zurück und eilte ans Fenster. Die Szene vor dem Fenster schien ihr außerordentlich, denn sie war noch nie in einer größeren Stadt als Warwick gewesen. Reihe um Reihe von Schornsteinen und Dächern erstreckte sich vor ihrem Auge, und die Leute unten bewegten sich mit einer Zielstrebigkeit, die sie von Warwick nicht kannte.

Zu unruhig, um zurück ins Bett zu gehen, wusch sie sich Gesicht und Hände in der Waschschüssel auf ihrem Tisch, wobei sie sich nicht darum kümmerte, daß das Wasser über Nacht kalt geworden war. Die meisten Möbelstücke, die hier und auch sonst im Haus standen, waren antik, dunkel und schwer, aber das Haus wirkte dennoch nicht düster, weil Tapeten und Vorhänge farbenfroh waren. Tabithas Zimmer war vornehmlich in Pink gehalten, was vorzüglich zu den alten Möbeln passte, und auf ihrem Ankleidetisch stand eine große Vase mit den ersten Tulpen.

Zufrieden zog Tabitha sich rasch an und wählte ihr Lieblingsmorgenkleid. Wie die meisten ihrer Sachen hatte es früher Amelia gehört, aber obwohl es geändert und schon ziemlich ausgewaschen war, stand das helle Gelb Tabitha gut, so daß sie selbstbewußt die Treppe hinunterstieg.

Dieses Selbstvertrauen wurde allerdings stark erschüttert, als ihre Gastgeberin Stunden später erschien und das Kleid für unmöglich erklärte.

Tabitha, die den Vormittag höchst angenehm damit verbracht hatte, sich von Dominic das Haus zeigen zu lassen, war auf so einen Angriff nicht vorbereitet. Nach der Frage, ob Tabitha gut geschlafen habe, kündigte Lady Huntleigh an, daß sie Tabitha noch an diesem Nachmittag zu ihrer Schneiderin in der Bruton Street bringen würde. »Das mag für Warwickshire ja noch gehen –«, bemerkte sie mit einem Unterton, der zeigte, daß sie bei dem Thema nicht mit sich reden ließ, »– aber in London kannst du dich unmöglich so sehen lassen.«

»Ich weiß, daß meine Garderobe beschränkt ist«, gab Tabitha verteidigend zurück, »aber ein paar gute Sachen sind dabei, und ich bleibe ja auch nicht für immer hier.«

Sie saßen in dem großen, eleganten Salon mit Blick auf den Platz. Hier verbrachte Lady Huntleigh ihre Vormittage am liebsten, wenn sie sich mit einer Näharbeit oder einem Buch in einen der Erker setzen und das Kommen und Gehen auf dem Platz betrachten konnte. Diese Gewohnheit hatte auch den Vorteil, daß sie mit dem Rücken zur Sonne saß, was ihrem Teint, der die erste Blüte der Jugend schon lange hinter sich hatte, sehr bekam. Nicht daß Pamela Rees besonders eitel gewesen wäre, aber wie so viele Frauen, die in ihrer Jugend schön gewesen sind, konnte sie das Alter und seine Auswirkungen nur beklagen.

Ganz sicher würde sie nicht zulassen, daß ein so hübsches Mädchen wie Tabitha sich anders als vollkommen sehen lassen würde. Nicht im geringsten von Tabithas Widerstreben beeindruckt, fuhr sie fort: »Ich will gar nichts weiter dazu hören, meine Liebe.«

»Und ich will nichts davon hören, daß Sie mir Kleider kaufen, Mylady«, gab Tabitha dickköpfig zurück. »Ich bin doch nicht dazu nach London gereist.«

»Aber du mußt an Mutters Ruf denken«, warf Dominic da ein. »Ihre Bekannten würden sie für schrecklich geizig halten, wenn sie dich so herumlaufen ließe.«

Tabitha errötete, enttäuscht und verlegen, weil Dominic ihre Erscheinung so nachteilig fand.

Als er das sah, setzte Dominic schnell hinzu: »Sei nicht traurig, Tabby. Wir mögen dich immer, egal, was du anhast, aber Mutter kann nicht mit dir in die Öffentlichkeit gehen, wenn du aussiehst wie die arme Verwandte.«

Tabitha sah auf: »Ich möchte euch eure Freundlichkeit nicht damit vergelten, daß ich euch in Verlegenheit bringe. Ich werde tun, was ihr wünscht, aber ich bestehe darauf, daß ihr alle Kosten notiert, damit ich meine Schuld eines Tages begleichen kann.«

Einen Augenblick lang dachte Dominic, seine Mutter würde Einwände dagegen erheben und sah sie warnend an, aber das war unnötig. Lady Huntleigh war nicht dumm und stimmte Tabithas Bedingung bereitwillig zu.

Und so fand sich Tabitha am Nachmittag im Mittelpunkt der Aufmerksamkeit von Londons modischster Schneiderin Madame de Valmé. Tabitha war beim Anblick des teuren Salons zurückgewichen, aber Lady Huntleigh war entschlossen, sie hineinzubugsieren. Drinnen hörte Tabitha nicht auf, nach dem Preis jeden Stückes zu fragen, das sie anprobierte, während die Countess und Madame bedeutungsvolle Blicke wechselten und Tabitha darüber staunte, wie preisgünstig die schönen Sachen waren.

Mit dem Gefühl, nicht allzu drückende Schulden zu haben, erwarb Tabitha schließlich einen angemessenen, aber nicht übertriebenen Grundstock an Kleidungsstücken aus drei Tageskleidern, zwei Seidenkleidern und einigen Accessoires. Dazu erstand sie noch wider besseres Wissen ein weißes Brokatballkleid, das extra für sie genäht wurde. Das wollte Lady Huntleigh Tabitha schenken. Diese hatte sich erst geweigert, aber als sie das enttäuschte Gesicht der älteren Frau gesehen hatte, hatte sie kapituliert, auch wenn sie insgeheim bezweifelte, je eine Gelegenheit zu haben, so ein extravagantes Kleid tragen zu können.

Als die beiden Damen schließlich wieder am Berkeley Square eintrafen, waren sie erschöpft und zogen sich für eine Tasse Tee in den Gelben Salon zurück. Der Salon wurde an diesem Tag seinem Namen gerecht, denn die Sonne strömte durch die hohen Fenster und verwandelte die Stroh- und Gelbtöne des Zimmers in pures Gold.

Tabitha dachte, daß das der entzückendste Raum war, den sie je betreten hatte, und sie setzte sich zufrieden auf einen der Samtstühle, um ihren Tee zu trinken und mit ihrer Gönnerin zu plaudern. Sie saß erst ein paar Minute, als die Tür aufging und Lucy hereingestürmt kam.

»Dominic hat gesagt, daß du hier bist, aber ich konnte es kaum glauben!« quietschte sie. »Oh, Tabby, wie wunderbar, dich zu sehen!«

Sie warf Tabitha die Arme um den Hals, küßte sie auf die Wangen, wobei sie ihr fast die Tasse aus der Hand schlug, und trat dann zurück, um ihre Freundin zu betrachten.

»Du siehst wundervoll aus, Tabby! Strahlend! Gefällt dir London? Oh, es gibt soviel zu erzählen.«

Tabitha setzte vorsichtig ihre Teetasse ab. »Ja, mir gefällt es sehr gut hier«, erwiderte sie lächelnd. »Deine Mutter und Dominic sind sehr gut zu mir.«

Lady Huntleigh erhob sich und gab ihrer Tochter einen Kuß. »Und wie hast du so schnell herausbekommen, daß wir hier sind, Liebes?«

»Ich habe Dominic im Park getroffen. Sobald ich gehört habe, daß Tabitha hier ist, bin ich hergekommen. Kann ich dir Tabby entführen, Mama? Ich habe sie so lange nicht gesehen und muß sie einfach ein Weilchen für mich haben.«

»Aber sicher, meine Liebe, ich habe nichts dagegen.«

Luca hatte Tabitha bereits bei der Hand genommen und auf die Füße gezogen, ehe ihre Mutter zu Ende gesprochen hatte. Die Mädchen versprachen, bald zurück zu sein, und die Countess lächelte, als sie sah, wie gerne die Mädchen beisammen waren. Sie boten einen hübschen Anblick, die eine so blond, die andere dunkel.

Lady Lucy war groß geworden, größer als ihre Mutter, und überragte Tabitha um ein paar Zentimeter. Sie war schlank, hübsch und trug ihre goldenen Locken in einer vorteilhaften Frisur. All das hatte zusammen mit ihrer lebendigen, fröhlichen Natur dafür gesorgt, daß sie seit ihrem Debüt in der letzten Saison eine Reihe von Verehrern um sich geschart hatte.

Daß sie erst Ende des Jahres geheiratet hatte, lag nicht an einem Mangel an Gelegenheit – sie hatte mehr als ein halbes Dutzend Anträge bekommen, sobald sie achtzehn war –, sondern an ihrem starken Willen, der sie bewog, niemanden zu akzeptieren, für den sie nicht auch etwas empfand. Die Einzelheiten, wie sie diesen Mann getroffen, ihn später geheiratet hatte und jetzt ihr Eheleben genoß, erzählte sie Tabitha in aller Ausführlichkeit, sobald sie in ihrem Zimmer angelangt waren.

Dort lagen die Mädchen auf dem großen Bett ausgestreckt und erzählten sich die neuesten Ereignisse. Lucy hatte sich auf den ersten Blick in Piers Carlisle verliebt. Er war, erklärte sie seufzend, in jeder Hinsicht perfekt und wundersamerweise genauso in sie verliebt wie sie in ihn.

Hier warf Tabitha ein: »Warum auch nicht? Ich bin mir sicher, daß du die Hälfte aller Herzen in London gebrochen hast.«

Lucy lachte. »Nein, wirklich, nur ein paar. Aber sieh dich an – du bist so hübsch geworden, Tabby. Du wirst bestimmt die Sensation der Saison.«

»Oh, Lucy, was du doch manchmal für Unsinn redest. Natürlich werde ich das nicht.«

»Warum nicht? Du bist bei weitem hübscher als viele andere Debütantinnen in diesem Jahr.«

Tabitha errötete. »Du schmeichelst mir, aber das ist ja nicht meine Einführung in die Gesellschaft, und ich bin ganz sicher nicht darauf aus, mir einen Mann zu angeln.«

»Keinen Mann? Warum nicht?«

»Lucy«, sagte Tabitha entschieden. »Ich werde meinen Besuch hier genießen. Es wird ein wundervolles Zwischenspiel sein, das ich nie vergessen werde und für das ich deiner Mutter ewig dankbar sein will, aber danach habe ich vor, meinen Lebensunterhalt selbst zu verdienen. Ich gehöre nicht in diese Welt, das mußt du doch wissen.«

Lucy betrachtete ihre Freundin genau, und als sie die Traurigkeit in ihren Augen sah, beugte sie sich vor und küßte sie rasch auf die Wange. »Sei nicht dumm, Tabby«, schalt sie sie sanft. »Wir finden einen reichen Mann für dich, und dann kannst du glücklich werden.«

Tabitha wußte aus Erfahrung, wie sinnlos es war, mit Lucy über etwas zu diskutieren, und so schüttelte sie nur schweigend den Kopf.

Dann wechselte Lucy abrupt das Thema und fragte nach den Montecues.

»Dominic war ärgerlich verschlossen zu dem Thema. Er hat mir nur gesagt, daß er sich bewogen fühlte, dich zur Abbey mitzunehmen. Was ist denn bloß passiert? Bist du fortgelaufen?«

»Ja, das bin ich wohl«, erwiderte Tabitha. »Richard war der eigentliche Grund, auch wenn Tante Montecue mich gedrängt hat, einen anderen zu heiraten, den ich nicht wollte.«

»Wirklich?« fragte Lucy und erschauerte. »Wie mittelalterlich! Wer war er? Kenne ich ihn?«

»Der Kurat von Reverend Hall, Josiah Thackerey.«

»Josiah Thackerey?« Lucy furchte die Stirn. »Oh, dieser gräßliche Mann mit den scharfen Augen?«

»Ja.« Tabitha nickte und lächelte über Lucys Beschreibung. »Der ist es.« Seltsam, wie ein einst bedrückendes Thema im Gespräch mit einer Freundin seinen Schrecken verlieren konnte. »Mir wurde gesagt«, fuhr sie voller Verachtung fort, »daß ich froh sein könnte, seine Beachtung gefunden zu haben und daß meine Jugend ihn bewogen haben muß, meine Armut zu übersehen.«

»Gute Güte!« rief Lucy aus. »Das hat sie gesagt? Aber sie hat dir ja immer deine Armut vorgehalten, obwohl du ihnen in so vielerlei Hinsicht überlegen bist.«

»Nun, ich habe ihn zurückgewiesen.«

»Natürlich. Und was war mit Richard?«

»Das war auf Amelias Verlobungsfeier. Er hat versucht, mich ... sich mir aufzuzwingen, und da hat Dominic mich zur Abbey mitgenommen.«

Lucy keuchte schockiert auf. »Oh! Hat er dir weh getan?«

»Nicht sehr. Er hat mich hier geschlagen.« Tabitha wies auf ihr Gesicht, »aber erst, als ich mich gewehrt habe, und dann hat er mich gegen die Wand geworfen – das war schlimm, denn danach war ich zu benommen, um mich wehren zu können.«

»Richard Montecue war schon immer ein Scheusal«, rief Lucy tiefempfunden aus. »Aber daß er es wagen würde …« Sie schüttelte den Kopf. »Ich kann es kaum glauben. Ich hatte gedacht, daß er zu einem dumpfen Burschen geworden wäre, aber zu solcher Gewalt zu greifen … natürlich reicht mir deine Erzählung nicht«, fuhr sie dann fröhlich fort. »Ich will alles wissen. Wie hat Dominic dich gerettet? Hat er mit Richard gekämpft?«

Tabitha sah in Lucys erwartungsvolle Augen und wußte, daß sie nicht eher Ruhe geben würde, bis sie alles erfahren hatte, und so erzählte sie ihr alles von der Bibliothek bis zu ihrer Fahrt nach Breckenbridge.

Als Tabitha fertig war, schlug Lucy die Hände zusammen und rief: »Aber wie romantisch! Dominic rettet dich aus den üblen Klauen dieses Mannes!« Dann seufzte sie wehmütig. »Ich habe nie auch nur etwas halb so Aufregendes erlebt …«

»Lucy!« Tabitha sah sie schockiert an. »Ich würde dich am liebsten schütteln! Romantisch, also wirklich – wie kannst du denken, daß es romantisch ist, von jemandem wie Richard verletzt und bedrängt zu werden? Du weißt nicht, was du da sagst.«

»Ist Dominic noch rechtzeitig gekommen?«

»Ja. Rechtzeitig, um Richard das Jochbein zu brechen. Sosehr ich meinen Cousin verabscheue, hätte ich doch gewünscht, daß Dominic nicht ganz so hart zugeschlagen hätte. Der Gedanke daran macht mich krank. Ich teile deine Vorliebe für Gewalt nicht, Lucy.«

»Nein, das hast du nie getan.« Lucy sah ihre Freundin voller Zuneigung an. »Geht es dir jetzt gut? Freust du dich, mit Mama und Dominic in London zu sein?«

»Natürlich, sie waren beide so nett zu mir.«

Lucy sah sie gedankenverloren an. »Dominic war immer nett zu dir.«

»Ja.« Tabitha wandte errötend den Blick ab und spielte mit den Bändern an ihrem Kleid.

Lucy, der diese Reaktion gut gefiel, begann über

Leute und Veranstaltungen zu plaudern, die in London auf sie warteten, bis Tabitha ganz benommen war und Lucy bat, damit aufzuhören.

»Bitte, Lucy, vergiß nicht, daß ich meine Zeit hier hauptsächlich dazu nutzen muß, eine passende Anstellung zu finden. Du kennst doch so viele Leute. Weißt du nicht jemanden, der eine Gouvernante sucht – für sehr kleine Kinder? Ältere kann ich wahrscheinlich nicht unterrichten.«

Lucy betrachtete Tabithas ernstes Gesicht und sagte: »Du bist ein komisches kleines Ding, Tabby, bist es immer gewesen. Aber wenn du das wirklich willst, will ich versuchen, dir zu helfen. Ich könnte an meine alte Direktorin Mrs. Beauchamp schreiben, ob sie mir jemanden für dich empfehlen kann.«

»O ja, bitte Lucy«, erwiderte Tabitha eifrig. »Denn ich weiß nicht, was ich tun soll. Ich wollte schon eine Anzeige aufgeben …«

»Eine Anzeige? Nein«, kam die rasche Antwort. »Weiß Dominic von deinen Plänen?«

»Ja, und er hat gesagt, daß ich sicher eine gute Lehrerin sein werde«, erwiderte Tabitha stolz.

Überrascht sah Lucy sie an, ehe ein leichtes Lächeln um ihre Lippen zu spielen begann. Wenn Tabitha gewußt hätte, was im Kopf ihrer Freundin vorging, wäre sie entsetzt gewesen, aber so lächelte sie nur voller Herzlichkeit zurück.

Tabitha war schon bald in das gesellige Treiben Londons verwoben. Mit Lady Huntleigh als ihrer Gönnerin wurde sie fraglos akzeptiert und erhielt viele Einladungen, wo sie sich, wie Lucy vorausgesagt hatte, im Mittelpunkt vieler Aufmerksamkeiten wiederfand.

Tabitha, die nicht daran gewöhnt war, von leidenschaftlichen jungen Männern umgeben zu sein, die an ihren Lippen hingen, war amüsiert, sobald sie sich an die Extravaganzen der Komplimente gewöhnt hatte, denen sie sich gegenübersah.

Besonders drei Männer hatten es sich offenbar zum Ziel gesetzt, bei jeder Veranstaltung aufzutauchen, die auch sie besuchte, und Tabitha fragte sich, ob das Zufall war oder Absicht. Am hartnäckigsten von allen war Honourable Maxwell Dennison, ein Poet und Träumer, der selten etwas sagte, aber wenn, waren es so ausgefallene Komplimente, daß Tabitha jedesmal ein Auflachen unterdrücken mußte.

Er war nicht unattraktiv und wurde von den Damen, die den romantischen Byronstil schätzten, sehr bewundert. Maxwell vergötterte Byron – seine brütende Art, die schwarzen Locken, die Kleidung, die er bevorzugte – und trachtete danach, seinem Idol in allem anzueifern. Er war bekannt für seine Dichtung, und Lucy hatte Tabitha versichert, daß sie sicher bald ein Gedicht von ihm erhalten würde.

Ein weiterer Bewunderer Tabithas war Mr. Peregrine Cowley, ein großer, schlaksiger junger Mann mit auffallend blauen Augen. Er war nicht viel älter als Tabitha und hatte eine schwärmerische Neigung für sie entwickelt, die Tabitha an die erste Liebe eines Schuljungen erinnerte. Sie hatte nicht vor, den Jungen zu ermutigen, wollte ihn aber auch nicht kränken, indem sie ihn allzu hart in seine Schranken wies.

Und dann war da noch Lord Frederick Cunningham, der ernsthafteste, aber sicher auch langweiligste ihrer Verehrer. Er war mittelgroß, untersetzt und hatte sandfarbene Haare und einen hellen Teint. Auch er war noch nicht dreißig, aber seine ernste Art und Beharrlichkeit erschreckten Tabitha am meisten, denn er konnte am wahrscheinlichsten ein ernsthafter Bewerber und ihre Hand werden. Sie fürchtete den Tag, an dem er sein Anliegen vortragen würde.

Nicht daß sie nicht in der Lage wäre, unerwünschte Freier abzuweisen, aber sie wollte niemanden enttäuschen und wünschte nur, sie könnte die Gefühle verhindern, die im Herzen des Mannes für sie wuchsen, ehe sie zu groß wurden, um schmerzlos vergessen werden zu können.

13

Tabitha verbrachte nicht ihre gesamte Zeit auf Gesellschaften und mit Bewunderern. Vormittags hatte sie meistens Ruhe. Die Vormittage waren zu ihrer Lieblingszeit geworden, denn da hatte sie Dominic meist ganz für sich allein. Es war allgemein bekannt, daß Lady Huntleigh immer erst am Nachmittag erschien, und da sie Tabithas Anstandsdame war, konnte diese bis dahin auch keine Besucher empfangen. Zuweilen ging Dominic schon früh aus, aber meistens leistete er ihr in diesen Stunden Gesellschaft.

Eines Morgens bot Dominic ihr eine Ausfahrt in den Hyde Park an. Begeistert stürmte Tabitha nach oben, um sich etwas Passendes anzuziehen. Sie entschied sich für ein grünweiß gestreiftes Kleid, das ihr von ihren neuen Sachen am besten gefiel. Nach einem Blick in den Spiegel lief sie wieder nach unten und band sich dabei ihren Strohhut fest.

Dominic hatte in der Halle auf sie gewartet, wo sie jetzt außer Atem eintraf. Er machte ihr ein Kompliment zu dem Tempo, mit dem sie sich umgezogen hatte, und trat vor, um ihr den Hut geradezurücken.

Er war jetzt offiziell aus der Armee entlassen worden und trug keine Uniform mehr. Die helle Hose und das graue Jackett betonten seine breiten Schultern, sein Halstuch war untadelig geschlungen, und an Schmuck trug er nur eine Nadel im Tuch und einen Siegelring am Finger.

Dominic reichte Tabitha den Arm und führte sie zum Wagen, der vor dem Haus wartete, einen Stallknecht an der Seite. Tabitha betrachtete zweifelnd das hohe Gefährt, aber sobald Dominic ihr hinaufgeholfen hatte, löste Begeisterung über den Blick ihre Zweifel ab.

Sobald sie eine Weile gefahren waren, merkte Tabitha, daß sie nicht zum Park kutschierten, und sie sah Dominic fragend an.

»Ich habe eine Überraschung für dich«, erklärte er und sah sie an. »Ich denke, du wirst keine Einwände haben – auch wenn ich dich warnen muß, daß es dort, wo ich dich hinbringe, recht dreckig ist.«

Tabitha lächelte. Sie wußte nicht, was er vorhatte, aber sie war glücklich und überzeugt, daß es ihr gefallen würde.

Tabitha bedrängte ihn eine Weile mit Fragen, aber als er nichts verriet, gab sie schließlich auf und sah sich um.

Dominic lenkte den Wagen um die Ecke und bog in die Queen Anne Street ein. Verwirrt sah Tabitha ihn erneut an. Sie war noch nie in diesem Teil der Stadt gewesen und konnte sich nicht vorstellen, was er vorhatte.

Vor der Hausnummer 47 hielten sie an, und Dominic half Tabitha vom Wagen.

Tabitha sah erst Dominic und dann die abgeblätterte Haustür an, vor der sie standen. »Wo sind wir hier?« fragte sie neugierig. »Kennst du hier jemanden?«

»Nein«, erwiderte Dominic, »das ist eine Galerie, Tabitha, in der auch jemand wohnt. Ich dachte, daß du dir vielleicht gerne die Bilder ansehen möchtest, denn auch wenn Turner sehr gefragt ist, behält er einige Bilder immer in seinem Haus.«

»Turner«, hauchte Tabitha überwältigt. »Du hast mich zu seiner Galerie gebracht?«

Dominic lächelte über ihre Freude. »Ich sehe, daß du nicht enttäuscht bist.«

»Enttäuscht? Oh, Dominic, ich habe schon soviel über seine Farben und Methoden gelesen, aber zu sehen – ich hätte nie gedacht … Aber was ist? Wollen wir nicht hineingehen?«

Dominic lachte über ihren Eifer und führte sie zur Tür. Nach dem Klingeln ging die Tür auf, und ein alter, recht schäbiger Mann stand auf der Schwelle.

Dominic trat vor und streckte ihm die Hand hin. »Mr. Turner – senior – nehme ich an? Mein Name ist Huntleigh, und das hier ist Miss Montecue.«

Der alte Mann lächelte. »Guten Morgen, Sir William hat Sie angekündigt. Kommen Sie doch herein.«

Er trat beiseite und deutete auf eine angelehnte Tür.

»Er arbeitet, aber er sagte, sie sollen zu ihm gehen.«

Er öffnete die Tür zum Atelier, wo sein Sohn vor einer Leinwand saß, die so plaziert worden war, daß das Licht durch die hohen Fenster darauf fiel, und obwohl er nichts damit machte, wirkte er tief in Gedanken versunken, denn er betrachtete die Leinwand unausgesetzt.

Schließlich stand er auf und drehte sich um, und sie sahen, wie ähnlich er seinem Vater sah. Er war genauso groß und besaß dessen markante Nase. Doch wo sein Vater fröhlich und beredt war, war der junge Turner ernst und gleichgültig, und sein Blick glitt so nachlässig über seine Gäste hin, daß Tabitha zu fürchten begann, Dominic könnte das Verhalten des niedriggeborenen Sohns eines Barbiers übelnehmen.

Doch Dominic war entspannt, verbeugte sich leicht und stellte Tabitha dem Künstler vor.

»Mr. Turner«, murmelte er fröhlich, »darf ich Ihnen meine Freundin Miss Montecue vorstellen, die ebenfalls einiges Talent hat, glaube ich, und gerne Ihre Bilder betrachten würde.«

Tabitha errötete tief, daß er sie einem solchen Genie von Künstler als Malerin vorstellte, aber ihr Gastgeber lächelte und sagte: »Bitte, sehen Sie sich um, solange Sie mögen.«

Damit kehrte er zu seiner Leinwand zurück. Dominic und Tabitha aber sahen sich um.

Der alte Mann führte sie eine enge Treppe hoch, und Dominic sah amüsiert, wie Tabitha ihre Röcke hob, denn hier drinnen war es schmutzig.

In der Galerie war es nicht besser, die Wände feucht, der Boden fleckig und die Fenster blind vor Schmutz. Bilder und Leinwände stapelten sich in allen Ecken, und überall lugten Katzen hervor, deren Geruch im ganzen Haus ihre Anwesenheit schon verraten hatte.

Doch der Anblick von Tabithas Gesicht war das alles wert. Ohne den Schmutz überall zu beachten, sah sie sich voller Ehrfurcht um, um dann langsam einzelne Werke in Augenschein zu nehmen.

»Wie hat er das wohl geschafft?« murmelte sie und betrachtete eine brillante Szene, die einen Himmel über einem kleinen See zeigte. Wasser und Himmel gingen übergangslos ineinander über, und ein Lichtstrahl brach durch die Wolken und lag auf dem Wasser.

Dominic trat zu ihr. »Keine Ahnung, ich kann nicht malen. Ich weiß nur, wenn mir etwas gefällt, und dieser Mann ist hoch begabt.«

»Er ist ein Wunder«, sagte Tabitha ehrfürchtig, den Blick auf das Bild geheftet.

Es dauerte lange, bis Dominic es übers Herz brachte, sie zum Gehen zu drängen, und auch dann war es mit dem Versprechen verbunden, sie noch einmal wiederkommen zu lassen. Sie bedankten sich bei Turner senior und gingen, ohne seinen Sohn noch einmal in der Arbeit zu unterbrechen.

Als sie wieder im Wagen saßen, versuchte Tabitha, sich bei Dominic zu bedanken, aber er wollte nichts davon hören.

»Ich habe mir die Bilder schließlich auch gerne angesehen«, wehrte er ab, »und so hatte ich endlich mal einen Grund, dort hinzufahren.«

»Und wie bist du an die Einladung gekommen?« wollte Tabitha wissen. »Ich habe gelesen, daß Turner schockierend ausfallend bei der Frage werden kann, wer seine private Galerie betreten darf. Jetzt, wo ich ihn selbst gesehen habe, glaube ich das gerne – dein Rang hat ihn bestimmt nicht beeindruckt.«

»Nein, er weiß, daß er mit einer größeren Gabe als Geld und Rang geboren wurde. Nein, ich habe ihm einen höflichen Brief geschrieben, der ihm offenbar gefallen hat, denn er hat prompt geantwortet. Ein Jammer«, setzte er dann hinzu, »daß der Mann nichts vom Charme seines Vaters geerbt hat. Der alte Mann hat mir gut gefallen.«

»Mir auch«, stimmte Tabitha zu und lächelte dann. »Hast du die Unmengen von Katzen gesehen?«

»Ja, und noch ganz andere Dinge.«

Tabitha rümpfte die Nase. »Ich weiß. Warum hat er denn keinen Diener, er könnte sich doch sicher einen leisten?«

Dominic sah sie an. »Ich dachte, du hättest das gar nicht bemerkt, so versunken warst du in seine Kunst.«

»Aber ich bin nicht blind, auch wenn seine Kunst wirklich eine Ablenkung ist. Oh, Dominic, was gäbe ich für so ein Talent, die Dinge so zu sehen, wie er sie wahrnimmt. Ich fühle mich ganz seltsam – inspiriert, aber auch gehetzt. Am liebsten würde ich sofort zu meinen Malsachen eilen und experimentieren, aber wie soll ich mit meinen Sachen je wieder zufrieden sein?«

Dominic hatte alle Hände voll mit den Pferden zu tun, aber dann sah er voller Zuneigung auf sie hinab. »Sie keine Närrin, Tabby, lerne aus dem, was du gesehen hast, statt dich dadurch hemmen zu lassen.«

Tabithas Gesicht entspannte sich, und sie lächelte ihn

an. »Wie undankbar ich dir erscheinen muß. Tut mir leid, ich werde dazulernen. Ich habe schon dazugelernt.«

Als sie den Park erreichten, ließ Dominic die Pferde langsamer laufen, und Tabitha sah sich interessiert um. Es waren eine ganze Reihe Kutschen und Spaziergänger unterwegs, und die meisten grüßten mit einem Winken oder ein paar Worten.

»Wie kommt es«, fragte Tabitha nach einer Weile, »daß du fast jeden zu kennen scheinst, den wir treffen, obwohl du doch so lange im Ausland warst?«

»Ich war ein paarmal im Urlaub in London«, erklärte Dominic. »Außerdem müßtest du mittlerweile wissen, daß die gute Gesellschaft es sich nicht entgehen läßt, sich zu informieren, wer wer ist und wieviel er besitzt. Wenn ich nicht Rang und Vermögen besäße, würde wahrscheinlich niemand auf mich achten.«

»Aber ich besitze beides nicht, und doch sind die Leute alle sehr nett zu mir«, wandte Tabitha ein. »Soll das heißen, daß sie nur deinetwegen mit mir reden?«

Dominic sah die Enttäuschung in ihren schönen Augen und ärgerte sich, weil er ihr die Augen geöffnet hatte. Schnell beeilte er sich zu sagen: »Aber nein, als unverheiratete Frau hättest du nicht allein in Gesellschaft gehen dürfen. Jetzt, wo du eingeführt bist, hast du deinen eigenen Wert. Hast du nicht schon eine große Zahl von Bewunderern?«

Wie aufs Stichwort kam eine Kutsche herbeigerollt, aus der ihnen jemand zuwinkte. Dominic erkannte Maxwell Dennison und wandte sich an Tabitha. »Sollen wir anhalten oder den Knaben enttäuschen?«

»Ich weiß nicht«, erwiderte sie verwirrt. »Ich möchte nicht – oh, halte lieber an, Dominic. Ich will ihn nicht verletzen.«

Gehorsam hielt Dominic neben der Kutsche des Honourable Maxwell und sah interessiert zu, wie der junge Mann sich anstrengte, Tabithas Interesse zu wecken.

»Miss Montecue«, begann der junge Mann und sah sie voller Bewunderung an, »welch ein Glück, daß auch ich heute morgen unterwegs bin.«

»Ja, wirklich«, erwiderte Tabitha höflich.

Ihr unsicherer Bewunderer spielte nervös mit den Zügeln, als ihm sein Nachteil bewußt wurde, weit von ihr entfernt in einer viel niedrigeren Kutsche zu sitzen. Nach ein oder zwei Minuten der Enttäuschung hob er seinen brütenden Blick und fragte: »Darf ich hoffen, Sie heute abend bei Lady Rutherfords Gesellschaft zu sehen?«

»Ja«, erwiderte Tabitha zurückhaltend, »wir gehen auch hin.«

Das Wort *wir* veranlaßte ihn, einen kurzen, eifersüchtigen Blick auf Dominic zu werfen, aber da dieser dem nur mit einem Heben der Mundwinkel begegnete – Belustigung oder aber auch Verachtung –, erzürnte das Maxwell, und als er Tabitha wieder ansah, stand Ärger in seinen Augen.

»Dann treffen wir uns heute abend alle wieder«, bemerkte er kurz.

Tabitha biß sich auf die Lippen und senkte den Blick. Sie wußte, daß es grausam wäre, ihn auszulachen, und hoffte, daß er sie nur für scheu hielt. Das tat er offenbar, denn als er sich verabschiedete, um weiterzufahren, war kein Zeichen von Verletztheit zu bemerken.

Als er weg war, sah sie Dominic an und lachte. »Armer Maxwell«, sagte sie, »wie verlegen er sich gefühlt hat.«

»Ich wage zu behaupten, daß er meine Gegenwart ein wenig hemmend fand«, erwiderte Dominic belustigt. »Tatsächlich würde es mich nicht verwundern, wenn zu den vielen Leidenschaften, die sein Blut in Wallung bringen, die gehörte, mein Blut zu sehen.«

»Wirklich?« Tabitha war überrascht. »Aber du kannst recht haben, er hat dich eben äußerst finster angesehen.« Ihre Augen funkelten. »Ja, du verkörperst alle die Tugenden, die er insgeheim anstrebt.«

»Nichts da«, wehrte Dominic ab. »Der Grund für seine Abneigung ist ganz klar: Ich habe dich unter meinem Dach und an meiner Seite. Daß wir uns so gut verstehen, nagt an ihm.«

»Oh«, seufzte Tabitha, »armer Maxwell. Daran hatte ich nicht gedacht.«

»Nein«, sagte Dominic bitter, »daß ein Mann, der so eitel ist wie Dennison, mich um meine Erscheinung beneiden würde, ist sicher unwahrscheinlich.«

Erst verstand Tabitha nicht, was er meinte, aber dann errötete sie zornig und sagte heftig: »Wenn du das wirklich glaubst, Dominic, bin ich jetzt diejenige, die dich einen Narren nennt. Wenn dieser Mann dich nicht schon beneidet, dann sollte er es aber tun. Er tut mir leid in seiner Unwissenheit.« Tabitha stotterte vor Erregung, und Dominic, angenehm berührt von ihrer Loyalität, berührte rasch ihre Wange. »Sei nicht traurig, Tabitha, wir haben beide keinen Grund, uns bemitleiden zu lassen. Wie du weißt, bin ich unbesiegbar, und Dennison ist bekannt dafür, daß er alle Nase lang bis über beide Ohren verliebt ist.«

Tabitha sah auf den Weg vor sich. Der Gedanke, daß Dominic denken könnte, sie hätte Mitleid mit ihm, war ihr unerträglich. Es war so, daß sie seine Narbe gar nicht mehr sah, sie sah immer nur Dominic, ihren Dominic. Aber wie konnte sie ihm das sagen? Das war unmöglich.

Als sie durch die Tore fuhren, entdeckte Dominic zwei Jungen, die Blumen verkauften, hielt an und stieg aus. Geld wechselte den Besitzer, und als Dominic wieder aufstieg, legte er Tabitha einen großen Bund frischer Krokusse in den Schoß.

»Oh«, rief sie erfreut. Abgelenkt von ihren unglücklichen Gedanken vergrub sie das Gesicht in die Blüten und atmete tief den Duft ein.

»Danke, oh, danke. Sie sind so schön, ich hatte gedacht, daß es gar keine mehr gibt. Wie klug von dir, sie zu entdecken.«

Den Rest des Weges über bewunderte Tabitha ihre Krokusse. Wie nett von Dominic, daß er sich daran erinnert hatte, wie sehr sie diese Blumen liebte. Es wäre leicht, romantische Hoffnungen mit dieser Gabe zu verbinden, aber das wäre töricht. Er hatte die Blumen aus einem Impuls heraus gekauft, wie er es für seine Mutter oder seine Schwester tun würde. Dennoch, dachte sie träumerisch, würde sie eine davon pressen und für immer aufbewahren.

14

»Sie mögen klein sein«, flüsterte Honourable Maxwell Dennison leidenschaftlich, den Blick auf die Hand auf seinem Arm geheftet, »aber Sie halten mein Herz gefangen.«

Tabitha entzog ihm sanft ihre Hand und sagte nicht unfreundlich: »Bitte, Sie sollten es besser wissen, als sich so … so dramatisch zu benehmen. Die Leute könnten Sie hören. Was sollen sie denken?«

»Das ist mir egal«, erwiderte er, und der Blick seiner dunklen Augen liebkoste ihr Gesicht mit einer Intensität, die ihr das Blut in die Wangen steigen ließ.

»Nun, aber mir nicht«, erwiderte Tabitha. »Sie würden denken, daß ich Sie ermutigt hätte. Wollen Sie, daß die Leute mich für leichtfertig halten?«

»Niemals!« erklärte er hitzig. »Das würden sie nicht wagen.«

»Dann müssen Sie es lernen, sich zu beherrschen.«

»Aber Sie sind dazu geschaffen, verehrt zu werden und …«

»Sieh an, Dennison«, unterbrach sie eine Stimme. »Sie haben Miss Montecue schon viel zu lange mit Beschlag belegt.«

Tabitha und Maxwell sahen von dem Sofa auf, auf dem sie saßen, und entdeckten Peregrine Cowley unsicher vor ihnen stehen, das Gesicht finster vor Eifersucht. Tabitha lächelte den jungen Mann dankbar an und erhob sich. »Mr. Cowley hat ganz recht«, sagte sie,

»es ist an der Zeit, daß Sie einen anderen Gast Lady Rutherfords unterhalten.«

Aber so schnell war der Honourable Maxwell von seiner Beute nicht abzubringen, und obwohl er seine Angebetete nun mit Cowley teilen mußte, wich er nicht von Tabithas Seite.

»Darf ich Sie morgen besuchen?« bat er. »Und zu einer Ausfahrt in den Park mitnehmen?«

»Die Antwort liegt bei Lady Huntleigh«, erwiderte Tabitha züchtig.

Sie hoffte, daß er nun endlich gehen würde, aber die Ankunft Lord Frederick Cunninghams setzte solchen Hoffnungen ein Ende. Maxwell funkelte seine Lordschaft wütend an, und Tabitha seufzte und schickte sich in das Unvermeidliche.

Eine halbe Stunde später sah sie mit großer Erleichterung Dominics große Gestalt durch den Saal auf sich zukommen. Mit einem Nicken und einer gemurmelten Entschuldigung für ihre Galane ergriff er ihren Arm und führte sie davon.

Es gab Protestgemurmel, aber die Herren wußten, daß Dominic den Vorteil hatte, daß Tabitha ein Gast seiner Mutter war.

»Danke«, sagte Tabitha tiefempfunden, als sie in einiger Entfernung waren.

»Danke?« Er sah fragend auf sie hinunter. »Ich dachte, du hättest die Aufmerksamkeiten der Herren genossen.«

Tabitha runzelte die Stirn. »Nun, Lord Cunningham geht vielleicht noch, aber die anderen beiden sind äußerst töricht, und du weißt das auch. Stell dir vor, sie haben sich über die Farbe meiner Augen gestritten.« Sie kicherte und sah Dominic an, damit er sich selbst ein Urteil bilden konnte. »Würdest du sagen, daß sie eher wie Smaragde oder wie das Wasser der Karibik aussehen?«

»Erkenne ich da den Stil des Honourable Maxwell wieder?«

Sie nickte.

Dominic sah ihr in die Augen und sagte: »Smaragde, das trifft es genau. Das Wasser der Karibik ist eher aquamarin. Ich nehme an, der Honourable hatte noch nicht die Gelegenheit, so weit zu reisen.«

»Nein, und ich auch nicht«, gab Tabitha zu. »Aber ich dachte mir schon, daß seine Beschreibung nicht sehr genau war.«

»Der arme Mann hat natürlich einen schweren Schlag erlitten«, erklärte Dominic. »Wenn er nicht immer so verträumt wäre, wäre es nett, ihn freundlich zu behandeln.«

Tabitha sah ihn fragend an. »Ich verstehe nicht?«

Dominic lachte auf. »Kann es sein, daß du es noch nicht gehört hast? Ich dachte, Lucy versorgt dich immer mit dem neuesten Gesellschaftsklatsch. Byron hat England verlassen – für immer, heißt es. Sein skandalöses Verhalten hat ihn ins Exil gezwungen, und das wird diesen Narren Dennison sehr mitnehmen.«

»Exil?« wiederholte Tabitha. »Doch nicht wegen seiner – Bekanntschaft mit Lady Caroline?« Tabitha senkte den Blick und vergewisserte sich, daß ihnen niemand zuhörte. »Sicher nicht?«

Ganz London hatte von Byrons Affäre mit Lady Caroline Lamb geflüstert, und auch wenn Tabitha die jeweiligen Ehegatten leid taten, war sie doch erstaunt, daß der Skandal einen so gleichgültigen Mann wie Byron außer Landes treiben sollte.

»Nein, nicht Lady Caroline«, lächelte Dominic. »Er hat sich einer ganz anderen Sache schuldig gemacht als der Plänkelei mit dieser schamlosen Person.«

Tabithas Neugier war geweckt. »Was meinst du? Gibt es noch andere?«

»Tabitha«, ermahnte er sie. »Du kannst nicht erwarten, daß ich dich über Byrons Skandale auf dem laufenden halte. Das eignet sich nicht für deine Ohren, und mehr wirst du von mir auch nicht zu hören bekommen.«

Enttäuscht nahm sich Tabitha vor, Lucy nächstes Mal danach zu fragen, und dann sah sie, daß Dominic sie zu seiner Mutter brachte.

»Gehen wir schon?« fragte sie überrascht.

»Nein, es sei denn, du willst es«, erwiderte Dominic sanft. »Aber ich dachte, du bist vielleicht gerne bei ihr. Lady Rutherford hat noch einen späten Gast.« Tabitha folgte seinem Blick und sog unwillkürlich die Luft ein, als ihr Blick auf die vertraute Gestalt von Richard Montecue fiel.

Dominic ergriff ihre Hand und drückte sie beruhigend.

»Es war nur eine Frage der Zeit, bis wir ihm über den Weg laufen mußten, aber keine Sorge, Mutter und ich schützen dich, wenn er auf die Idee kommen sollte, sich dir zu nähern, was ich bezweifle. Lady Rutherford hat nebenan ein paar Kartentische aufgestellt, und dort wird es ihn unweigerlich hinziehen.«

Lady Huntleigh setzte hinzu: »Aber wenn dir das lieber ist, können wir auch gehen, Tabitha.«

»Nein, Ma'am, ich laufe nicht vor ihm davon. Dominic hat recht, früher oder später mußte ich ihn ja treffen.«

Tabitha sah durch den Saal, wo Richard gerade im Begriff war, ins Spielzimmer zu gehen. Doch dann wandte er sich kurz um, traf ihren Blick, und sein Gesicht veränderte sich einen Augenblick. Es drückte vieles aus, aber vor allem die Versicherung, daß er sich eines Tages an ihr rächen würde. Sie kannte ihn gut genug aus Kindertagen, um zu wissen, daß er sich nicht ungestraft demütigen ließ. Tabitha erschauerte. Niemand konnte sie so sehr erschrecken wie Richard Montecue, nicht einmal seine Mutter, denn sie wußte, daß er kein Mitleid kannte. Tabitha unterdrückte ihren Impuls zu fliehen und mischte sich wieder in die glitzernde Welt der Gesellschaft, in die sie sich so gut eingelebt hatte.

Am Morgen nach Lady Rutherfords Gesellschaft wurden wie üblich Blumen und Karten bei Tabitha abgeliefert, die bereits angezogen war und alles gründlich genoß. Sie trug ein orangefarbenes Kleid mit einem dunkleren Unterkleid, das ihr besonders gut stand, und Dominic sah ihr gerne zu, wie sie die Blumen arrangierte, die Karten las und sich von ihm wegen ihrer Verehrer necken ließ.

Er fand es wunderbar, ihre Freude zu sehen. Sie hatte sich verändert, seit sie nach London gekommen waren. Der vorsichtige Ausdruck war aus ihren Augen verschwunden und war durch die sorglose Fröhlichkeit ersetzt worden, die ihrem Alter viel entsprechender war.

»Hier scheint ein Geschenk dabeizusein«, hörte er sie sagen und sah, wie sie ein Päckchen aus einem Strauß weißer Rosen zog. »Ich glaube, das ist die Schrift des Honourable Maxwell.«

Tabitha öffnete das Päckchen und zog eine kleine Schachtel hervor. Als sie den Deckel hob, fand sie ein Paar wundervoller Smaragdohrringe.

»Oh, Dominic!« rief sie aus. »Wie schön! Aber ich kann sie unmöglich annehmen.« Sie reichte ihm die Schachtel. »Er hätte mir nicht so ein großes Geschenk machen dürfen, und so schwer es mir fällt, ich muß sie ihm sofort zurückgeben.«

Dominic nahm die Schachtel und warf einen Blick auf den Inhalt. »Ja, das mußt du. Laß sie mir, ich bringe sie dem unverschämten Welpen zurück. Es ist ein Jammer«, setzte er hinzu und nahm einen der Ohrringe in die Hand, »denn sie würden dir gut stehen. Aber das kommt nicht in Frage. Was steht in seinem Brief?«

Tabitha überflog die Karte, die sie noch in der Hand hielt, und schrie leise auf. Erstaunt und belustigt gab sie ihm die Karte. »Lies selbst«, stieß sie hervor.

Dominic riß seinen Blick von ihrem schönen Gesicht los und las laut vor:

Oh, schönste Blume, von der abzuwenden
den Blick ich nicht ertrage, den unverwandten,
ich bitte dich diese meine Gabe anzunehmen,
bescheidenes Unterpfand, das gegen deine
ätherische Schönheit nicht ankommt.

»Gute Güte«, stieß er hervor und reichte ihr die Karte zurück. »Ich gratuliere dir zu deiner Eroberung, und ich bin froh, daß dein Verehrer nicht zugegen ist, um deine Reaktion auf sein Geschenk beobachten zu können.«

»Ich weiß, daß es grausam ist zu lachen«, sagte Tabitha kichernd und versuchte sich zu fassen, »aber wirklich, kann er denn nicht einsehen, wie lächerlich …«

»Ja, es ist grausam«, unterbrach Dominic sie. »Jeder junge Mann wäre am Boden zerstört, wenn man seine Liebe so mit Füßen treten würde.« Dominic klang streng, aber auch seine Augen lachten, und Tabitha ließ sich auf das Sofa neben ihn sinken.

»Ich bin sicher, daß deine Verliebtheit nie lächerlich gemacht worden ist.«

»Nicht daß ich wüßte«, erwiderte Dominic, »aber ich würde einer Dame meine Verehrung auch nicht mit so aufgeblähten Gedichten zeigen.«

»Nein, das ist nicht dein Stil. Wie würdest du es machen, Dominic?« Tabitha sah ihn lächelnd an.

Auch er lächelte. Bei jeder anderen Frau hätte er den Verdacht gehabt, daß sie mit ihm flirten wollte, vielleicht geküßt werden wollte, aber bei Tabitha sah er nur Unschuld und echtes Interesse an seiner Antwort in den arglosen Augen.

Unwillkürlich hob Dominic die Hand und strich ihr zärtlich über die Wange. Er hörte auf zu lächeln, und sein Blick wurde forschend. Tabitha erwiderte seinen Blick wie hypnotisiert.

Einen Moment lang dachte sie, er würde sie küssen, und eine solche Sehnsucht überschwemmte sie, wie sie sie noch nie erlebt hatte. Sie schloß die Augen, aber dann zog er seine Hand zurück, und sie hörte ihn sagen: »Das ist nicht die Art Frage, die du einem Gentleman stellen solltest, Tabby.«

Auch wenn er neckend sprach, spürte Tabitha doch die Zurückweisung und errötete. »Entschuldige«, stieß sie hervor, »ich habe nicht nachgedacht.«

Dominic stand auf. »Ich muß gehen, ich habe heute morgen eine Verabredung und muß mich darum kümmern.« Er sah auf die Ohrringe herunter. »Ißt du heute mit Mutter zu Hause?«

»Ja, Lucy und Piers kommen zum Essen«, sagte Tabitha, immer noch etwas unsicher. »Heute ist der Ball von Lady Cavenagh. Das hast du doch nicht vergessen?«

»Nur kurz«, erwiderte er und verabschiedete sich dann, um Maxwell Dennison aufzusuchen.

Normalerweise wäre er geritten, weil er hinterher noch einen Geschäftsmann aufsuchen wollte, aber heute sehnte er sich nach der Ruhe, die ein Spaziergang ihm geben würde.

Er war leicht erschüttert, denn eben hätte er Tabitha fast geküßt. Seine vertrauensvolle, unschuldige kleine Freundin. Wie hatte er nur daran denken können? Das Dumme war, dachte er, daß sie zu der anbetungswürdigsten Frau herangewachsen war, die er sich nur vorstellen konnte.

Wenn sie nicht die Augen geschlossen und ihn damit

unweigerlich daran erinnert hätte, wie er aussah, hätte er dem Impuls wahrscheinlich nachgegeben. Aber sie hatte die Augen geschlossen, und er sah darin einen Widerwillen ihrerseits, ihn anzusehen.

Das überraschte ihn nicht, verwunderte ihn nur, daß er nicht eher daran gedacht hatte, aber Tabitha hatte ihren Schock bei seinem Anblick besser verbergen können als die meisten.

Wenn die Situation anders gewesen wäre und sie eine andere gewesen wäre – denn niemals könnte er sich sein Vergnügen auf Kosten Tabithas holen –, dann hätte die Situation durchaus interessant werden können. Aber so, wie die Dinge lagen, konnte und durfte nichts geschehen.

Aber es war schon verdammt unangenehm, daß er sich so zu ihr hingezogen fühlte, wo sie auch noch unter seinem Dach lebte. Wenn er die Freundschaft zwischen ihnen erhalten wollte, mußte er das Verlangen im Zaum halten, das sie plötzlich in ihm geweckt hatte.

Sobald sie sicher verheiratet war, hätte er seinen Seelenfrieden wieder, aber sie sollte nicht diesen frechen Clown heiraten, der ihr die Ohrringe geschickt hatte. Sie konnte einen viel besseren Mann bekommen, und er würde dafür sorgen, daß das auch so war.

15

»Du siehst absolut göttlich aus«, seufzte Lucy, als sie vortrat und sich eine ungebärdige Locke aus der Stirn schob. »Mama hatte recht mit dem Kleid – es steht dir perfekt.«

Tabitha trat vor den hohen Spiegel in ihrem Zimmer und musterte sich kritisch. Das Kleid war recht gewagt mit seinem engen Mieder, das sich weich um ihre Brüste schmiegte, und sie kam nicht umhin zu wünschen, es wäre mehr Stoff da oder weniger Kurven. Doch sie wußte es besser, als wieder mit dem Thema anzufangen.

Lucy hatte ihre Bedenken schon einmal als Unsinn bezeichnet und ihr scharf erklärt, daß dieser Ausschnitt jetzt Mode war. Ein Ballkleid mit anderem Ausschnitt zu tragen, kam nicht in Frage.

Das Kleid war weiß, eine Farbe, die oft für unverheiratete junge Mädchen gewählt wurde, aber wenigen stand sie so gut wie Tabitha. Es war einfach geschnitten und hatte kurze Ärmel, die ihre schlanken Arme betonten, und weite Röcke, die ihre Taille besonders schmal erscheinen ließen.

Die französische Zofe hatte ihr die Haare locker aufgesteckt, und nur einzelne Strähnen entkamen dem Knoten, um sich locker um Tabithas Gesicht zu schmiegen.

Tabitha wandte sich vom Spiegel und der Fremden darin ab zu Lucy, die ein paar Blumen auf dem Frisiertisch inspizierte. »Was denkst du?« fragte Lucy. »Wen willst du heute auszeichnen?«

»O nein«, seufzte Tabitha. »Ich wünschte, sie hätten mir nicht jeder eine geschickt.« Sie trat zu Lucy und berührte die Blumen. »Lord Cunninghams rosa Rosen sind hübsch, aber vielleicht eine Spur zu ...«

»Einfallslos?« ergänzte Lucy. »Die Hälfte aller Debütantinnen wird Rosenknospen tragen.«

»Mr. Cowleys Rose kommt mir zu groß vor. Er hat es sicher gut gemeint, aber sie ist zu protzig.«

»Nein, die kannst du nicht tragen«, stimmte Lucy zu. »Aber die weißen Lilien sind schön. Wer hat die geschickt, der Honourable Maxwell? Ich denke, die solltest du tragen, Tabby – sie lenken nicht von der Schlichtheit deines Kleides ab.«

Tabitha ergriff das Liliensträußchen und roch daran, aber dann legte sie sie unentschlossen wieder hin. »Vielleicht sollte ich gar keine tragen. Ich will niemanden ermutigen oder vor den Kopf stoßen, was leicht möglich wäre.«

Es klopfte, und Lady Huntleigh trat ein, sehr schön in türkisfarbener Seide und mit ihrem Aquamarinschmuck.

»Du siehst wunderbar aus«, lobte ihre Tochter und küßte sie auf die Wange.

»Ja, das tun Sie«, stimmte Tabitha zu. »Sie werden den jungen Damen den Rang ablaufen.«

Lady Huntleigh lachte. »O nein, nicht, wenn ihr dabei seid, meine beiden Unvergleichlichen.«

Und das sind sie, dachte sie stolz. Kein Mädchen in London kam ihnen gleich. Lucy hatte Blau immer schon gut tragen können, aber heute wirkte sie strahlend schön darin. Vielleicht war es die Aufregung, Tabitha auf ihren ersten Ball begleiten zu können.

Beide Mädchen waren den ganzen Tag über aufgeregt gewesen. Lucy war schon früh gekommen, und sie hatten geredet, Tanzschritte geübt und gelacht, bis die Countess ihnen geraten hatte, sich noch ein wenig hinzulegen.

Tabitha war sehr schön in ihrem weißen Kleid, unschuldig und doch verlockend, unbewußt verlockend. Lady Huntleigh lächelte. Vielleicht kam Dominic jetzt endlich zur Vernunft, wenn er sie so sah.

Der Gedanke an Dominic erinnerte sie daran, weshalb sie gekommen war, und sie reichte Tabitha eine kleine Schachtel.

»Dominic hat mich gebeten, dir das zu geben, er hat für uns alle Veilchen aus der Abtei kommen lassen. Gefallen sie dir?«

Tabitha öffnete die Schachtel und holte die Blumen heraus. »Sie sind wunderbar«, hauchte sie, »und wie sie duften. Wie nett von ihm.«

»Dann ist dein Problem ja gelöst, Tabby. Vergiß die anderen Blumen und trag Dominics ohne Gewissensbisse. Er ist schließlich der Älteste deiner Bekannten.«

»Danke«, sagte sie, »danke für alles.« Dann schwieg sie, und ihre Augen wurden feucht.

Lady Huntleigh reichte ihr ein Taschentuch. »Na, na, meine Liebe«, sagte sie freundlich, »weine nicht, du willst doch nicht verheult aussehen.«

Tabitha tupfte über ihre Augen und lächelte ziemlich gezwungen, aber bald hatte sie sich wieder unter Kontrolle, und als Lucy die Tür öffnete, folgte sie ihr glücklich nach draußen.

Wie üblich waren sie spät dran, und Dominic und Piers, die im Gelben Salon warteten, hatten sich die Zeit mit einem Glas Wein vertrieben. Als sie Stimmen hörten, erhoben sie sich, um die Damen zu begrüßen.

Lucy und Tabitha traten zuerst ein, gefolgt von Lady Huntleigh, aber Dominic hatte nur Augen für

Tabitha. Er fand sie schöner denn je, atemberaubend schön. Einen Moment lang fehlten ihm die Worte. Doch dann runzelte er die Stirn und wandte sich an seine Mutter.

»Wer hatte die Idee, Tabitha so anzuziehen?«

»Ich. Das Kleid ist von Madame de Valmé«, erklärte seine Mutter trotzig beim Klang seiner Stimme.

»Nun, der Schnitt ist unanständig«, sagte er kurz. »So kann sie nicht aus dem Haus.«

»Dominic Rees!« rief seine Schwester. »Ich traue meinen Ohren nicht. Jede Frau im Saal wird heute so ›unanständig‹ gekleidet sein, wie du es nennst – zumindest, wenn sie die Figur dazu hat.«

»Lucy!« wies Lady Huntleigh ihre Tochter zurecht.

Aber Lucy achtete nicht auf sie.

»Stört dich mein Kleid, Dominic? Oder das von Mama?«

»Nein – das heißt, ich habe es nicht genau angesehen. Aber Tabitha ist jünger.«

»Spielen ein paar Monate eine Rolle?«

»Nein, aber du bist verheiratet, Lucy. Tabitha wird alle Blicke auf sich ziehen, wenn sie so geht. Das vermittelt den Leuten einen falschen Eindruck.«

Tabitha hatte still und beschämt zugehört. Als sie es nicht mehr ertragen konnte, ließ sie den Tränen freien Lauf und stürmte aus dem Zimmer.

»Tabitha!« rief Dominic und wollte ihr folgen, aber Lucy hielt ihn zurück.

»Jetzt sieh, was du angerichtet hast, du gedankenloser Klotz«, fauchte sie. »Wie konntest du nur so unfreundlich sein?«

»Das reicht«, unterbrach Lucy Huntleigh. »Lucy, geh zu ihr.«

Lucy warf ihrem Bruder einen ärgerlichen Blick zu und verschwand, aber Dominic holte sie draußen ein. »Nein, laß mich«, sagte er.

Er klopfte, bekam keine Antwort und trat trotzdem ein. Tabby saß auf dem Bett und hatte sich einen Morgenrock über das Kleid gezogen.

»Ich muß mich entschuldigen«, begann er sanft. Tabitha blickte bei seinem Eintreten auf. Dominic sah die Tränen auf ihren Wangen und die zitternden Lippen, und seine Reue wuchs ins Unermeßliche.

Er setzte sich neben sie und ergriff ihre Hand. »Dein Anblick eben hat mir den Atem genommen, Tabitha«, begann er. »Ich habe dich noch nie so schön gesehen. Bisher habe ich immer an dich als an ein Kind gedacht, das beschützt werden muß. Die Vorstellung, daß du öffentlich erscheinst und so verwirrend schön aussiehst, hat mir das Gefühl gegeben, daß ich jeden Mann niederschlagen muß, der dich auch nur ansieht. Ich weiß, daß ich kein Recht habe, so zu empfinden.«

Dominic schwieg und wünschte, sie würde ihn ansehen, damit er in ihrem Gesicht lesen könnte, aber sie hielt den Blick hartnäckig gesenkt. »Lucy hat recht«, fuhr er fort, »dein Kleid ist nicht anders als das anderer Frauen. Ich habe gesprochen, ohne nachzudenken. Bitte verzeih mir.«

Tabitha hatte aufgehört zu weinen, aber ihre Verlegenheit wurde durch seine Worte und seine Nähe kein bißchen besser. »Es gibt nichts zu verzeihen«, sagte sie schließlich und entzog ihm ihre Hand. »Ich hätte es besser wissen sollen.«

»Wovon zum Teufel sprichst du? Sieh mich an, Tabby. Ja. Und jetzt zieh den häßlichen Morgenrock aus und komm nach unten.«

»Nein.« Ihre Hand hob sich unwillkürlich und hielt den Morgenrock zusammen.

Dominic ergriff ihre Hände und zog sie auf die Beine. »Hör zu …«

»Nein«, sagte Tabitha. »Ich hasse die Art Aufmerksamkeit, die du beschrieben hast.«

»Wenn du Aufmerksamkeit weckst, dann weil du so schön bist.«

»Nein, ich komme nicht mit«, sagte sie. »Bitte dräng mich nicht.«

Er sah, daß ihr wieder Tränen in die Augen stiegen, und zog sie an sich. »Bitte weine nicht, ich ertrage es nicht, dich so aufgeregt zu sehen.«

Er strich über ihre weichen Locken und dachte abwesend, wie gut sie sich in seinen Armen anfühlte. Dann spürte er noch mehr, wie weich und verlockend weiblich sie in seinen Armen lag. Er atmete den Lavendelduft und konnte nicht widerstehen, ihr einen Kuß aufs Haar zu drücken.

Tabitha stand ganz still, damit er sie nicht losließ. So nahe war sie dem Paradies noch nie gewesen. Sie seufzte leise auf. Aber schon trat er zurück, und die Realität kehrte zurück.

»Du mußt mitkommen«, beharrte er, »Mutter und Lucy würden dich nie allein hierlassen. Außerdem hätte ich sonst jedem den Abend verdorben«, setzte er hinzu und lächelte verlegen, »und das würde ich nie verwinden.«

Tabitha zögerte. »Ich weiß nicht …«

»Bitte, Tabby.« Er sah sie an. »Lucy hat mich eben schon einen Schuft genannt. Und ich habe mich noch nie mehr wie einer gefühlt.«

»Du irrst dich«, sagte Tabitha ruhig. Sie schwieg einen Moment unentschlossen und sagte dann: »Na gut, ich komme.«

Sie zog den Morgenrock aus und trat vor den Spiegel.

Er ließ ihr Zeit, sich zu betrachten und sagte: »Du bist sehr schön.«

Sie lächelte. »Danke für deine Veilchen.«

»Es sollten Krokusse sein, aber die gibt es nun wirklich erst wieder im nächsten Frühjahr.«

»Nun, ich finde sie wunderschön, und das war sehr nett von dir.«

»Dann sind sie jetzt nicht zerdrückt?«

»Ich glaube nicht.« Sie sah auf die zarten Blüten herunter und spürte seinen Blick. »Nein, sie sind in Ordnung.«

Da ergriff er ermutigend lächelnd ihren Arm und führte sie zur Tür.

Lady Cavenaghs Ball war genau so, wie Tabitha ihn sich vorgestellt hatte, und noch mehr. Die Räume, mit Palmen und exotischen Blumen dekoriert, waren bereits voller Gäste, als die Rees eintrafen. In dem Trubel verlor Tabitha bald ihre Befangenheit und ließ sich durch die Menge treiben, wo sie zu einem Tanz nach dem anderen aufgefordert wurde.

Als Peregrine Cowley sie gerade zu einem Tanz aufs Parkett führte, entdeckte sie Amelia, entschuldigte sich bei dem enttäuschten Cowley und eilte zu ihrer Cousine, die gerade auf die Terrasse hinaustrat.

Amelia ging am Arm Mr. Pemburys, aber als sie Tabitha sah, ließ sie ihn los und umarmte das Mädchen. »Tabitha!« rief sie aus. »Oh, siehst du schön aus! Nicht wahr, Miles?«

Miles Pembury nickte und erkannte in der modischen jungen Dame vor ihm kaum die arme Cousine von Wroxley Manor wieder. »Ja, meine Liebe«, bestätigte er lächelnd, »das tut sie wirklich.«

»Es ist schön, dich wiederzusehen, Amelia«, sagte Tabitha ernst. »Ich habe immer gehofft, daß ich dich eines Tages wiedersehe, damit ich dir danken kann.«

»Bitte nicht«, wehrte Amelia ab. »Es war so wenig. Bist du glücklich bei Lady Huntleigh?«

»O ja.« Tabitha lächelte strahlend. »Sie waren alle so nett zu mir. Ich hätte mir nie träumen lassen, daß ich nach London und auf Gesellschaften kommen würde.«

»Nun, Mama hätte das nie zugelassen.«

»Nein.«

»Ich bin mir sicher, daß sie immer noch böse ist, weil du so davongekommen bist. Aber ich freue mich für dich.«

Tabitha küßte ihre Cousine rasch auf die Wange. »Danke und – oh!« Ihr Blick fiel auf Amelias Hand. »Meinen Glückwunsch! Du bist verheiratet.«

»Ja.« Amelia lächelte ihren Mann liebreizend an. »Letzte Woche. Wir bleiben noch bis Ende des Monats in der Stadt, und dann bringt Miles mich für die Flitterwochen nach Paris.«

Tabitha umarmte ihre Cousine noch einmal. »Oh, Amelia, ich freue mich so für dich.«

»Danke.« Amelia lachte glücklich. »Ich bin so froh.«

»Ist deine Mutter heute auch hier?« fragte Tabitha und sah sich besorgt um.

»Nein. Sie ist gleich nach der Hochzeit zu Tante Beresford nach Glucestershire gefahren. Aber Richard ist in London, auch wenn er heute, glaube ich, nicht hier ist. Selbst wenn, bezweifle ich, daß er den Mut hätte, sich dir zu nähern.«

»Nein«, erwiderte Tabitha ruhig. »Es tut mir leid, daß es an deiner Verlobung diesen Ärger gab, aber ich hoffe, es hat nichts verdorben?«

»Aber gar nicht«, versicherte Amelia fröhlich. »Ich habe erst von dem Aufruhr gehört, nachdem die Gäste weg waren. Mama wußte es. Lattersby hat Richard gefunden und ihr Bescheid gesagt, aber sie hat es verschwiegen – nur keinen Skandal – du kennst ja Mama.«

»Ja.«

Sie plauderten noch ein wenig, aber dann spielte die Musik zum Essen, und Dominic kam auf Tabitha zu. Er hatte sich den Tanz gleich als erster reserviert, und Tabitha verabschiedete sich von Amelia, um sich von ihm aufs Parkett führen zu lassen.

Es war ein Walzer, ihr erster, der von manchen immer noch als unpassend für junge Mädchen angesehen wurde. Aber solange Tabitha Dominic zum Partner hatte, hatte Lady Huntleigh keine Einwände. Tabitha hatte tagelang mit Lucy die Schritte geübt, aber sie war doch nervös, als Dominic sie jetzt in die Arme nahm. Sie hob das Kinn und sah, daß er ihr ermutigend zulächelte. Nach den ersten Schritten entspannte sie sich und begann, den Tanz zu genießen.

Dominic dachte, wie schön Tabitha im Kerzenlicht und mit den grünen Augen aussah. Das Weiß des Kleides unterstrich ihre klare Haut und bildete einen starken Kontrast zu ihren dunklen Haaren. Dominic dachte an ein Gedicht und schalt sich dann dafür, daß er sie wie ein Mondkalb anschmachtete – auch nicht besser als Maxwell Dennison.

Er wußte, daß er nicht der einzige war, den ihre Schönheit fesselte. Sie hatte heute abend viele Bewunderer gehabt, mehr denn je. Er hatte sich daran gewöhnt, auch wenn er keinen der Männer für ihrer wert hielt.

Das veranlaßte ihn zu sagen: »Du bist heute begehrter denn je, Tabby. Du mußt mir sagen, wenn dir einer auf die Nerven geht.«

Tabitha hatte sich auf die Schritte konzentriert und mußte jetzt lächeln. »Das tun alle. Ich wußte nicht, daß es so anstrengend sein kann, ein Erfolg zu sein.«

Er lachte auf, und sie runzelte die Stirn.

»War das sehr arrogant? Verzeih. Aber ich bin doch ein Erfolg, oder?«

»Zweifellos. Die Herzen von Männern wie Cowley und Dennison erobert zu haben, wäre noch kein Grund zum Stolz, aber du kannst eine Reihe von Verehrern aufweisen, die sonst kein Interesse an unverheirateten Mädchen zeigen. Ramsey zum Beispiel. Hat er dir schon einen Antrag gemacht?«

»O nein, Mr. Ramsey doch nicht! Lucy hat mir gesagt, daß seine Mutter mit einer verarmten Schwiegertochter niemals einverstanden wäre!« Sie sprach leichthin, wünschte sich aber, er würde das Thema wechseln. Die Annahme, daß sie auf einen Mann aus war, störte sie.

»Oder Cunningham«, fuhr Dominic fort. »Ich denke, seine Bewunderung ist ernst gemeint.«

»Glaubst du?« fragte Tabitha verzweifelt. »Oh, Himmel, ich hatte gehofft, daß es nicht so ist.«

Als Dominic ihre Niedergeschlagenheit sah, bedauerte er seine Worte und fragte sie zärtlich: »Gibt es denn keinen unter ihnen, den du bewunderst?«

»Nein«, erwiderte sie und schüttelte den Kopf. »Sie sind alle sehr nett, was mich vor Stolz schwellen läßt, aber es ist keiner dabei, den ich mir zum Mann wünsche. Ich muß andere Möglichkeiten erwägen.«

»Andere Möglichkeiten? Ach ja, das Unterrichten. Ich hatte gehofft, daß du das inzwischen vergessen hast.«

»Vergessen?« Tabitha stolperte. Sie hatte nach Dominics früherer Reaktion gedacht, daß er ihre Pläne unterstützte! Anklagend sah sie ihn an.

Dominic merkte, daß er etwas Falsches gesagt hatte, denn war ihre Nachgiebigkeit nicht nur dadurch gekommen, daß sie davon ausging, bald eine Stelle zu finden und ihnen dann alles zurückzahlen zu können?

»Denkst du etwa«, fragte sie mit einem gefährlichen Funkeln in den Augen, »daß ich finanzielle Sicherheit über meine persönliche Freiheit stelle? Wie wenig du mich doch kennst, Dominic Rees.«

Er sah ihre Enttäuschung und bedauerte seine Worte zutiefst. »Sie nicht böse, Tabby«, bat er. »Du kannst doch nicht übelnehmen, wenn ich denke, daß dich früher oder später ein Mann einfängt. Himmel, sie versuchen es hart genug.«

Er sprach leichthin, um sie aufzuheitern. Die Musik

verstummte, und die Gäste begaben sich in den Speisesaal.

Dominic ergriff ihren Arm, um sie zum Essen zu führen. Weit weg sah er Lucy und Piers, die ihnen zuwinkten, zu ihnen zu kommen. Damit mußte jede private Unterhaltung ein Ende finden. Dominic beugte sich herab und flüsterte. »Verzeihst du mir?«

Tabitha sah ihn an und wurde von Liebe zu ihm überwältigt. Wie konnte er das nicht sehen? Ihre Gefühle standen ihr doch sicher ins Gesicht geschrieben. Voller Angst, er könnte sie durchschauen, senkte sie den Blick und sagte: »Ich hätte nicht so sprechen dürfen, ich bin bei dem Thema nur so empfindlich. Ich habe zu viele Jahre in der Gesellschaft von Menschen verbracht, die mich nicht mögen, um mich an einen Mann zu binden, den ich nicht liebe.«

Sie warf ihm einen raschen Blick zu und lächelte. »Aber ich gebe zu, daß es exzentrisch von mir ist, einen Lebensweg zu planen, der keine Heirat beinhaltet.«

Damit hatten sie Lucys Tisch erreicht, was ein weiteres privates Gespräch unmöglich machte. Dominic zog Tabitha einen Stuhl heran und setzte sich dann neben sie.

Lucy wollte sofort wissen, was Tabitha zu ihrem ersten Ball zu sagen hatte, und belegte sie ganz mit Beschlag. Für ein ausführliches Gespräch vereinbarten sie für den nächsten Morgen ein Treffen am Berkeley Square.

Es war schon fast drei Uhr, als die Kutsche Lady Huntleighs sie, Dominic und Tabitha wieder zu Hause absetzte. Zu müde, um zu reden, ging Tabitha erschöpft hoch und ins Bett.

Sie hatte erwartet, auf der Stelle einzuschlafen, aber statt dessen ging ihr so viel im Kopf herum, daß sie nicht schlafen konnte. Bilder des Balls mit den prächtigen Kleidern, der Musik, Dominics Arm, der sie beim

Walzer umschlang, und die Wärme, die sie bei seiner Berührung durchflutet hatte. Tabitha träumte vor sich hin und nahm sich vor, diese Nacht nie zu vergessen, da sie so etwas sicher kein zweites Mal erleben würde.

Seufzend drehte sie sich im Bett um. Sie hatte bisher noch niemandem von dem Brief erzählt, den sie von Miss Beauchamp, der Direktorin von Lucys ehemaliger Schule in Margate, erhalten hatte. Tabitha hatte an die Dame geschrieben und Proben ihrer Zeichnungen sowie Lucys Empfehlungsschreiben beigelegt. Die Antwort war erfreulich prompt eingetroffen. Anscheinend hatte die Zeichenlehrerin gerade gekündigt, so daß ein Posten frei war, den Miss Beauchamp nun ungesehen Tabitha anbot, da ihr Lucys Empfehlung reichte und ihre Zeichnungen hervorragend waren.

Das Wissen, daß sie eine Stelle hatte, gab Tabitha ein enormes Gefühl von Sicherheit, denn sie hatte insgeheim befürchtet, daß niemand sie einstellen würde. Sich endgültig zu entscheiden, fiel ihr jedoch schwerer, als sie gedacht hatte. Warum schrieb sie nicht sofort zurück und nahm die Stelle an? Klammerte sie sich an die Hoffnung, daß ein Wunder geschehen würde und sie eines Tages aufwachte und Dominic zu ihren Füßen fand?

Sie hatte ihn während des Aufenthaltes in London genau beobachtet und keine Anzeichen erkennen können, daß er eine andere Frau liebte. Er flirtete ein wenig mit den Damen auf den Gesellschaften, zeichnete aber nie eine im besonderen aus. Vielleicht unterhielt er ja eine Beziehung mit einer dieser geheimnisvollen Frauen, von denen Lucy ihr erzählt hatte. Laut Lucy unterhielt jeder Gentleman eine Affäre mit einer dieser Frauen.

Dominic ging zumindest jeden Abend alleine aus. Vielleicht ging er dann nicht in seinen Club, wie Lady Huntleigh glaubte, sondern zu einem heimlichen Rendezvous mit seiner Geliebten. Tabitha quälte sich mit

Bildern seiner eingebildeten Geliebten und konnte dadurch erst recht nicht schlafen, und erst, als schon die ersten Sonnenstrahlen den Himmel erhellten, schlief sie schließlich ein. Doch sie schlief tief und traumlos, kurz, aber fest, und wachte zu ihrem eigenen Erstaunen am nächsten Morgen erfrischt auf.

16

Heute waren Besucher zu erwarten. Sie kamen immer nach einem Fest wie gestern. Tabitha hoffte, daß Lucy bald kam und sie über den Abend reden konnten, ehe jemand anderer eintraf. Rasch zog Tabitha ihr grünweißes Lieblingskleid an und band sich die Haare lose zurück. Dann beugte sie sich vor, um ihr Gesicht nach Spuren der Erschöpfung abzusuchen, aber sie fand, daß sie genauso aussah wie immer, als es an der Tür klopfte. Lucy steckte den Kopf herein.

»Darf ich reinkommen? Bin ich zu früh?«

»Nein, gar nicht«, erwiderte Tabitha, die sich freute, ihre Freundin zu sehen. »Hast du schon gefrühstückt?«

»Nein, ich hatte heute morgen noch keinen Hunger, aber jetzt könnte ich etwas vertragen.«

Tabitha zog an der Klingelschnur. »Ich lasse uns Kakao und Brötchen bringen, und dann können wir reden.«

Schon bald saßen die Mädchen im Erker am Fenster und nahmen ein leichtes Frühstück zu sich. Lucy wollte von Tabitha jede Einzelheit des Balles hören.

»Ich kann nicht verstehen, wie du mit den beiden Narren Cowley und Dennison soviel Geduld haben kannst. Treiben sie dich denn nicht in den Wahnsinn?«

Tabitha lächelte. »Sie sind doch harmlos, und solange ich sie habe, werde ich nie ein Mauerblümchen sein.«

»Du und ein Mauerblümchen! Das kann ich mir kaum vorstellen. Deine Bewunderer stehen doch Schlange.«

»Lucy«, lachte Tabitha, »übertreibe nicht.«

»Und es ist nicht nur deine Schönheit, die sie anzieht«, fuhr Lucy fort. »Du bist nicht so künstlich wie viele andere Damen der Gesellschaft. Du bist so natürlich und nett, daß die anderen dagegen oberflächlich wirken. Du bist meine liebste Freundin.«

Impulsiv gab sie Tabitha einen Kuß. »Weißt du, du bist wie eine Schwester für mich. Ich wünschte, es wäre so.« Bedeutungsvoll drückte sie Tabithas Hand. »Weißt du, was ich damit meine?«

Tabitha verstand nur zu gut und wurde hochrot. »Was du andeutest – wird nie geschehen«, brachte sie hervor.

»Warum denn nicht? Ihr benehmt euch beide so, als wäret ihr voneinander hingerissen. So war es schon immer.«

»Nein, das stimmt nicht. Er – er sieht mich nicht so«, erwiderte Tabitha betrübt. »Er behandelt mich wie eine jüngere Schwester.«

»Unsinn.«

»Doch, es stimmt.«

»Dann ist er ein Dummkopf. Und blind, wenn er nicht weiter sieht als seine Nase.«

»Bitte, Lucy, nicht«, bat Tabitha. »Du weißt nicht, was du sagst.« Sie erhob sich und begann, im Zimmer auf und ab zu gehen.

Lucy sah ihr eine Weile dabei zu und fragte dann: »Aber du liebst ihn? Ich meine, wirklich?«

Tabitha nickte traurig. »Es gab keine Zeit, in der ich ihn nicht geliebt habe, und es wird auch keine geben. Aber du brauchst kein Mitleid mit mir zu haben«, setzte sie dann tapfer hinzu. »Ich habe mich schon lange damit abgefunden, daß ich mein Leben ohne ihn führen muß.«

Tabitha wischte eine Träne fort, die ihre Worte Lügen strafte, und fuhr fort: »Er wird eines Tages eine aufsehenerregende Ehe mit einer schönen Debütantin eingehen, die so reich und hoch geboren ist wie er.«

Lucy stand auf und legte ihrer Freundin den Arm um die Schulter. »So ein Mädchen klingt gräßlich – ich kann sie jetzt schon nicht leiden. Sei nicht traurig, das brauchst du nicht – er liebt dich, und zwar nicht als Schwester. Wer wüßte besser als ich, wie Dominic eine Schwester behandelt? Zu mir ist er nicht halb so nett wie zu dir, und schon gar nicht leuchten seine Augen auf, wenn er mich ansieht. Er wird schon noch zur Vernunft kommen, warte nur ab. So, und nun komm mit. Du bist viel zu hübsch, um hier oben zu sitzen, und ich habe jemanden kommen gehört.«

Tabitha lächelte schwach und ließ sich dann von Lucy davonziehen.

Als die beiden Mädchen in den Salon traten, sah Lady Huntleigh, die ausnahmsweise schon auf war, von ihrer Stickerei auf und sagte: »Gestern habt ihr euch selbst übertroffen, Mädchen. Ich habe noch nie so viele Blumen gesehen.«

Tabitha sah sich fassungslos im Zimmer um. Zahllose Sträuße wetteiferten um ihre Aufmerksamkeit.

Lucy dagegen war nie sprachlos. »Gute Güte, das ist ja wie in einem Blumenladen, Tabitha. Es sieht so aus, als würde dir ganz London zu Füßen liegen.«

Erst da sah Tabitha Lord Cunningham. Er war durch einen enormen Lilienstrauß fast verdeckt und stand jetzt auf, um die Damen zu begrüßen.

»Lord Cunningham!« rief Tabitha überrascht. »Was für eine nette Überraschung.«

»Das Vergnügen ist ganz meinerseits, Miss Montecue, Mrs. Carlisle.« Er verbeugte sich leicht. »Ich muß zugeben, daß ich durch meine frühe Ankunft einen Vorteil über meine Rivalen zu erringen hoffte.«

Er sah Lady Huntleigh erwartungsvoll an. Die erhob sich, ergriff Lucy am Arm und sagte: »Wenn Sie uns kurz entschuldigen, Lord Cunningham, ich habe mit Lucy etwas zu besprechen.«

Lucy verstand auch ohne den bedeutungsvollen Händedruck ihrer Mutter, was vorging, und verließ den Raum, nachdem sie Tabitha noch einmal zugezwinkert hatte.

Auch Tabitha hatte keine Mühe, den Anlaß von Lord Cunninghams Besuch zu verstehen, und blieb mit Unbehagen zurück. Hilflos sah sie zu, wie sich die Tür hinter Lucy und ihrer Mutter schloß, ehe sie sich Seiner Lordschaft zuwandte.

Der sonst so zurückhaltende Mann verlor keine Zeit. Er trat vor und umfaßte Tabithas Hände. »Meine liebe Miss Montecue«, begann er eifrig, »ich fragte mich, ob Sie mir wohl die Ehre einer privaten Anhörung heute gewähren würden …«

Tabitha wollte ihn schon unterbrechen, um die Sache so schnell wie möglich hinter sich zu bringen, blieb dann aber ruhig und hörte ihn an.

»Meine Aufmerksamkeit war beständig«, fuhr er fort, »und Sie wissen vielleicht schon, was ich Sie jetzt frage möchte. Kurz gesagt, Miss Montecue, möchte ich Sie bitten, meine Frau zu werden.«

Er schwieg, und Tabitha, die die peinliche Situation beenden wollte, antwortete: »Ich bin mir der Ehre sehr bewußt, die Sie mir erweisen, und obwohl mir das sehr schmeichelt, kann ich Ihr Angebot leider nicht akzeptieren.« Sie sprach freundlich, aber fest und entzog ihm ihre Hände. Sie hoffte, daß die Sache damit erledigt war, hatte aber nicht mit der Beharrlichkeit des jungen Mannes gerechnet.

Er trat vor. »Glauben Sie mir, meine Liebe, Ihre Situation ist mir nicht unbekannt – das skandalöse Schicksal Ihrer Eltern, das Fehlen jeder Mitgift. Ohne Zweifel bringt Ihr Taktgefühl Sie dazu, einen Mann meines Standes abzuweisen, aber ich versichere Ihnen, daß ich das alles bedacht habe und die Nachteile übersehen kann.«

Seine Worte nahmen Tabitha jedes Mitleid. Er war unverzeihlich unhöflich, und darüber ärgerte sie sich. Seine Bemerkung hatte ihren Stolz verletzt. »Vielleicht haben Sie meine Antwort nicht verstanden, Mylord. Dann muß ich mich deutlicher ausdrücken. Ich möchte Sie nicht heiraten und hatte auch nie den Wunsch, und wenn doch, hätten Ihre unhöflichen Worte eben sicher jeden derartigen Wunsch zunichte gemacht. Und jetzt muß ich Sie bitten zu gehen.«

Tabitha hatte kühl und kompromißlos geklungen, und ihr zurückgewiesener Verehrer stand einen Moment sprachlos da. Um Fassung ringend sagte er: »Sie werden Ihre Worte noch bedauern, Miss Montecue, falls Sie hoffen, einen größeren Preis zu ergattern. Die meisten Herren werden wählerischer sein als ich.«

Einen Moment sah er sie wütend an, dann wandte er sich um und verließ das Zimmer.

Tabitha blieb zitternd und erschüttert zurück. Es war unverzeihlich, daß sie dem Mann so rüde geantwortet hatte, aber sein Auftreten hatte sie so sehr an Lady Montecues herablassende Art erinnert.

Seltsam, wie sich die Dinge änderten. Vor einiger Zeit noch hätte sie die Beleidigungen demütig hingenommen, schließlich war nie auf ihre Gefühle Rücksicht genommen worden. Aber nach ein paar Wochen in liebender Gesellschaft konnte sie solches Verhalten nicht mehr kritiklos ertragen.

Tabitha trat ans Fenster und sah in den Garten hinaus. Der Mann hatte natürlich recht. Das Weglaufen ihrer Eltern war in der Gesellschaft als Skandal gesehen worden, was sie in den Augen hochgeborener Männer unmöglich machte.

Lord Cunningham hatte nur den Fehler begangen zu denken, daß ihre Weigerung aus ihren Skrupeln erwuchs, nicht weil sie seine Gefühle nicht erwiderte.

Tabitha holte tief Luft, um sich zu beruhigen. Etwas

rieb an ihrem Bein, und als sie zu Boden sah, entdeckte sie Lady Huntleighs weiße Katze Blanche. Sie nahm das Tier auf den Arm und streichelte das weiche Fell. »Ich bin ein Dummkopf, Blanche«, murmelte sie. »Nun, jetzt weiß ich, was ich zu tun habe.«

Die Tür öffnete sich, und Dominic trat ein. Er lächelte sie an. »Nun? Ganz alleine?«

»Hm. Deine Mutter und Lucy waren hier, aber Lord Cunningham wollte mit mir sprechen ... deshalb sind sie gegangen.«

Sie setzte sich und fuhr fort, die Katze zu streicheln.

»Mutter hat dich mit dem Kerl allein gelassen? Sie muß verrückt geworden sein, wenn sie glaubt, daß du irgendeinen pathetischen Antrag von ihm hören willst.«

Dominic trat näher, und sein Blick wurde besorgt, als er Tabithas blasses, unglückliches Gesicht sah. Er setzte sich neben sie und begann ebenfalls, die Katze zu streicheln.

»Was ist los, Tabitha? Sag mir nicht, du hättest ihn akzeptiert?«

»Nein, natürlich nicht.«

Er sah sie forschend an. »Warum bist du dann so blaß? Hat er sich dir aufgedrängt?«

»Nein ...«

In dem Moment kam Lucy mit erwartungsvollem Gesicht ins Zimmer gestürmt. »Nun? Dominic! Wann bist du zurückgekommen? Ach, egal. Tabby, erzähl! Was ist passiert?«

»Nichts«, erwiderte Tabitha ruhig, »nichts, was sich zu erzählen lohnt.«

Aber so leicht ließ Lucy sich nicht abspeisen. »Mach mich nicht wild. Hat er dir einen Antrag gemacht oder nicht?«

»Er hat.«

»Und?«

»Ich habe abgelehnt.«

Lucy, entzückt von dem betroffenen Gesicht ihres Bruders, sah ihre Chance und ergriff sie.

»Ihn abgelehnt?« wiederholte sie und schaffte es, ein genügendes Maß an Erstaunen in ihre Stimme zu legen. »Du mußt verrückt geworden sein.«

Hier sah Dominic scharf auf. »Du weißt genau, daß Tabitha an den Langweiler verschwendet gewesen wäre!«

»Verschwendet!« Lucy keuchte. »Dreißigtausend Pfund im Jahr und einen Titel – noch dazu jung. Worauf hoffst du noch? Soll sie auf einen Prinzen warten?«

»Ich will die Herkunft und das Vermögen des Mannes nicht in Abrede stellen«, gab Dominic zu, »aber er hat in etwa soviel Ausstrahlung wie eine tote Kröte.«

»Wie auch immer«, wandte Lucy sich wieder an Tabitha, »noch ist nicht alles verloren. Er kommt vielleicht noch einmal, um es erneut zu versuchen.«

»Nicht, wenn ich es verhindern kann«, erklärte Dominic wütend. »Ich weiß nicht, was er zu Tabitha gesagt hat, aber es ist ganz klar, daß er sie aufgeregt hat.«

»Oh, hört doch auf!« Tabitha sprang auf und erschreckte damit die Katze. »Dieser Streit ist sinnlos. Ich habe ihn auf eine Weise zurückgewiesen, daß er bestimmt nicht noch einmal fragt. Aber ich habe ein zweites Angebot erhalten, das keine Ehe vorsieht. Und ich habe mich entschlossen, es anzunehmen.«

Dominic sprang auf und ergriff ihre Schultern. »Was sagst du da? Bist du wahnsinnig?« Sein Gesicht war wild, und seine Finger schnitten ihr ins Fleisch. »Sag mir, wer es gewagt hat, dich so zu beleidigen.«

Tabitha sah erschrocken zu ihm auf. Dominic war immer nur sanft und freundlich mit ihr umgegangen, und sich plötzlich seinem Ärger gegenüberzusehen, war zuviel für ihre aufgewühlten Gefühle. Sie versuchte, sich seinem Griff zu entziehen, aber er hielt sie nur noch fester.

»Sag mir, wer es ist, Tabitha!« Bei jedem Wort schüttelte er sie, bis Lucy schließlich einschritt.

»Laß sie los, Dominic. Siehst du nicht, daß du ihr weh tust?«

Dominic ließ sie auf der Stelle los, aber seine Miene blieb grimmig.

Lucy legte Tabitha den Arm um die Taille und sah ihren Bruder finster an. »Erzähl ihm von deinem Angebot.«

Tabitha rang um Fassung. Sie verstand endlich, daß er annahm, sie hätte den Antrag eines Verehrers angenommen.

»Ich habe ein Angebot von Miss Beauchamp in Margate«, sagte sie. »Sie hat mir den Posten einer Zeichenlehrerin angeboten.«

»Ich verstehe«, sagte Dominic und klang nicht viel besser als eben.

»Und ich habe mich entschlossen, ihn anzunehmen. Lucy hat mir versichert, daß Miss Beauchamp sehr freundlich ist, und dort zu unterrichten ist mir lieber, als einen Antrag von einem Mann wie Lord Cunningham annehmen zu müssen.« Stille Verzweiflung malte sich auf ihren Zügen. Die jüngsten Ereignisse hatten sie aufgewühlt, und sie wollte nur noch in ihr Zimmer und allein sein.

Dominic trat auf sie zu. Er sah ihre Traurigkeit, und sein Ärger machte einer Zärtlichkeit Platz, die Tabitha selig gemacht hätte, wenn sie ihn in dem Moment angesehen hätte.

Doch sie konnte nicht. Es beschämte und verletzte sie, daß er hatte annehmen können, sie würde die Geliebte eines anderen Mannes werden, und in Tränen ausbrechend warf sie sich in Lucys Arme.

Lucy sah ihren Bruder wütend an. »Du gehst jetzt besser«, sagte sie rundheraus, und nach kurzem Zögern gehorchte er.

Als Lucy mit Tabitha allein war, zog sie sie zum Fenstersitz und setzte sich neben sie. »Siehst du es denn nicht, Tabby«, begann sie, »er kann den Gedanken nicht ertragen, daß du einen anderen Mann akzeptierst oder weggehst. Als ich gesehen habe, wie wütend er wurde, hätte ich fast vor Freude in die Hände geklatscht.«

Tabitha lächelte unter Tränen. »Ich kann dir versichern, daß mir solche Gefühle fremd sind.«

»Ja, natürlich, er hat sich wie ein Schuft benommen, aber glaube mir, das ist gut so. Jetzt fühlt er sich schuldig, aber wir dürfen nicht zulassen, daß er sein Gewissen mit einer Entschuldigung erleichtert. Ich frage Mama, ob ich dich für ein paar Tage mit zu mir in die Green Street nehmen kann.«

Tabitha sah ihre Freundin zweifelnd an. »Hältst du das für notwendig?«

»Absolut«, erwiderte Lucy. »Es wird ihn schrecklich stören, nicht an dich heranzukommen. Und er soll auch nicht an dich herankommen.«

17

Entgegen Lucys Wunsch hatte Tabitha doch an Miss Beauchamp geschrieben und den Posten an der Schule offiziell angenommen – eine Zukunft, die sie verzweifelt mit Optimismus zu betrachten versuchte. Sie war entschlossen, das meiste aus dieser Möglichkeit zu machen, und freute sich auf die Unabhängigkeit, die diese Position ihr verschaffen würde.

Tabitha wußte, daß ihre neuen Bekannten in London es als exzentrisch betrachten würden, daß sie so einen Schritt unternommen hatte, und der Ärger des armen Lord Cunningham würde sich verdoppeln, wenn er erfuhr, daß sie einen Posten als Lehrerin einer Stellung als seine Ehefrau vorzog. Aber diese Leute konnten sie auch nicht verstehen. Sie wußten nicht, wie unglücklich sie auf Wroxley gewesen war, wo sie von Leuten abhängig gewesen war, die sie nicht gemocht hatte. Niemals wieder würde sie sich freiwillig in so eine verwundbare Lage bringen.

Zwei Tage nach ihrer Entscheidung erhielt Tabitha eine Nachricht, die sie in ihrem Tun bestärkte. Von Mrs. Morewell traf ein Brief ein, in dem es hieß, daß vor kurzem ein Cousin des Reverend zu Besuch gewesen sei, dessen Freund, Mr. Roderick Beasley, als Kunsthändler tätig war. Er habe Tabithas Aquarelle, die sie gerahmt an den Wänden hängen hatten, mit Bewunderung betrachtet. Er habe sofort wissen wollen, wer die Künstlerin sei. Da Mrs. Morewell wußte, daß sie sicher eventuellen

Angeboten gegenüber offen sei. Sie hatte Tabithas Identität nicht verraten, schickte aber Mr. Bearsleys Adresse mit, damit sie sich mit ihm in Verbindung setzen und über eine Ausstellung sprechen konnte.

Tabitha las den Brief mit gemischten Gefühlen. Es überraschte sie, daß die Morewells ihre Bilder gerahmt und aufgehängt hatten. Sie hatte gedacht, daß nur sie die Bilder so schön fand. Gut, ihre alte Gouvernante Miss Plumridge hatte ihre Bilder immer sehr gelobt, aber Tabitha hatte immer den Verdacht gehabt, daß die freundliche alte Dame ihr damit nur ihr Leben versüßen wollte. Aber nun fand ein Fremder ihr Werk offenbar interessant genug, um ihr eine Ausstellung anzubieten.

Tabitha dachte lange nach und ging dann mit dem Brief zu Lucys Zimmer. Es war Vormittag, und auch wenn Lucy noch im Bett lag, wäre sie allein, denn Piers war vor einiger Zeit ausgeritten.

Lucy öffnete im Morgenrock und mit zerzausten Locken die Tür. »Tabby!« rief sie überrascht. »Wann bist du denn heute morgen aufgestanden?«

»Oh, erst vor kurzem«, erwiderte Tabitha. »Ich war zum Frühstück unten und fand dort diesen Brief vor. Kann ich reinkommen?«

Lucy trat zurück und betrachtete neugierig den Brief in Tabithas Hand.

»Natürlich. Wer schreibt dir denn – ein Bewunderer?«

»Sozusagen.«

Lucy legte sich aufs Bett und wartete auf Tabithas Neuigkeiten.

»Habe ich dir von Reverend und Mrs. Morewell erzählt?« begann Tabitha. »Das Ehepaar, das sich nach dem Tod meiner Eltern kurz um mich gekümmert hat?«

»Der Brief ist von ihnen?«

Tabitha nickte und lächelte, als der Ausdruck des Interesses von Lucys Gesicht schwand.

»Und ich hatte gedacht, du kommst mit einem Liebesbrief, vielleicht einem zweiten Antrag –«

»Nun, es ist eine Art Antrag«, erwiderte Tabitha, unbeeindruckt von der Enttäuschung ihrer Freundin. Sie reichte Lucys den Brief.

Nach der Lektüre sah Lucy sie begeistert an.

»Wie talentiert du bist! Ich habe deine Zeichnungen auch immer sehr gut gefunden, aber ich hatte keine Ahnung …«

»Nun, ich auch nicht, und ich weiß nicht, ob er sich nicht irrt, wenn er sie ausstellen …«

Aber Lucy hörte ihr nicht zu. Sie sah auf einmal sehr nachdenklich aus. »Eine professionelle Künstlerin«, sagte sie leise. »Warum auch nicht?«

»Oh, Lucy, ich weiß nicht. Es ist natürlich sehr schmeichelhaft für mich, aber ich hätte keine Lust, Ausstellungen zu besuchen und mich den Kritiken zu stellen.«

Lucy lächelte. »Wie du dich immer unterschätzt – du kannst beispielsweise großen Erfolg haben. Aber vielleicht ist es doch nicht das Richtige. Viele Damen malen zwar, aber ich kenne keine, die ihre Sachen auch verkauft. Ich glaube, Mama fände es nicht respektabel genug.«

Sie schwiegen eine Weile, und dann sagte Tabitha: »Vielleicht könnte ich eine Pseudonym benutzen oder anonym bleiben?«

»Ja, das ginge.« Lucys Miene hellte sich auf. Sie stand auf, ging zum Kleiderschrank und wählte ein Kleid aus, das ihr gefiel. »Du mußt heute noch an Mr. Beasley schreiben«, sagte sie, während sie ihre Unterröcke anzog. »Und du mußt an die Schule schreiben und die Stelle absagen, die du so voreilig angenommen hast.«

»Nein.«

Lucy sah von ihren Bändern auf und betrachtete ihre

Freundin ärgerlich. »Sag mir nicht, daß du lieber eine Lehrerin bist als eine freie Künstlerin.«

»Aber ich dachte, ich könnte beides sein«, gab Tabitha zurück.

»Verstehst du denn nicht? Die Stelle an der Schule gibt mir einen Platz zum Bleiben, und auch wenn ich viel zu tun habe, bleibt mir sicher noch Zeit zum Malen.«

Lucy seufzte. »Du bist heute morgen sehr entschlossen, Tabitha, und ich kann nicht sagen, daß mir das gefällt.«

Inzwischen hatte sie ein hellblaues Kleid mit tiefem Ausschnitt angezogen und warf sich einen Spitzenschal um die Schultern. »Kannst du mir das Kleid zuknöpfen?«

Tabitha trat vor. »Laß uns nicht alte Diskussionen wieder aufwärmen, Lucy. Ich werde Mr. Beasley heute schreiben, aber laß uns nicht mehr über die Schule sprechen, ja? Es ist so schön heute, laß uns in den Park gehen.«

Lucy drehte sich um. »Na gut. Man kann dir nicht böse sein, Tabitha, auch wenn ich dich manchmal schütteln möchte.«

»Das muß in der Familie liegen.«

Lucy lachte, und die Mädchen verließen das Zimmer.

Tabitha war nun schon seit einer Woche Gast bei Lucy und Piers, und die Mädchen hatten sich in dieser Zeit schon viel von London angesehen, St. Pauls, Kew Gardens und die Elgin Marbles. Lucy hatte als Anstandsdame über Tabitha gewacht, und obwohl Dominic schon dreimal vorgesprochen hatte, hatte Lucy ihn jedesmal abgewiesen.

Tabitha wußte nicht, was Lucy zu ihm gesagt hatte, aber sie vertraute Lucys Urteil, auch wenn sie Dominics Gesellschaft mit jedem Tag mehr vermißte.

So kam es auch, daß Tabitha ihr Entzücken nicht verbergen konnte, als sie im Park Dominic entdeckte, der auf seinem Hengst saß. »Oh, Lucy, halt an«, rief sie sofort.

Lucy, die erst vor kurzem von ihrem Mann gelernt hatte, wie man kutschierte, zögerte kurz, gab dann aber der Sehnsucht in Tabithas Gesicht nach und zügelte das Gespann.

»Na gut«, sagte sie. »Aber nicht lange. Piers gefällt es nicht, wenn ich die Pferde zu lange stehen lasse.«

Dominic kam sofort zu ihnen geritten. Er hatte nur Augen für Tabitha und dachte, wie hübsch sie mit den offenen Locken aussah. Aber war sie dünner geworden, oder lag das nur an dem streng geschnittenen Kleid? Sie lächelte ihn an, und Dominic, der dem Verlangen, sie zu berühren, nicht widerstehen konnte, ergriff ihre Hand und küßte sie. »Es tut mir leid zu hören, daß du krank warst«, sagte er. »Geht es dir wieder gut?« Tabitha errötete zur Antwort und sah ihn schuldbewußt an.

»Es geht mir gut, danke«, erwiderte sie und entzog ihm ihre Hand.

Lucy lehnte sich zufrieden zurück und beobachtete den Bruder und die Freundin. Das Problem war, dachte sie, daß Dominic sein Leben lang alles, was er sich gewünscht hatte, auf dem Präsentierteller bekommen hatte. Er war viel zu reich und anziehend, als gut für ihn war.

Doch Lucy wußte von ihrer Mutter auch, daß er ein paar frustrierende Tage hinter sich hatte. Er war angeblich noch schwieriger als sonst gewesen, und Lucy gratulierte sich zu ihrer Taktik.

Tatsächlich war Lucys Annahme richtig. Dominic hatte eine unangenehme Woche hinter sich. Er war wütend auf sich selbst wegen seines Ausbruchs und verspürte Bedauern und Schuldbewußtsein, wann immer er daran dachte. Er hatte Verwirrung und Traurigkeit in Tabithas Augen gesehen, an denen er schuld war. Und das, wo sie ihn immer als ihren Beschützer gesehen hatte. Er hatte ihr Vertrauen mißbraucht.

Voller Reue begann er, seine Gefühle für Tabitha zu analysieren und kam zu dem Ergebnis, daß sie ihm mehr bedeutete, als er hatte zugeben wollen – daß er sie liebte. Das war ihm aufgegangen, als er morgens allein gewesen war und daran gedacht hatte, daß sonst Tabitha bei ihm gewesen war. Er vermißte sie mit einer Intensität, die fast schmerzhaft war, und er verfluchte sich, daß er nicht eher erkannt hatte, was er für sie empfand.

Das erklärte soviel. Seine Reaktion, wann immer er gedacht hatte, ein anderer Mann mache Annäherungsversuche, war pure Eifersucht gewesen. Deshalb auch wollte er nicht, daß sie wegging, und es erklärte sein Verlangen, sie zu berühren.

Die Entdeckung hätte ihn entzückt, wenn er nicht überzeugt gewesen wäre, daß sie seine Gefühle nicht erwiderte. Warum sollte eine so schöne Frau wie Tabitha ihn an ihrer Seite haben wollen? Seltsam – es waren zwei Jahre vergangen, seit er den Säbelhieb empfangen hatte, aber erst jetzt grämte er sich deswegen. Vorher war ihm die Narbe egal gewesen, doch jetzt spielte sie plötzlich eine große Rolle.

Er hatte sich so gewünscht, Tabitha in den letzten Tagen zu sehen – schon um so oder so Bescheid zu wissen –, und Lucys Weigerung, ihn zu ihr zu lassen, hatte ihn erzürnt. Er hatte natürlich erkannt, daß Lucy mit ihm spielte und irgendwann nachgeben würde, aber die Wartezeit war Dominic endlos erschienen.

Er hatte sich den Kopf zerbrochen, wie er auf Tabitha zugehen sollte, wenn sich denn die Gelegenheit ergeben würde. Er konnte sich ihr nicht offen erklären, weil sie das abstoßen und ihre Freundschaft zerstören könnte. Oder hatte er das mit seinem Verhalten schon getan?

Er hatte sich noch nie Gedanken machen müssen, wie er eine Frau für sich einnehmen sollte, aber jetzt war er auf einmal unsicher, weil das Ergebnis das erste Mal in seinem Leben eine Rolle für ihn spielte.

All diese Fragen gingen ihm wieder und wieder durch den Kopf. Er wußte, daß er Tabitha sehen mußte, und wurde immer ungeduldiger. Ein paarmal hätte er schon fast mit seiner Mutter gesprochen, es sich im letzten Moment dann aber wieder anders überlegt. Sie sollte nicht denken, daß er seine Angelegenheiten nicht selber regeln könnte.

Als er Tabitha nun im Park sah, waren alle Reden, die er sich überlegt hatte, wie fortgeblasen. Er war einfach nur glücklich, und sein Gesicht verriet seine Empfindungen.

»Ich muß mich entschuldigen, Tabitha, weil ich mich letzte Woche so schlecht benommen habe«, sagte er. »Ich würde das lieber weniger öffentlich tun, aber ich nehme an, daß deine Anstandsdame –«, er warf Lucy einen bösen Blick zu, »– das nicht zuläßt, deshalb muß ich hier sprechen.«

Tabitha sah auf. »Bitte nicht, das ist nicht nötig …«

»O doch, es ist nötig. Ich habe mich wie ein Schuft benommen, was unverzeihlich ist. Ich kann nur hoffen, daß du mir trotzdem vergeben kannst.«

Tabitha sah die Sorge in seinem Blick, seine echte Reue, und berührte seine Hand, die auf dem Kutschenrand lag. Am liebsten hätte sie sich ihm in die Arme geworfen, aber sie berührte nur seine Hand und erwiderte: »Es gibt nichts zu verzeihen, ich habe es schon vergessen.«

»Sosehr ich es hasse, diese bewegende Szene zu unterbrechen …«, meldete sich Lucy, »– aber wir sind zum Essen eingeladen und müssen zurück in die Green Street.«

Dominic wußte nicht, was er dagegen sagen sollte.

Tabithas Reaktion hatte ihm gut gefallen. Sie hatte sich eindeutig gefreut, ihn zu sehen. Das war schon mehr, als er erhofft hatte.

»Geht ihr heute abend zu Mrs. Pattersons Soiree?« fragte er.

Die Mädchen wechselten einen raschen Blick.

»Ja, Lucy, ich weiß, daß du mir aus dem Weg gegangen bist, um Tabitha zu schützen. Du hältst mich für einen aggressiven Schuft, aber mein Charakter hat sich gebessert.« Dann lächelte er. »Ihr habt meine Frage nicht beantwortet.«

Lucy errötete ein wenig. »Doch, wenn es Tabitha gut genug geht, gehen wir hin.«

Tabitha biß sich auf die Lippen, aber ihre Augen verrieten ihr Lächeln. Wirklich, Lucy war eine empörende Lügnerin. Rasch wandte sie den Blick ab.

»Dann hole ich euch um acht ab«, erklärte Dominic. Er verabschiedete sich und zog den großen Hengst um die Hand, um davonzureiten.

»Oh, Lucy, ich wünschte, du hättest nicht wegen meiner Gesundheit gelogen«, seufzte Tabitha und sah ihm nach.

»Ich mußte mir etwas ausdenken, um ihn fernzuhalten«, verteidigte sich Lucy. »Wenn er mir nicht geglaubt hätte, hätte er mich wahrscheinlich beiseite gestoßen, um zu dir hochzulaufen.«

»Nun, du hättest dir etwas anderes ausdenken sollen. Ich will nicht als kränklich gelten.«

»Warum nicht? Manchen Männern gefällt es, wenn sie eine zerbrechliche Frau haben. Das weckt ihre Beschützerinsinkte. Ich weiß, daß Dominic sehr besorgt um dich war.«

»Aber ich muß nicht beschützt werden. Jetzt nicht mehr«, stellte Tabitha entschieden fest. »Ich werde von jetzt an selbst auf mich aufpassen.«

»Liebste Tabby, du redest Unsinn. Natürlich brauchst

du Schutz. Du bist in vielerlei Hinsicht noch so unschuldig.«

Lucys freundlicher Ton machte es Tabitha unmöglich, ihr die Worte übelzunehmen. »Ich weiß, daß du es gut meinst, Lucy, und bin dir auch sehr dankbar, aber ich bin nicht so verletzlich, wie du denkst.«

»Es könnte nicht schaden, wenn Dominic so denkt. Nun, ich möchte ihn gerne noch ein wenig länger strafen«, sagte sie und warf den Kopf zurück. »Ich mag es gar nicht, wie er meinen Mann dazu überredet, abends lange wegzubleiben. Letzte Nacht wurde es schon hell, ehe Piers zurückkam, und er roch nach Tabak und Brandy. Bestimmt waren sie in einer dieser schrecklichen Spielhöllen, die Piers erst durch meinen Bruder kennengelernt hat.«

Tabitha sah Lucy mit großen Augen an. »Du denkst, Dominic hat schlechte Eigenschaften und beeinflußt Piers negativ?«

»Oh, ich weiß, daß du Dominic für perfekt hältst«, sagte Lucy ungeduldig, »aber vergiß nicht, daß ich welterfahrener bin als du. Dominic war nicht so lange in Europa, ohne von dort ein paar Laster mitzubringen. Die Franzosen, mußt du wissen, sind längst nicht so zivilisiert wie die Engländer – ihre Moral ist locker, und ihre Prinzipien sind unvollkommen.«

Doch als Lucy den Ausdruck in Tabithas Gesicht sah, bereute sie ihre Worte und sagte: »Keine Sorge, die meiste Zeit hatte er zuviel mit dem Krieg zu tun, um unmoralischem Tun nachzugehen.«

Lucy hatte mit ihrer Annahme recht, daß ihr Mann und ihr Bruder letzte Nacht soviel Zeit in einem Spielsalon verbracht hatten. Doch es war nicht die Spielleidenschaft, die sie dorthin gezogen hatte. Nein, Dominic hatte mit eigenen Augen sehen wollen, in welchem

Sumpf sein ehemaliger Nachbar Richard Montecue geraten war.

Dominic hatte Gerüchte gehört, daß Richard durch seine Spielleidenschaft und andere Laster in Schwierigkeiten geraten war und daß er so gut wie jede Nacht in einem Spielsalon in der Curzon Street anzutreffen war, wo er immer noch mehr verlor und noch höhere Schulden machte.

Dominic und Piers hatten das elegante Etablissement kurz nach Mitternacht betreten und Richard Montecue im ersten Spielzimmer angetroffen. An den Tischen wurde gewürfelt. Richard hatte die Bank inne und eine Menge Goldmünzen und Papiergeld um sich liegen.

Eine Weile verfolgten Piers und Dominic das Spiel als Zuschauer. Sie sahen, wie Richard den Einsatz von zwanzig auf fünfzig Pfund erhöhte, dann auf hundert. Ein paar der Spieler stiegen an dem Punkt aus, so daß nur noch Lord Petesham und der junge Cowley blieben.

Cowley, fand Dominic, sah entschieden unwohl aus. Seine Krawatte war gelockert, sein Haar zerzaust, und sein Blick hing unsicher an Richards Hand mit den Würfeln.

»Haben Sie eine Pechsträhne gehabt?« fragte Dominic nach einer Weile und setzte sich neben den jungen Mann.

Peregrine Cowley sah auf. »So was habe ich noch nie erlebt«, sagte er verzweifelt. »Letzte Nacht war es auch schon so.«

Richard sah Dominic und Piers an.

»Sie!« spuckte er. »Ich will verdammt sein, wenn ich gegen Sie spiele!«

Er machte Anstalten, sich zu erheben, aber Cowley hielt ihn zurück. »Sie können nicht gehen, Montecue, ich brauche erst noch die Chance, meine Verluste wieder wettzumachen.«

»Er hat recht, Richard«, sagte Dominic. »Es wäre kaum fair, so früh Schluß zu machen.«

»Nun gut«, erwiderte Richard mit seltsamem Lachen und fragte dann: »Wollen Sie mitmachen, Huntleigh? Uns sind die Spieler ausgegangen.«

»Heute nicht. Mir reicht es, wenn ich zusehe.«

Dominic hatte den Eindruck, daß Richard unsicher aussah, und ein häßlicher Verdacht begann sich zu verdichten. Er beobachtete die Würfel ein paar Runden lang, warf Piers dann einen Blick zu und sah, daß sein Schwager seinen Verdacht teilte. Der Mann gewann immer wieder.

Er hätte die Sache ruhen lassen, wenn Peregrine Cowley nicht so verzweifelt gewesen wäre. Der Junge war ein Narr, aber er hatte den Ruin nicht verdient, der ihm offenbar drohte. Dominic entschloß sich zum Handeln.

Richard wollte gerade wieder würfeln, als Dominic die Hand ausstreckte und ihn zwang, die Würfel fallen zu lassen.

»Ihr Glück, mein Freund, ist für meinen Geschmack etwas zu ausgeprägt.« Er ergriff die Würfel und wandte sich an Piers. »Hol einen Hammer.«

Richard beugte sich erbost vor, und sein Gesicht, das vom Wein schon gerötet war, rötete sich noch mehr, als er zischte: »Sie haben mich beleidigt, Huntleigh«, fauchte er. »Einmal zuviel. Dafür fordere ich Sie!«

»Aber ja«, sagte Dominic gleichgültig, »nichts würde mir besser gefallen.«

»Geben Sie mir die Würfel«, verlangte der andere wütend, »Sie haben kein Recht, das zu tun.«

»Sie können die Würfel gleich haben«, erwiderte Dominic, »sobald mein Schwager sie aufgeschlagen hat.«

Inzwischen hatte sich eine kleine Zuschauermenge um den Tisch versammelt, angelockt von Richards lauter Stimme. Lord Petersham und Mr. Cowley hatten bisher schweigend zugesehen, aber jetzt fragte Petersham: »Huntleigh, Sie wollen doch nicht im Ernst unterstellen, daß Montecue betrügt?«

»Das will ich und das tue ich«, erwiderte Dominic ungerührt. »Glauben Sie mir, ich kenne ihn besser als Sie, und er ist noch zu ganz anderen Dingen fähig.«

»Dafür verlange ich Genugtuung!« Richard sprang auf und warf seinen Stuhl um und griff nach den Würfeln, aber Dominic war schneller.

Dann kam Piers mit dem Hammer, aber noch ehe er die Würfel öffnen konnte, war Richard verschwunden und bewies damit eher sein Falschspiel als das Blei in den Würfeln.

Peregrine Cowley wollte ihm nachstürzen, aber Dominic hielt ihn fest. »Das ist er nicht wert. Nehmen Sie Ihr Geld und vergessen Sie ihn.«

»Aber der Mann ist ein Falschspieler«, fauchte der Junge. »Er muß bestraft werden.«

Dominic drückte ihn sanft, aber bestimmt auf seinen Stuhl zurück. »Seien Sie kein Narr, er wird Sie umbringen.«

»Dominic hat recht«, stimmte Piers zu. »Aber er wird seine Strafe schon bekommen. Das hier wird sich rumsprechen. Es gibt Zeugen genug.«

Lord Petersham nickte. »Der Mann ist ruiniert. Er wird es nicht wagen, sein Gesicht so bald wieder in der Stadt sehen zu lassen. Ich weiß nicht, was da noch zwischen Ihnen ist«, er sah Dominic an, »aber an Ihrer Stelle wäre ich vorsichtig, Huntleigh. Ich habe noch nie einen Mann gesehen, der so rachsüchtig ist wie Richard Montecue.«

18

Es war schon spät am Nachmittag, und das Licht reichte nicht aus, daß Tabitha ihre Zeichnung hätte fertigstellen können. Sie arbeitete an einem Bild, das sie Anfang der Woche begonnen hatte, als sie mit Lucy bei einer Ausstellung in den Elgin Marbles gewesen war.

Die antiken Statuen hatten sie bewogen, es einmal mit dem Porträt antiker Figuren zu versuchen, in diesem Fall von Herkules mit dem Bogen, wie er die Zentauren Ancius und Agrius abwehrt. Am Schluß würde sie das Bild kolorieren, aber jetzt wollte sie erst einmal die Proportionen stimmig hinbekommen.

Frustriert wegen des Lichts ließ sie den Zeichenblock sinken. Er würde bis morgen warten müssen. Dann sah sie auf die Uhr und zuckte überrascht zusammen, denn es war fast 18 Uhr. Seltsam, daß Lucy noch nicht gekommen war, um wie sonst über ihre Pläne für den Abend zu sprechen. Vielleicht war sie eingeschlafen.

Tabitha ging zu Lucys Zimmer und klopfte. Als keine Antwort kam, spähte sie hinein. Von Lucy keine Spur. Tabitha lief nach unten und fragte einen der Diener, ob er Lucy gesehen habe. Das hatte er nicht, dachte aber, daß sie vielleicht ausgegangen war, und schlug ihr vor, den Butler zu fragen.

Der stand in der Halle und bestätigte, daß Lucy ausgegangen war.

»Sind Sie sicher, daß Sie allein war, Suggett?«

»Ich bin mir sicher, Miss Tabitha, und ich kann nicht

sagen, daß mir das gefallen hat«, erwiderte er. »Aber die Herrin hat gesagt, daß sie nicht lange fortbleibt.«

»Und wann war das?« fragte Tabitha.

»Vor einer Stunde. Oder etwas mehr.«

Tabitha runzelte die Stirn und wandte sich ab. Das ging sie nichts an. Lucy war die Herrin des Hauses und konnte tun, was sie wollte. Dennoch wunderte sie sich. Als Suggett mit einem Brief ankam und sich entschuldigte, daß eines der Mädchen den Brief gehabt hatte, nicht er, griff sie erleichtert danach und riß ihn auf.

Ohne Zweifel von Lucy. Vielleicht hatte sie die Soiree vergessen und war aus einem Impuls heraus woanders hingegangen. Doch dann überflog sie den Brief, schlug die Hand vor den Mund und lief in ihr Zimmer hinauf. Sie las:

Meine liebe Cousine,

Deine Freundin und meine genießt zur Zeit meine Gastfreundschaft in einer Taverne in Highgate namens ›Die Heuladung‹, wo sie bleiben wird, bis Du eintriffst. Wenn Du nicht allein kommst, wirst Du Deine Freundin nicht in dem Zustand zurückbekommen, in dem sie angekommen ist.

Dein R. M.

Tabithas Hände zitterten so sehr, daß sie sich kaum auf den Brief konzentrieren konnte. Was sollte sie tun? Sie wußte sofort, daß er Lucy meinte, und sie erschauerte, wenn sie sich Lucy in seinen Händen vorstellte. Lucy, die vom ersten Tag an immer nur freundlich zu ihr gewesen war.

Die vertraute Panik stieg in ihr auf. Tabitha holte tief Luft und versuchte, sich zu beruhigen. Wenn doch nur Piers zu Hause wäre. Aber selbst wenn, könnte sie ihm dann etwas sagen? Richard hatte es ausdrücklich verboten, und wenn er außer ihr noch jemanden zur Taverne kommen sah, könnte er vielleicht etwas Schreckliches tun. Sie hatte keinen Zweifel an seiner Fähigkeit zum Sadismus.

Tabitha lief verzweifelt auf und ab. Sie mußte allein dorthin gehen. Sie war die, die Richard haßte und bestrafen wollte, wie konnte sie Lucy diesem Risiko aussetzen?

Tabitha zündete eine Kerze an und verbrannte den Zettel, als ihr klar wurde, was zu tun war. Sie nahm ihren Mantel und lief in Piers' Arbeitszimmer hinunter. Dort hatte Lucy ihr erst gestern seine silbernen Duellpistolen gezeigt. Sie hingen hinter dem Schreibtisch, und obwohl Lucy gestern eine gegen Piers' ausdrückliches Verbot heruntergenommen hatte, wußte sie nicht, ob sie geladen waren.

Sie nahm eine und steckte sie in ihren Mantel. Dann rannte sie aus dem Haus, ohne auf Suggetts besorgte Fragen zu reagieren.

Tabitha zwang sich zur Ruhe, bis sie um die Ecke war und den Blicken von Carlisle House entzogen.

Es wurde jetzt dunkel und schwer, sich zurechtzufinden, aber Tabitha war entschlossen, Lucy zu Hilfe zu eilen. Instinktiv dachte sie an Dominic. Vielleicht sollte sie zu ihm gehen. Er wüßte bestimmt, was zu tun war. Doch ihr Wissen um Richards Charakter hielt sie davon ab. Er würde Lucy weh tun und das wahrscheinlich noch genießen. Nein, sie mußte allein gehen.

Sie hatte Glück, denn eine leere Mietkutsche kam vorbei. Tabitha hielt sie an und bat den Kutscher, sie nach Highgate zu bringen, aber er weigerte sich und sagte, daß er am Ende des Tages nicht so weit fahren würde.

Tabitha nahm ein goldenes Medaillon vom Hals, das Lucy ihr an ihrem ersten Tag in London geschenkt hatte. »Bitte, Sir, fahren Sie mich dorthin«, drängte sie, »es ist eilig.«

Das Gesicht des Fahrers erhellte sich beim Anblick des Schmuckstücks. »Na gut, Miss«, gab er nach. »Steigen Sie ein.«

»Oh, danke. Ich will zu einer Taverne, sie heißt wohl ›Die Heuladung‹«, sagte Tabitha.

Dann setzte sie sich hin, ohne zu wissen, wie lange die Fahrt dauern würde. Highgate lag im Norden. Ihre Hand tastete nach dem Mantel, unter dem sich beruhigend die Umrisse der Pistole abzeichneten. Sie fragte sich erneut, ob sie geladen war, sagte sich dann jedoch, daß das keine Rolle spielte. Richard wäre vom Anblick einer Waffe sicher eingeschüchtert genug, selbst wenn er sie in ihrer unerfahrenen Hand sah. Genug, um Lcuy freizulassen. Sie mußte nur überzeugend sein und ihn glauben machen, daß sie auch schießen würde.

Wieder dachte sie an Dominic. Sie hätte Richards Zettel nicht verbrennen sollen, dann hätte ihnen jemand nachkommen können, um sie zurückzubringen. Sie hatte vorher nicht daran gedacht. Sie hatte kein Geld und dem Kutscher ihr einziges Schmuckstück gegeben. Vielleicht würde er warten. Lucy hatte sicher etwas Wertvolles dabei, oder der Mann würde darauf vertrauen, daß sie ihn hinterher bezahlten, wenn sie wieder in der Green Street waren.

Schließlich hielt die Kutsche an, und der Kutscher rief: »Wir sind da!«

Tabitha sah aus dem Fenster und erkannte ein kleines, altes Gebäude mit Strohdach und erleuchteten Fenstern. Das Schild war im Licht einer Laterne gut zu lesen: ›Die Heuladung‹.

Tabitha stieg aus und wandte sich an den Fahrer.

»Können Sie auf mich warten?« fragte sie verlegen. Sie wollte sich nicht vorstellen, was er von ihr dachte, weil sie hierherkam. »Ich habe eine Freundin, die ich abhole, und sie wird Sie bestimmt gut bezahlen.«

Der Kutscher, der höchst neugierig war, was eine

junge Dame wie sie alleine nachts in einer Taverne suchte, zögerte nicht.

»In Ordnung, Miss, soll ich mit reinkommen?«

»Nein!« keuchte sie. »Bitte nicht. Bitte warten Sie hier, es dauert nicht lange.«

Damit eilte sie in die Taverne, blieb aber unsicher auf der Schwelle stehen. Sie konnte sich denken, daß recht unerfreuliche Gestalten so einen Ort frequentierten, weshalb sie auch nicht auf die Idee kam, einen der Gäste um Hilfe zu bitten, die sie in einem Nebenraum lachen hörte. Es roch gräßlich, aber jetzt war nicht die Zeit für Empfindsamkeit.

Tabitha trat resolut vor und ging auf die Treppe zu, die nach oben führte. Dort überlegte sie, ob Richard Lucy wohl nach oben gebracht hatte.

Die Frage erübrigte sich, als ihr eine Frau mit einem Tablett in der Hand von oben entgegenkam. Sie war eine dicke Frau mittleren Alters und unvorstellbar schmutzig.

»Hallo, Liebes«, sagte sie, »was kann ich für dich tun?«

»Ich bin hier, um eine Freundin zu treffen«, erwiderte Tabitha nervös.

»Oh«, sagte die Frau, und Verstehen dämmerte auf ihrem Gesicht. »Du willst diese Lucy holen. Sie hat gesagt, daß sie dich erwartet.«

»Sie ist hier? Geht es ihr gut?« fragte Tabitha besorgt.

»Aye, jetzt, wo er weg ist, geht es ihr gut.«

»Er ist weg?« Tabitha konnte es kaum glauben.

»Aye. Schon eine Weile. Deine Freundin ist da oben, erste Tür rechts.« Sie wies mit einem dicken Finger nach oben.

»Danke, vielen Dank!« hauchte Tabitha und stürmte die Treppe hoch. Es war dunkel oben, aber sie fand die Tür, entriegelte sie und trat ein.

»Lucy?«

Der Raum war dunkel und nur von einem schwachen Feuer im Kamin erhellt. Sie hörte einen gedämpften Warnruf von Lucy, dann packte jemand sie und riß ihr die Hände auf den Rücken.

Tabitha wehrte sich instinktiv gegen den Angreifer, erkannte aber bald, daß sie gegen seine Kraft keine Chance hatte. Jetzt sah sie Lucy gefesselt und mit einem Tuch um den Mund auf einem Stuhl sitzen.

»Lucy!« rief sie. »Geht es dir gut? Hat er dich verletzt?«

Lucy nickte auf die erste Frage und schüttelte bei der zweiten den Kopf, so daß Tabithas erste Sorge sich legte.

»Sie – diese Frau hat gesagt – er wäre weg.«

Richard lachte höhnisch. »Ist dir nicht in den Sinn gekommen, liebe Cousine, daß sie von mir etwas bekommt?«

»Nein«, gab Tabitha zu und schalt sich innerlich für ihre Leichtgläubigkeit. »Bitte, Richard, laß Lucy frei, sie hat das nicht verdient.«

»Aber du?« Er schüttelte sie und verstärkte den Griff um ihre Arme, bis sie vor Schmerz aufkeuchte.

»Sie gehenlassen? Damit sie zu ihrem Bruder rennt? Ich glaube nicht. Lucy bleibt schön da, wo sie ist. Ich bin sicher, ein paar von Deborahs Kunden werden ihre Gesellschaft später sehr genießen.«

Tabitha lief ein Schauer über den Rücken. Er klang schlimmer als sonst, und zum erstenmal fragte sie sich, ob er wohl verrückt war.

»Du«, sagte er und schüttelte sie erneut, »kommst mit mir. Ich will dich für einiges bezahlen lassen.« Damit hob er die Hand und schlug ihr hart ins Gesicht, so daß sie zu Boden sank. Richard bückte sich, fesselte sie und verließ dann ohne einen Blick zurück mit ihr das Zimmer.

Sofort begann Lucy, sich auf ihrem Stuhl zu winden, ohne auf die Schmerzen zu achten, die die Stricke verursachten, als sie ihr in die Haut schnitten. Schließlich wurden ihre Mühen belohnt, und sie kam frei. Angeekelt nahm sie sich den Knebel aus dem Mund und warf ihn zu Boden.

Es waren erst ein paar Minuten vergangen, seit Richard gegangen war, aber Lucy hörte bereits das Rollen der Räder auf der Straße draußen.

Lucy zitterte vor Angst und Wut darüber, daß sie sich so leicht hatte täuschen lassen. Als der Brief in Dominics Handschrift gekommen war – zumindest hatte es ausgesehen wie Dominics Handschrift –, hatte sie keinen Augenblick daran gezweifelt, was sie tun mußte. Wie hatte sie den Brief nur für echt halten können?

Der Punkt war, daß sie durch den Inhalt der Nachricht viel zu verärgert gewesen war, um noch groß auf die Schrift zu achten. Daß der Brief nicht an sie, sondern an Tabitha war, hatte sie erst gesehen, als sie ihn schon geöffnet hatte, und da war ihre Neugier schon zu groß gewesen, um von ihrem Gewissen gezähmt werden zu können. Sie war wütend über sein Verlangen – daß Tabitha heimlich mit ihm weglaufen sollte –, und so hatte sie den Brief zerknüllt und ins Feuer geworfen, ehe sie zu dem nahe gelegenen Treffpunkt geeilt war, um Dominic die Meinung zu sagen.

Als sie sich statt dessen Richard Montecue gegenübergesehen hatte, war ihr die Wahrheit aufgegangen, aber sie war ihm furchtlos gegenübergetreten. Er hatte Lucy nie etwas getan, und sie hatte keinen Grund, ihn zu fürchten. Wenn sie überhaupt an ihn dachte, dann als an einen verachtenswerten Jungen, der immer Angst vor ihrem Bruder gehabt hatte. Sie hatte keinen Zweifel daran, ihn unter Kontrolle halten zu können. Als er sie aber plötzlich gepackt und in eine Kutsche gezwungen hatte, war sie zu überrascht gewesen, um sich zu wehren. Bis auf seinen rauhen Griff hatte er sie nicht verletzt, aber sie hatte mehr Angst gehabt, als sie vor sich selbst zugeben wollte.

Und jetzt hatte er Tabitha in seiner Gewalt. Lucy war überzeugt, daß seine Absichten schlimm waren, und Tabitha war ihm hilflos ausgeliefert. Sie schluchzte, schluckte aber entschlossen. Sie mußte Hilfe holen. Es wäre sinnlos, Richard zu verfolgen. Sie würde ihn nie einholen können, und selbst wenn, war sie gegen ihn machtlos. Nein, sie mußte nach Hause zurückfahren und Piers und Dominic finden. Sie würden wissen, was zu tun war.

Ihr Blick fiel auf eine Mietdroschke, die im Schatten bei den Ställen stand. Ohne sich zu überlegen, ob ein Kutscher dabei war – wenn nötig, würde sie selber fahren – eilte sie darauf zu. Ein Blick, um zu sehen, ob die Luft rein war, und schon war sie im Hof.

Bei den Pferden stand ein Mann, den sie zuvor nicht gesehen hatte, und Lucy erschrak.

»Oh, ich habe Sie gar nicht gesehen«, keuchte sie. »Ist das Ihre Kutsche?«

Er nickte.

»Würden Sie mich in die Stadt zurückbringen, in die Green Street?«

»Möglich«, erwiderte der Kutscher. »Sind Sie die Freundin von der jungen Miss?«

»Ich – oh – natürlich!« rief Lucy, die jetzt verstand. »Sie müssen Tabby hergefahren haben. Oh, bitte, sie ist entführt worden – ich muß Hilfe holen!«

Der Mann zögerte kurz und nickte dann. »Ja, Miss. Green Street?«

»Ja, und bitte beeilen Sie sich!«

19

Das Haus der Carlisles befand sich in Aufruhr. Piers war gegen neunzehn Uhr nach Hause gekommen und hatte erfahren, daß beide Damen anscheinend ohne Grund aus dem Haus geeilt und seitdem nicht wiedergekommen waren.

Anfangs war Piers nicht allzu besorgt, weil er sich sagte, daß die Mädchen die Soiree bei den Pattersons wahrscheinlich vergessen hatten oder kurzfristig entschieden hatten, woanders hinzugehen. Es wäre nicht das erste Mal, daß seine impulsive Frau im letzten Moment ihre Pläne änderte. Aber als Dominic um zwanzig Uhr erschien, war Piers doch ziemlich besorgt.

Die Befragung der Diener hatte ergeben, daß erst Lucy nach Erhalt eines Briefes das Haus verlassen hatte, eine Stunde später dann Tabitha, die es so eilig gehabt hatte, daß sie nicht einmal Suggetts Fragen beantwortet hatte.

Dominic hatte erst den Verdacht, daß Lucy sich etwas ausgedacht hätte, um ihn von Tabitha fernzuhalten, was er langsam satt hatte, aber dann mußte er doch zugeben, daß irgend etwas nicht stimmte. Er wußte, daß Lucy ihrem Mann absichtlich nie solche Sorgen machen würde, nicht einmal, um ihren Bruder zu ärgern.

Dominic hatte kaum soweit gedacht, als die Haustür aufflog und Lucy hereinstürzte.

»Ist mein Mann zu Hause, Suggett?« wollte sie wissen.

Der Butler nickte, aber ehe er antworten konnte, kamen Dominic und Piers in die Halle gestürmt. Lucy warf sich ihrem Mann in die Arme.

»Lucy!« rief Piers. »Wo zum Teufel hast du gesteckt?«

Lucy wollte antworten, weinte aber so sehr, daß sie kein Wort herausbrachte.

»Schon gut«, beruhigte er sie. »Du bist jetzt zu Hause. Ist Tabitha bei dir?«

Lucy schüttelte den Kopf und riß sich zusammen, um zu erklären, was passiert war. Sie war noch nicht weit gekommen, als Dominic sie unterbrach.

»Welche Richtung hat er genommen?«

»Nach Norden, ich habe den Wagen gehört.«

»Dann bringt er sie nach Wroxley«, sagte Dominic leise.

»Wahrscheinlich«, schniefte Lucy.

»Piers, ich brauche ein Pferd. Es dauert zu lange, meines vom Berkeley Square zu holen.«

Piers schob Lucy beiseite. »Natürlich, aber warte – ich komme mit.«

»Nein, bleib du bei Lucy«, erwiderte Dominic. In seinen Augen stand Mordlust, als er zur Tür strebte. »Das schaffe ich schon.«

»Oh, Dominic, beeile dich«, schluchzte Lucy. »Er hat so furchtbare Dinge gesagt. Ich glaube, er ist wahnsinnig geworden.«

»Keine Sorge«, erklärte Dominic grimmig, »ich finde sie schon.«

Das erste, was Tabitha bewußt wurde, war die rollende Bewegung. Sie brauchte nicht lange, um zu merken, daß sie auf dem Boden einer Reisekutsche lag. Sie versuchte, sich zu bewegen, entdeckte aber, daß ihre Hände gefesselt waren, und plötzlich fiel ihr alles wieder ein. Sie fragte sich, ob Richard gemerkt hatte, daß sie wieder zu sich gekommen war. Es war dunkel, also vielleicht nicht. Ihre Arme waren steif, und ihr Kopf schmerzte, aber sie wagte es nicht, sich eine bequemere Stellung zu suchen. Es war besser, wenn er sie noch für bewußtlos hielt.

Tabitha wußte nicht, wo die Reise hingehen sollte. Sie dachte an Lucy. Hoffentlich hatte sie entkommen können. Wie grausam, sie den betrunkenen Übergriffen der Kunden in dieser schrecklichen Taverne zu überlassen. Wenn sie Richard nicht schon gehaßt hätte, würde sie es jetzt tun.

Heiße Tränen der Sorge um Lucy liefen Tabitha über die Wangen. Sie versuchte, leise zu sein, aber ein Aufschluchzen verriet sie, und sofort spürte sie Richards Stiefelspitze auf ihrer Schulter, mit der er sie auf den Rücken drehte.

»Endlich aufgewacht«, bemerkte er kalt. »Es wird auch Zeit, wir sind gleich da.«

Tabitha hörte das mit vorsichtigem Optimismus. Vielleicht würde er ihre Fesseln lösen, wenn sie am Ziel waren.

Die Kutsche fuhr um eine Kurve, und obwohl Tabitha nicht aus dem Fenster sehen konnte, wußte sie plötzlich, wo sie waren. Dieser Weg war ihr vertraut, und erleichtert sah sie, daß er sie nach Wroxley gebracht hatte. So wenig Lady Montecue sie auch mochte, sie würde nie zulassen, daß Richard unter ihrem Dach ein Verbrechen beging.

Doch Richards nächste Worte zerstörten diese Hoffnung. »Mutter ist zu Besuch in Gloucestershire«, erklärte er. »Das Haus ist verschlossen, seit Amelia geheiratet hat, also werden wir es ganz für uns allein haben.«

Sein Ton ließ sie erschauern. Die Diener würden ihr nicht helfen, nicht bei dem Herren, von dem sie abhängig waren. Tabitha versuchte, sich zusammenzureißen. Jetzt kam es ganz allein auf sie an.

Die Kutsche hielt an, und Tabitha sah im Mondschein, daß Richard sich die Krawatte abnahm. Dann kniete er sich neben sie und band sie ihr um den Mund.

»Nur eine Vorsichtsmaßnahme, bis wir im Haus sind. Es wäre ein Jammer, dich wieder niederschlagen zu müssen – ich möchte, daß du den Rest der Nacht ganz bewußt erlebst.«

Dann öffnete er die Tür und zerrte sie grob aus der Kutsche.

Tabithas Beine drohten nachzugeben. Sie fragte sich, ob der Schlag auf den Kopf oder ihre Furcht für die Schwäche verantwortlich waren. Sie zwang sich, nicht gegen Richard zu sinken. Doch er mußte ihre Schwäche gespürt haben. »Na, noch wackelig auf den Beinen?« Er lächelte gehässig. »Nun, hier ist niemand, der dir hilft.«

Tabithas Augen blitzten vor Haß, aber sie wußte, daß ein Fluchtversuch keinen Sinn hatte. Er war viel schneller. Sie mußte warten, bis er sie losgebunden hatte und nicht mehr so auf der Hut war. Sie mußte wachsam bleiben.

Richard zog sie jetzt zur Haustür, und sie ging schwach mit. Wenn er sie für gebrochen hielt, nahm er ihr vielleicht eher die Fesseln ab. Doch als sie sah, daß er zu seinem Zimmer ging, siegte ihr Instinkt, und sie begann so heftig zu kämpfen, daß sie sich losreißen konnte.

Tabitha rannte zur Treppe zurück, aber er hatte sie sofort eingeholt und schleppte sie bis zu seinem Zimmer. Dann stieß er sie hinein, und sie verlor die Balance und fiel zu Boden. Richard schloß die Tür ab und legte den Schlüssel auf einen Schrank außer Reichweite.

»Nun, meine liebe Cousine«, sagte er schleppend, »bin ich dran. Deine unverdienten Momente der Freude sind vorbei.«

Er kam näher, und Tabitha dachte, daß er noch nie abstoßender ausgesehen hatte. Richard wandte sich ab und zündete neben dem Bett und auf dem Kaminsims eine Kerze an. Das Licht blendete sie nach der langen Dunkelheit, und sie wandte den Blick ab.

Richard musterte sie und sagte dann drohend: »Ja, ich will dich sehen, um zu merken, wie ich auf dich wirke.«

Er bückte sich und zog sie auf die Füße. »Du bist der Grund für jedes Unglück, das ich habe. Du wolltest mich ruinieren, nicht wahr?«

Er streckte die Hand aus und stieß sie zurück, bis sie mit dem Rücken an der Wand stand. »Was für ein unschuldiges Gesicht«, fauchte er. »Du konntest die Leute immer schon irreführen, nicht wahr? Aber mich nicht. Ich weiß genau, was du bist.«

Er nahm ihr die Krawatte ab und drehte sie dann um, um ihr die Fesseln abzunehmen, ehe er sie wieder zu sich umwandte. Als er sah, daß sie zitterte, lachte er. »Angst, was? Ob du wohl weißt, was ich mit dir vorhabe?« Sein Blick wurde lüstern, und er zog sie mit Blicken aus, eine obszöne Begierde im Gesicht. Er legte ihr die Hände um den Hals, und seine Daumen drückten auf ihre Kehle. »Bist du noch Jungfrau, Tabitha, oder ist mir dieser Bastard Huntleigh da zuvorgekommen?«

Tabitha antwortete nicht, und er drückte fester zu. Das Blut summte ihr in den Ohren, aber ein Instinkt riet ihr stillzuhalten. Er war verrückt, dessen war sie sich jetzt sicher, und bei Verrückten sollte man vorsichtig sein. Nur die Wand hielt sie noch aufrecht, so sehr zitterte sie.

»Du hast meine Frage nicht beantwortet. Ist Huntleigh dein Liebhaber?« wiederholte Richard mit erhobener Stimme. Dann ließ er sie los, und Tabitha griff sich an den Hals.

»Nein«, krächzte sie und schluckte. »Nein. Er und ich – nein, das sind wir nicht.«

Sie war in Versuchung gewesen zu lügen, aber dann hatte sie gedacht, daß das Richard vielleicht wütend gemacht hätte, und diese kurze Befriedigung war es nicht wert, dafür seinen Zorn zu spüren zu bekommen. Wenn er nur für einen Moment wegginge! Sie hatte immer noch die Pistole in der Manteltasche. Sie spürte ihren beruhigenden Umriß, konnte sie aber nicht erreichen, solange Richard so nahe bei ihr war.

Wie als Antwort auf ihre Gedanken trat Richard jetzt einen Schritt zurück und begann, sein Hemd aufzuknöpfen. »Du überraschst mich«, sagte er höhnisch. »Aber er war moralisch immer schon der Überlegene.« Dann änderte sich sein Tonfall abrupt. »Zieh dein Kleid und den Mantel aus.«

Sein Ton war aggressiv, und Tabitha gab vor, erschrocken zu sein, und begann, die Bänder zu lösen. Es war leicht, geschlagen auszusehen, ihre Angst war echt genug.

Dann drehte er sich kurz um, um sein Hemd über einen Stuhl zu hängen. Das war alles, was sie brauchte. Im Nu hatte sie die Pistole gezogen, und als Richard sich wieder umwandte, sah er sich der Mündung gegenüber, die auf seine Brust zielte.

»Tritt zurück«, befahl Tabitha. »Noch weiter!«

»Wo hast du die her?« fragte Richard und sah überrascht die Waffe an. Beim Anblick der Pistole war er automatisch zurückgewichen, aber jetzt, wo seine Zuversicht zurückkehrte, wurde er wieder kühner. »Ich wette, das Ding ist nicht einmal geladen«, höhnte er. »Und selbst wenn, ob du damit schießen könntest?«

Er trat einen Schritt auf sie zu und streckte die Hand aus. »Gib sie mir.«

Die Pistole lag unglaublich schwer in ihrer Hand. Tabithas Arm begann zu zittern, aber sie zielte unverwandt weiter auf ihn.

»Nein! Bleib stehen, sonst schieße ich. Ich will schießen!« stammelte Tabitha wütend. »Schließ die Tür auf, es ist mein Ernst!« Ein verzweifelter Unterton hatte sich in ihre Stimme geschlichen. Er würde nicht stehenbleiben, das konnte sie in seinem Gesicht sehen.

Er trat einen weiteren Schritt auf sie zu. Tabitha schloß die Augen und drückte ab.

Dominic war bereits auf der Treppe, als er den Schuß hörte. Da die Haustür verschlossen war, hatte er eines der Bibliotheksfenster eingeschlagen, um ins Haus zu gelangen. Drinnen war es dunkel und still. Als der Schuß fiel, hallte er ihm laut in den Ohren, und sofort befürchtete Dominic, zu spät zu kommen.

Er rannte die letzten Stufen zu Richards Zimmer hoch und warf sich gegen die verschlossene Tür. Beim zweiten Versuch gab sie nach und schleuderte ihn ins Zimmer.

Das erste, was Dominic sah, war Tabitha, die mit kreidebleichem Gesicht eine Pistole umklammert hielt, die immer noch auf Richard Montecue zielte. Sie zitterte am ganzen Körper und sah ihn nicht, nur die Gestalt, die auf dem Boden lag.

»Tabby«, sagte Dominic leise und nahm ihr vorsichtig die Waffe ab. Dann zog er sie kurz an sich, ehe er ihr Gesicht musterte. Er bemerkte die Schwellung an ihrer Schläfe und den Schock in ihren grünen Augen.

»Tabby«, bat er, »sieh mich an.«

Sie gehorchte, und er fragte: »Geht es dir gut? Hat er dich verletzt?«

Sie schüttelte den Kopf und sah Richard wieder an.

Dominic ließ sie los und kniete sich neben Richard. Trotz der Menge Blut, die er verloren hatte, ergab eine schnelle Untersuchung, daß er am Leben war, denn die Kugel hatte seinen Kopf nur gestreift. Blutig, aber nicht ernst. Dominic erhob sich. Richards Diener würden sich um ihn kümmern. Jetzt wollte er Tabitha nur aus dem Haus und von Richard fortbekommen.

Er wandte sich nach ihr um und ergriff ihre Hand, aber ihr Atem ging auf einmal kurz und abgehackt. Dann schwankte sie, und Dominic konnte sie gerade noch auffangen, ehe sie in Ohnmacht fiel.

Er nahm sie auf die Arme und trug sie in den Flur, wo sich eine kleine Schar Bediensteter versammelt hatte. »Euer Herr braucht einen Arzt«, sagte er kurz, »obwohl ich ihn wohl verbluten lassen würde.«

Dann trug Dominic Tabitha aus dem Haus und zu den Ställen, wo er sein Pferd gelassen hatte. Sie kam bereits wieder zu sich, und er stellte sie vorsichtig auf die Füße.

»Kannst du einen Moment ohne Hilfe stehen?«

Sie nickte.

»Braves Mädchen.« Er lächelte sie ermutigend an, stieg auf sein Pferd, hob sie dann vor sich in den Sattel und trieb das Tier an.

Tabitha sank entspannt gegen ihn, aber dann setzte sie sich wieder aufrecht hin und rief verzweifelt: »Lucy! Wir müssen ihr helfen. Er hat sie ...«

»Es ist gut«, sagte Dominic rasch. »Lucy ist zu Hause bei Piers, und es geht ihr gut. Mach dir keine Sorgen um sie.«

Tabitha wußte nicht, ob es die Erleichterung nach ihrer Angst war oder das Gefühl, in Dominics Armen zu liegen, aber sie brach jetzt in Tränen aus, die ihr heiß über die Wangen liefen. Sie versuchte, sich zu beherrschen, schaffte es aber nicht und vergrub ihr Gesicht an Dominics Brust, wo sie weinte und weinte, bis die Erschöpfung sie schließlich übermannte.

Dominic hielt sie fest und genoß das Gefühl, sie so nahe zu haben. Richard Montecue konnte seinetwegen zur Hölle fahren. Schade, daß Tabitha ihn nicht besser getroffen hatte.

Schließlich erreichten sie den Eingang zur Abtei. Dominic sah auf Tabitha hinunter, die nicht mehr weinte, ihr Gesicht aber immer noch an seine Brust schmiegte.

»Wie geht es dir?« fragte er sanft.

»Besser.« Sie sprach leise, schaffte aber ein zittriges Lächeln.

Er streichelte über die Beule an ihrer Schläfe.

»Er hat dich geschlagen – ich hätte ihn töten sollen«, sagte er heiser und preßte dann einen federleichten Kuß auf die Wunde. Die Berührung ihrer Haut weckte Verlangen in ihm, und aufstöhnend vergrub er sein Gesicht in ihrem Haar.

Auf dem verzweifelten Ritt, bei dem er nicht wußte, was ihn erwarten würde, hatte Dominic erkannt, daß er ohne Tabitha nicht leben konnte. Jetzt, wo sie verängstigt, aber sicher in seinen Armen lag, konnte er seine Gefühle kaum noch beherrschen.

Er wußte, daß er sie haben mußte, und er zog sie eng an sich. Dann merkte er, daß sie sich freikämpfte, und lockerte seinen Griff. »Habe ich dir weh getan? Das tut mir leid.«

»Was hast du gesagt?« fragte sie und sah ihn an.

»Ich dachte, daß ich dich zu fest gehalten habe …«

»Nein – davor. Was hast du gesagt? Lebt Richard noch? Ich habe ihn nicht getötet?«

»Nein, leider nicht, es ist nur ein Streifschuß. Er wird wohl am Leben bleiben.«

»Aber das Blut – da war soviel Blut …«

Wieder zitterte sie, und er zog sie an sich. »Ja, aber es ist nichts Ernstes.«

Sie schwieg, und er fragte sich, was sie wohl dachte, aber dann hörte er sie schluchzen und wußte, daß sie wieder weinte.

»Tabby – bitte nicht.«

Sie versuchte, sich zu fassen. »Es tut mir leid«, stieß

sie hervor, »ich bin nur so erleichtert. Ich hätte den Gedanken nicht ertragen, einen Menschen getötet zu haben, nicht einmal bei Richard ...«

Sie waren jetzt vor dem Haus angelangt, und Dominic ließ Tabitha behutsam herunter. Sie weinte immer noch, und er gab ihr sein Taschentuch.

»Weine nicht«, sagte er zärtlich, »es ist vorbei.«

Tabitha schneuzte sich. »Tut mir leid, ich versuche es ja, aber ich bin so müde, weißt du.«

Dominic lächelte sie an und ergriff ihre Hand, als er das Pferd zum Stall führte.

Das Haus war dunkel und still, denn die Diener hatten sie nicht erwartet und sich schon lange zurückgezogen. In ein paar Stunden würde es hell werden, und Dominic bedauerte es, daß er die Leute wecken mußte, um ins Haus zu kommen.

Ein Hund bellte, erkannte dann Dominic und kam herbei, um ihn zu begrüßen und mit dem Schwanz zu wackeln. Das Pferd mußte abgerieben werden, was Dominic selber machen konnte, aber da erschien ein Stallknecht. Er war überrascht, seinen Herren zu so seltsamer Stunde und zusammen mit Tabitha Montecue zu sehen, zeigte seine Überraschung jedoch nicht.

»Gute Güte, Tiverly, warum sind Sie auf?« rief Dominic, als er ihn sah.

»Ich habe Bess bellen gehört, Sir, und wollte mal nachsehen. Geben Sie mir Ihr Pferd.«

»Danke«, erwiderte Dominic erleichtert, denn auch er war müde und froh, sich jetzt nicht um das erschöpfte Tier kümmern zu müssen. »Ich möchte Miss Montecue ins Haus bringen, sie ist extrem müde. Gute Nacht, Tiverly, und vielen Dank.«

»Gute Nacht, Sir, gute Nacht, Miss.«

20

Tabitha verspürte eine überwältigende Erleichterung, wieder in der Abtei zu sein und ließ sich von Dominic nach oben zu ihrem alten Zimmer begleiten.

Körperlich war sie erschöpft, und ihre Beine fühlten sich wie Blei an, als sie die Treppe hochstieg, aber ihre Gedanken überschlugen sich. Sie war noch immer erschüttert, weil sie auf Richard geschossen hatte. Als sie die Waffe aus Piers Arbeitszimmer geholt hatte, hatte sie nicht im Traum daran gedacht, daß sie sie benutzen würde. Sie hatte Richard nur damit bedrohen wollen, damit er Lucy freiließ. Sie hatte nicht einmal gewußt, ob sie geladen war. Und doch hatte sie auf ihn geschossen – ein Zentimeter mehr, und er wäre tot und sie eine Mörderin gewesen.

Ob sie dann ins Gefängnis gemußt hätte? Oder gehängt worden wäre? Wie auch immer, ihr würde nichts geschehen, denn Richard war am Leben und würde es Dominics Aussage nach auch bleiben.

Und die arme Lucy. Wie schrecklich, daß sie in die Sache verwickelt worden war und hatte leiden müssen. Tabitha fühlte sich dafür verantwortlich und fragte sich, ob Lady Huntleigh es jetzt vielleicht bedauern würde, daß sie sie so voreilig aufgenommen hatte.

In Tabithas Zimmer zündete Dominic eine Kerze an und wandte sich dann zum Gehen. Tabitha fragte sich, ob er sie für Lucys Geschick verantwortlich machte. Aber er war nicht wütend gewesen, sondern ganz wunderbar. Doch jetzt würde er sie allein lassen, was sie im Moment nicht ertragen konnte.

»Gute Nacht, Tabby«, sagte er. »Morgen wirst du dich viel besser fühlen, dann können wir reden.«

Ihre Blicke trafen sich, und Tabitha verspürte eine Sehnsucht nach ihm wie nie zuvor. »Bitte, geh nicht«, hörte sie sich sagen.

Dominic kam zu ihr und legte ihr die Hände auf die Schultern.

»Tabby, du bist müde und überanstrengt. Du weißt nicht, was du da sagst.«

»Bitte«, wiederholte sie, »bleib bei mir.«

Er sah in die ausdrucksvollen grünen Augen. Sie war so schön, und er liebte sie so sehr, aber es war der falsche Zeitpunkt ...

Er wußte nicht, wer sich zuerst bewegt hatte, aber plötzlich lag sie in seinen Armen, und er küßte sie, ihren Hals, die weiche Haut ihrer Wangen. Als er zu ihrem Mund kam und spürte, wie bereitwillig sie ihm entgegenkam, war er verloren.

Tabitha schmolz in Dominics Armen dahin und spürte, wie alle Anspannung und Angst sie verließen und sie den Trost seiner Umarmung genoß, seine Wärme und Kraft, und sie spürte Verlangen in sich aufsteigen. Dominic löste die Verschnürung ihres Kleides, und dann fiel es raschelnd ihr zu Füßen, und die ganze Zeit hörte er nicht auf, sie zu küssen und zu berühren, so daß sie nur den Drang empfand, ihm näher und immer näher zu kommen und seine Haut so zu berühren wie er ihre.

Innerhalb von Minuten war sein Hemd ausgezogen, und sie stand nur noch im Mieder vor ihm. Jetzt schob er sie sanft aufs Bett, ehe er ihr auch noch das restliche Kleidungsstück auszog. Gebannt vom Anblick ihrer nackten Schönheit betrachtete er sie im weichen Kerzenlicht.

»Himmel, bist du schön«, murmelte er, liebkoste ihre Brüste und küßte sie dann erneut. Sein Mund lag auf ihrem, und seine Hände fanden ihre intimsten Stellen, bis sie vor Leidenschaft brannte.

Tabitha dachte nicht daran, ob es anständig war, was sie da taten, sie war dem Ansturm sinnlichen Verlangens hilflos ausgeliefert. Sie lag nur zitternd und keuchend da und klammerte sich an seine Schultern.

Dominic wußte im Unterbewußtsein, daß er sich zügeln mußte und sanft mir ihr umgehen sollte. Er wollte sie Zentimeter für Zentimeter kennenlernen, sie in Ruhe erforschen, aber sobald er sie berührt hatte, war er verloren. Irgend etwas hatte von ihm Besitz ergriffen, das stärker war als er, so daß er nur noch den Wunsch verspürte, sie zu besitzen.

Sacht schob er ihr die Beine auseinander und positionierte sich dazwischen. Der Gedanke, daß er ihr weh tun könnte, ließ ihn innehalten, doch nur kurz, dann drang er tief in sie ein. Tabitha keuchte auf, und er hielt inne, um sie auf den Mund zu küssen. Schon bald reagierte sie wieder auf ihn, sie schlang die Arme um ihn, und er konnte hören, wie ihr Atem bei jedem Stoß schneller ging, bis sie vor Lust laut aufschrie. Ihre ungehemmte Lust trieb ihn in Ekstase, bis er sich nicht mehr zurückhalten konnte und sich ebenfalls der Lust ergab, die sie in ihm entfacht hatte.

Danach hielt er sie in den Armen, strich ihr die Haare aus dem Gesicht und küßte sie sanft. Am liebsten hätte er sie gleich noch einmal geliebt, aber er spürte, wie erschöpft sie war, und schon bald war sie eingeschlafen.

Sorgsam löschte Dominic die Kerze neben dem Bett und zog Tabitha näher, um sich den Luxus zu erlauben, mit der Frau, die er liebte, in den Armen einzuschlafen.

Die Sonne stand schon hoch am Himmel, als Dominic erwachte, und das Zimmer war voller Sonnenschein.

Tabitha lag an ihn geschmiegt da, einen schlanken Arm über seine Brust gelegt. Sie schlief noch immer tief, und Dominic war bemüht, sie nicht zu wecken. Doch er sollte das Zimmer verlassen, ehe die Dienstboten sie so zusammen sahen.

Deshalb hob er ihren Arm und glitt aus dem Bett, um sich rasch anzuziehen. Widerstrebend, sie allein zu lassen, trat er noch einmal ans Bett, um sie anzusehen.

Dominic hatte nicht gewußt, wie es war, jemanden so zu lieben wie er sie liebte. Er hatte nicht gewußt, daß er so intensiver Gefühle überhaupt fähig war. Sie bedeutete ihm alles. Dominic betrachtete ihr Gesicht, das im Schlaf entspannt war, und dachte über die Ereignisse der vergangenen Nacht nach.

Sie war noch so jung, und gestern waren ihre Gefühle einer harten Belastungsprobe ausgesetzt gewesen. Unter diesen Umständen war es verständlich, daß sie sich zum Trost an ihn gewandt hatte. Er hoffte, daß sie es nicht bereuen würde, wenn sie erwachte, oder denken würde, daß er seinen Vorteil aus ihrer Situation gezogen hätte. Er wußte, daß er nicht hätte bleiben dürfen, wenn sie so verletzlich war, aber wie könnte er bedauern, was das schönste Erlebnis seines Lebens gewesen war? Nun, jetzt war sie sein, da gab es keinen Zweifel mehr, und sie würden sofort heiraten …

»Sagt mir denn niemand, was hier vorgeht?« erklang eine vertraute Stimme auf der Treppe. »Sind sie nun hier oder nicht?«

Dominic wandte sich rasch zur Tür. Er hatte sie kaum hinter sich zugezogen, als Lucy oben erschien und rief: »Dominic! Oh, Dominic, bist du in Ordnung? Hast du sie gefunden? Ist sie verletzt?«

Lucy warf sich ihm an den Hals, und Dominic lächelte liebevoll auf sie herab.

»Ja, ja und nein, nicht ernsthaft. Aber versuche doch, immer nur eine Frage gleichzeitig zu stellen.«

Jetzt erst bemerkte Lucy sein offenes Hemd und die wirren Haare. Das und die Tatsache, daß er gerade aus Tabithas Zimmer gekommen war, sagte ihr alles, und sie lächelte zufrieden.

»Ist Tabby da drin?«

Dominic hielt ihre Hand fest, als sie die Klinke drücken wollte, und zog sie fort. »Ja, aber sie schläft. Du kannst sie später sehen.«

Lucy, der sein besitzergreifender Ton nicht gefiel, sagte: »Dann bist du also endlich zur Vernunft gekommen. Ich begann mich schon zu fragen, ob die Jahre in der Armee dir den Verstand geraubt haben.«

Dominic achtete nicht auf ihre Worte und fragte: »Wie bist du so früh hierhergekommen? Hat Piers dich hergebracht?«

»Ja, wir sind im Morgengrauen aufgebrochen. Du kannst dir ja denken, daß ich halb verrückt vor Sorge war.« Dann sah sie ihn ernst an und fragte: »Dominic, ist ihr wirklich nichts passiert?«

»Wirklich nicht, sie hat nur ein paar Schrammen.« Dominic sprach sanft, denn auch Lucy hatte viel hinter sich. Sie war sehr blaß, und ihre Augen waren vor Müdigkeit rot gerändert.

»Es geht ihr tatsächlich viel besser als Richard Montecue.«

»Das kann ich mir denken.« Lucys Blick hellte sich auf. »Was hast du mit ihm gemacht?«

»Nicht ich, Tabitha. Sie hat auf ihn geschossen.«

»Was!« keuchte Lucy.

»Pst, sei doch leise.« Er ergriff ihren Arm und zog sie den Flur hinunter.

»Sie hat auf ihn geschossen?«

»Ja, ein Streifschuß am Kopf, aber leider nicht tödlich. Ich muß ihr das Schießen beibringen.«

Lucy sah ihn voller Staunen an, und Dominic lachte. »Geh nach unten, Lucy, ich komme gleich zu dir, ich will mich nur erst waschen und umziehen. Oh, und ich bin am verhungern. Kannst du jemanden bitten, Frühstück zu bringen?«

Lucy gehorchte, aber bis er schließlich zu ihr und Piers herunterkam, konnte sie es vor Neugier kaum noch aushalten.

Dominic erzählte nichts, ehe er nicht gegessen hatte, und Piers nahm mit ihm ein herzhaftes Frühstück ein. Lucy war zu aufgeregt, um zu essen, und wartete nur, daß er endlich erzählte.

»Ich hätte gedacht«, sagte sie schließlich, »daß nicht ausgerechnet das Essen heute das wichtigste wäre. Wie du jetzt soviel essen kannst ...«

»Lucy!« meinte Piers, »hör auf, deinen Bruder zu quälen. Er hat wahrscheinlich seit gestern mittag nichts gegessen.«

Dominic stand auf. »Das stimmt, aber keine Sorge, Piers, ich bin an Lucys Gequengel gewöhnt.« Er lächelte seinen Schwager an und setzte hinzu: »Aber ich brauche wenigstens nicht mehr mit ihr zusammenzuleben.«

Dann wurde er ernst und beschrieb die Ereignisse bis zu dem Punkt, als er ins Haus eingebrochen war. »Aber mein ritterlicher Versuch, Tabitha zu retten, war ganz unnötig. Ich war kaum im Haus, als ich den Schuß hörte. Ich habe schon das Schlimmste vermutet. Aber als ich zu ihnen kam, war Richard derjenige, der blutend am Boden lag, und Tabitha die mit der Pistole in der Hand.«

»Aber er lebt noch?« fragte Piers.

»Ja, es ist nur ein Streifschuß. Er hat eine Menge Blut verloren, wird aber überleben. Am liebsten hätte ich ihm noch eine Kugel verpaßt, aber ich mußte vor allem Tabitha von dort wegbringen.«

»Und sie trösten«, ergänzte Lucy, ohne auf den

tadelnden Blick ihres Mannes zu achten. »Wann gebt ihr die Verlobung bekannt?«

»Ich weiß es nicht«, gab Dominic offen zurück, »ich hatte noch nicht die Gelegenheit, sie zu fragen – Tabby!« Dominic sprang auf, als er sie in der Tür stehen sah, lief zu ihr und ergriff ihre Hände. Sie trug eines der alten Kleider Lucys und hatte sich gewaschen, sah aber sehr blaß aus. Dominic lächelte sie an und küßte sie auf die Wange, ehe er sie ins Zimmer zog.

Lucy rannte auf sie zu und umarmte sie begeistert. »Ich habe mir solche Sorgen gemacht – als er dich so weggeschleppt hat.« Ihre Stimme erstickte in Tränen, und sie drückte Tabitha heftig an sich.

Tabitha erwiderte ihre Umarmung, denn ihre Sorge um Lucy war nicht geringer gewesen, obwohl Dominic ihr versichert hatte, daß Lucy nichts passiert war.

Dann küßte Piers sie auf die Wange. »Wir sind sehr froh, dich in Sicherheit zu sehen, meine Liebe.«

»Danke, danke euch beiden«, lächelte Tabitha unter Tränen. »Mir geht es gut. Wie bist du entkommen, Lucy?«

»Ich habe mich von den Fesseln befreit und bin rausgerannt«, erklärte Lucy und wischte sich über die Augen. »Da wartete immer noch die Mietkutschte, mit der du gekommen warst.« Sie strich über die Beule an Tabithas Schläfe. »Wie mutig du warst, daß du auf ihn geschossen hast.«

»Sag das nicht.« Tabitha ließ den Kopf hängen. »Ich wäre eine Mörderin … werde vielleicht immer noch wegen versuchten Mordes angeklagt werden …«

»Unsinn«, unterbrach Dominic, »das war Notwehr. Und jetzt setz dich und iß, und dann reden wir.«

Nach dem Frühstück ergriff Dominic Tabitha bei der Hand und führte sie aus dem Zimmer. Tabithas Gedanken überschlugen sich. Es war klar, was er vorhatte – sie stand kurz davor, ihren dritten Heiratsantrag zu bekommen, den zurückzuweisen sie die Kraft finden mußte.

Sie hatte gleich gewußt, daß ein Mann wie Dominic sich nach der gemeinsamen Nacht verpflichtet fühlen würde, sie zu heiraten, aber das konnte und wollte sie nicht akzeptieren. Schließlich hatte sie ihn gebeten, bei ihr zu bleiben. Ja, sie war diejenige, die ihm nahe hatte sein wollen, die einmal die exquisite Nähe zu ihm hatte spüren wollen, die er ihr in dem Moment bereitwillig gegeben hatte, aber sie hatte ihn nie zu einer Ehe zwingen wollen, die er sich gar nicht wünschte. Wie konnte sie ihm und seiner Familie ihre Freundlichkeit so vergelten?

Daß er sie mochte, wußte sie, aber das war keine Grundlage für eine Ehe und würde nicht reichen, wenn er irgendwann die Frau traf, die er wirklich liebte. Dann wäre sie seinem Glück nur im Weg, so daß er sie mit der Zeit hassen würde. Lieber sterben als das – nein, es war lächerlich, sterben zu wollen. Himmel, jetzt wurde sie melodramatisch.

Sie gelangten zu Dominics Arbeitszimmer, und Dominic schloß die Tür.

Dominic ging langsam vor, denn er spürte ihre Scheu vor ihm. Tabitha sah zu Boden, und Dominic hob sacht ihr Kinn, damit sie ihn ansah.

»Bitte nicht«, flüsterte sie gequält.

Das hatte er nicht erwartet, aber es kümmerte ihn nicht. Er sah den Grund für ihr abweisendes Verhalten in ihrer Verlegenheit.

»Ich denke, du weißt, warum ich dich hierhergebracht hatte«, begann er sanft. »Ich hätte schon heute früh mit dir sprechen sollen, ehe wir gestört wurden, aber du warst so erschöpft, daß ich dich hatte schlafen lassen wollen.« Er ergriff ihre Hand. »Tabby, bitte heirate mich.« Er lächelte und küßte ihr die Hand. »Ich will dich zur Frau haben.«

Tabitha sah ihn an, gebannt von dem Ausdruck in seinen Augen. Das war alles, wonach sie sich immer gesehnt hatte, das war es, was sie hatte hören wollen, aber sie konnte nicht …

»Nein!« stieß sie hervor und entriß ihm so plötzlich ihre Hand, daß er ganz überrascht war. Dann lief sie zur Tür, aber Dominic war schneller und ergriff sie beim Arm.

Er sah, daß sie Tränen in den Augen hatte, und zog sie an sich. »Was ist?« fragte er. »Habe ich dich letzte Nacht verletzt?«

»Nein«, kam gedämpft die Antwort. Sie entspannte sich etwas, und er küßte sie aufs Haar.

»Warum willst du mich dann nicht heiraten? Du mußt, weißt du«, setzte er hinzu. Bei diesen Worten versteifte sie sich und versuchte, sich ihm zu entziehen.

»Tabby, sieh mich an.« Er ergriff ihre Hände und lächelte sie an, ehe er ihr sagte: »Wir müssen heiraten, weißt du das nicht? Du könntest nach der letzten Nacht schwanger sein.«

Tabitha sah ihn stumm an, dann riß sie sich los und rannte aus dem Zimmer.

Dominic war verwirrt und lief ihr nicht nach. Warum wies sie ihn so heftig zurück? Sie hatte sich ihm mit solcher Leidenschaft hingegeben, daß er sich sicher gewesen war, alle Mißverständnisse zwischen ihnen wären ausgeräumt. Ein paar kostbare Stunden lang hatte er gedacht, sie wäre sein. Aber sie war verängstigt und verletzt. Sicher hatte sie bei ihm nur Trost gesucht und bereute jetzt, daß sie sich ihm hingegeben hatte. Sein Antrag hatte die Sache nur schlimmer gemacht, aber er konnte es nicht ertragen, in Zukunft ohne sie zu leben.

Es klopfte, und Lucy kam herein. »Dominic?«

»Ja?« erwiderte er kurz. Er war nicht in der Stimmung für leichtes Geschwätz.

»Was hast du mit Tabitha gemacht? Wo ist sie hingegangen?«

Er sah auf, und Lucy sah die stille Verzweiflung in seinen Augen. »Sie hat mich abgewiesen, Lucy.«

»Was?« sagte Lucy erstaunt.

»Du hast es gehört.«

»Das kann ich nicht glauben«, keuchte sie. »Warst du auch deutlich genug – ich meine, war ihr klar, daß du ihr die Ehe angeboten hast?«

»Gute Güte, Lucy, hältst du mich für einen Idioten?« Er erhob sich und lief auf und ab. »Ich werde keine Ruhe geben. Ich lasse sie nicht gehen.«

Lucy gefiel der finstere Ausdruck in Dominics Gesicht gar nicht.

»Dominic«, sagte sie und legte ihm die Hand auf den Arm. »Hab Geduld. Sie betet dich an, aber du mußt sanft mit ihr sein, sie hat gerade ein paar furchtbare Stunden hinter sich ...«

»Betet mich an?« Er lachte bitter auf. »Wenn du gesehen hättest, wie sie mich angeguckt hat – aber wer könnte ihr auch einen Vorwurf daraus machen?«

Lucy sah ihren Bruder ärgerlich an. »Wenn du das glaubst, Dominic Rees, bist du ein Narr. Als wenn Tabitha so eine oberflächliche Gans wäre – wenn du das wirklich glaubst, hast du sie nicht verdient.«

Damit wandte sie sich um und stürmte aus dem Zimmer.

21

Lucy fand ihre Freundin nicht lange danach auf einer Bank im Rosengarten. Die Blüten waren voll erblüht und füllten die Luft mit ihrem süßen Duft. Lucy pflückte eine Rose und steckte sie Tabitha ins Haar, ehe sie sich neben sie setzte. Zur Abwechslung war es einmal Tabitha, die zuerst sprach.

»Es ist so schön hier, Lucy«, seufzte sie. »Breckenbridge Abbey ist wie ein Hafen für mich. Manchmal frage ich mich, wie ich es aushalten soll, hier nie wieder herzukommen.«

Sie blickte auf ihre Hände hinunter und fuhr dann fort: »Ich werde dich sicher ab und zu in London besuchen, aber es wäre zu schmerzhaft für mich, hierherzukommen, wenn Dominic da ist.«

»Tabitha!« unterbrach Lucy sie. »Was sagst du da? Warum heiratest du ihn nicht?«

»Ich kann nicht«, stieß Tabitha erstickt hervor. »Bitte, dräng mich nicht weiter, es dir zu erklären.«

Lucy hörte die Traurigkeit in Tabithas Stimme und sah, daß sie mit den Tränen kämpfte. Tröstend legte sie ihr den Arm um die Schultern. »Hat er etwas so Unverzeihliches getan?« fragte sie.

Tabitha schüttelte den Kopf. »Nein, er hat nichts Unrechtes getan.«

»Ich dachte, du liebst ihn.«

Tabitha lächelte schwach. »Das tue ich, wirklich, aber

die Umstände verbieten es mir, seinen Antrag anzunehmen.«

»Umstände?« wiederholte Lucy. »Wegen ein paar Skrupeln wirfst du dein Lebensglück weg?« Sie stand auf. »Vergiß nicht, Tabitha Montecue, ich kenne dich gut und weiß, was für hohe moralische Ansprüche du an dich selber stellst. Aber ich kenne auch meinen dickköpfigen Bruder. Er wird dich nicht gehenlassen. Er wird dich so lange bedrängen, bis du keinen Widerstand mehr leistest.«

Erschrocken stand Tabitha auf.

»Dann mußt du mir helfen, Lucy. Fährst du heute noch nach London zurück?«

»Das bezweifele ich«, gab Lucy zurück. »Ich habe bestimmt nicht den Wunsch, diese gräßliche Reise so schnell wieder zu machen. Ich bleibe mindestens noch eine Nacht hier.«

»Wenn du dann fährst«, beschwor Tabitha sie, »kannst du mich dann mitnehmen? Ich muß noch meine Sachen von dir holen, ehe ich nach Margate gehe.«

»Sehr gut«, erwiderte Lucy, »aber ich wage zu behaupten, daß Dominic mit Sicherheit auch etwas dazu zu sagen haben wird.«

Lucy hatte recht. Als Dominic am nächsten Tag erfuhr, daß Tabitha mit den Carlisles nach London zurückkehren wollte, machte er sich sofort auf die Suche nach ihr.

Tabitha war ihm seit dem letzten Gespräch aus dem Weg gegangen und hatte ihn nur bei den Mahlzeiten gesehen. Da hatte sie höchst unbehaglich dreingesehen, und obwohl Dominic sie am liebsten in den Armen gehalten und ihre Zweifel mit Zärtlichkeit vertrieben hätte, hatte er ihr den Abstand gelassen und darauf vertraut, daß sie entweder selber merken würde, wie unmöglich es nach der gemeinsamen Nacht für sie war, unverheiratet zu bleiben, oder daß sie sich an den Gedanken der Ehe mit ihm doch noch gewöhnen würde.

Doch die Neuigkeit, daß sie nach London entkommen wollte, war zuviel für ihn. Dominic schob seinen Stolz beiseite, beschloß, sie noch einmal zu fragen, und stellte sie am Fuße der Treppe. Von dort zog er sie mit sich in den Salon seiner Mutter.

»Tu es nicht, Tabby«, bat er, sobald sich die Tür hinter ihnen geschlossen hatte. »Geh nicht zurück nach London. Noch nicht.«

Er stand ihr sehr nahe und berührte sie fast, und seine dunklen Augen liebkosten ihr Gesicht, bis ihr warm wurde. Erinnerungen an die wunderbare Nacht, die sie gemeinsam verbracht hatten und in der sie das volle Ausmaß ihrer Gefühle für Dominic entdeckt hatte, suchten sie heim. Rasch sah Tabitha beiseite und ermahnte sich, daß sein Antrag nicht von Herzen, sondern von seinem Ehrgefühl stammte.

»Ich muß. Ich kann Miss Beauchamp nicht länger warten lassen. Ich werde von der Green Street aus dorthin reisen, sobald ich meine Sachen …«

»Der Teufel soll die Beauchamp-Frau holen! Ich werde dich nicht dorthin gehen lassen!« fauchte Dominic ärgerlich. »Und zum Teufel mit Lucy, weil sie sich immer einmischt. Ich wette, es war ihre Idee, dich mit nach London zurückzunehmen.«

»Nein – du irrst dich«, erwiderte Tabitha leise. »Ich gehe, weil ich dich nicht heiraten kann und unter diesen Umständen nicht hierbleiben kann.«

Dominic trat noch näher, aber Tabitha sah ihn nicht an. Sie kämpfte um Fassung.

»Du bist sehr freundlich, aber …«

»Freundlich«, schnaubte Dominic. »Gute Güte, Mädchen, ist das alles, was dir dazu einfällt?«

Tabitha glaubte, einen Kloß im Hals zu haben. Sie

schüttelte den Kopf. Plötzlich ergriff Dominic ihre Oberarme. »Warum tust du das?« fragte er heftig, als alle Geduld ihn verließ und Leidenschaft ihn überwältigte.

»Bitte«, flüsterte sie, »bitte, laß mich los, ich kann es nicht ertragen …«

Er sah sie scharf an und sah die Verzweiflung in ihrem Blick. Er dachte auf einmal, daß er vielleicht egoistisch war. Sie wollte ihn gar nicht heiraten, und hier stand er und versuchte, sie dazu zu bringen. Beschämt trat er einen Schritt zurück und sagte etwas freundlicher: »Verzeih, natürlich kannst du gehen, wenn das dein Wunsch ist. Geh. Geh jetzt.«

Niedergeschlagener denn je verließ Tabitha ihn, lief auf ihr Zimmer, warf sich aufs Bett und weinte, bis ihr der Kopf weh tat. Kurze Zeit darauf erschien Lucy und versuchte sie zu überreden, zum Essen herunterzukommen. Aber selbst die Nachricht, daß Dominic weg war, ohne ein Wort ausgeritten war, vermochte es nicht, sie zum Mitkommen zu bewegen. Schließlich verlor Lucy die Geduld und ging nach unten.

Abends dann ging Tabitha hinunter, um etwas zu essen, aber als sie Dominic zerzaust und schmutzig hereinkommen sah, hätte sie es sich fast noch anders überlegt. Er entschuldigte sich dafür, daß er die Gesellschaft hatte warten lassen, und ging nach oben, um sich umzuziehen und dann wieder zurückzukehren.

Er war höflich und distanziert, aber Tabitha brachte trotzdem keinen Bissen herunter. So früh wie möglich entschuldigte sie sich und ging ins Bett, wo sie eine unglückliche und schlechte Nacht verbrachte, in der sie an ihrer Entscheidung zweifelte. Es war offensichtlich, daß Dominic aufgebracht war, wo sie gedacht hatte, er würde erleichtert sein. Andererseits war es für einen Mann wie ihn unmöglich, ein Mädchen zu nehmen und dann nicht zu heiraten – ob sie es wollte oder nicht. Sicher fühlte er sich einfach nur schrecklich schuldig.

Am liebsten hätte Tabitha ihm versichert, daß dazu kein Grund bestand, aber sie fürchtete sich davor, das schmerzvolle Thema erneut ansprechen zu müssen.

Tabitha stand schon früh auf, setzte sich ans Fenster und sah zu, wie der Garten draußen langsam Gestalt annahm, als die Sonne aufging. Dann frühstückte sie in ihrem Zimmer. Lucy wollte früh aufbrechen, und Tabitha wollte sie nicht warten lassen.

Am Vormittag brachen sie auf, und alle waren gedrückter Stimmung. Piers mußte zugestanden werden, daß er ein paarmal den Versuch unternahm, die Damen in eine Unterhaltung zu verwickeln, aber keine war dazu in der Stimmung.

Lucy war von Erschöpfung in Lethargie verfallen, und Tabitha, die nur an Dominic dachte, der auf der Treppe gestanden und ihnen nachgesehen hatte, war deprimierter denn je. Sie war müde nach der Nacht, in der sie kaum Schlaf gefunden hatte, und den Strapazen, die hinter ihr lagen. Schließlich schlief sie ein und brachte so einen Teil der Reise hinter sich, ohne sich unterhalten zu müssen.

Am späten Nachmittag trafen sie in der Green Street ein, wo Tabitha rasch einen Brief an Miss Beauchamp schrieb und ihr mitteilte, daß sie am folgenden Tag in Margate eintreffen würde. Tabitha hatte es eilig, ihr Leben in London hinter sich zu lassen und ein neues Leben anzufangen.

In der Green Street fand sie einen Brief von Mr. Beasley vor und riß ihn rasch auf. Er schrieb, daß er gerade in der Stadt sei und sich so bald wie möglich mit ihr treffen wolle. Rasch schrieb Tabitha zurück, daß sie am folgenden Tag nach Margate aufbrechen würde, er sie morgens aber noch antreffen würde, falls er ihre Arbeiten mit ihr zu besprechen wünsche. Den Brief ließ sie ihm durch einen Diener zustellen, damit er ihn rechtzeitig erhielt.

Danach packte Tabitha ihre Sachen zusammen. Sie besaß jetzt so viele schöne Dinge, die sie unter anderem von Lucy bekommen hatte. Aber sie würde als Lehrerin arbeiten. Dafür waren die Kleider sicher zu frivol. Tabitha packte sie dennoch ein, weil sie sich nicht davon trennen mochte, denn jedes war mit Erinnerungen verbunden.

Der Morgen kam und mit ihm Mr. Beasley. Tabitha und Lucy saßen gerade beim Frühstück, als ein Mädchen ihn ankündigte. Lucy, die sicherstellen wollte, daß Tabitha genug aß, ehe sie Ihre Reise antrat, war dafür, den Mann warten zu lassen.

»Wenn er ein Gentleman wäre«, sagte sie ärgerlich, »wüßte er es besser, als so früh zu stören.«

»Aber ich habe ihn doch extra gebeten, so früh zu kommen, Lucy«, wandte Tabitha ein. »Wir haben viel zu besprechen, und ich kann nicht zu spät hier aufbrechen.« Sie trank ihren Kaffee aus und erhob sich. »Wenn es dir lieber ist, werde ich ihn in einem anderen Zimmer empfangen.«

»Nein«, sagte Lucy reuig, »geh nicht, Tabby.« Dann wandte sie sich an das Mädchen: »Bring ihn herein, Rosie, und hol noch etwas Kaffee.«

Tabitha lächelte und setzte sich wieder hin. »Danke. Ich bin froh, wenn du dabei bist, denn auch, wenn Mrs. Morewell ihn mir empfohlen hat, ist er doch ein Fremder.«

Einen Moment später ging die Tür auf, und Mr. Beasley trat ein. Er war ein kleiner Mann mittleren Alters mit einem akkuraten Schnurrbart. Er war adrett gekleidet und sehr gepflegt. Der Mann verbeugte sich vor den Damen und sah dann unsicher von einer zur anderen, weil er nicht wußte, welche seine Klientin war.

Rasch trat Tabitha vor und streckte ihm die Hand hin.

»Ich bin Tabitha Montecue«, stellte sie sich vor, »und das ist meine Freundin und Gastgeberin, Mrs. Lucy Carlisle.«

Mr. Beasley verbeugte sich erneut, und Lucy bot ihm eine Tasse Kaffee an. Er dankte und setzte sich.

»Ich weiß es zu schätzen, daß Sie so prompt kommen«, begann Tabitha, »denn wie ich Ihnen geschrieben habe, breche ich nachher nach Margate auf. Ich gestehe, daß ich sehr überrascht über Ihr Interesse an meiner Arbeit war, und auch, wenn ich mich sehr geschmeichelt fühle, möchte ich noch einmal fragen, ob das wirklich Ihr Ernst ist.«

Mr. Beasley lächelte sie an. »Miss Montecue, Sie sind noch sehr jung, und einige der Bilder, die ich gesehen habe, haben Sie noch als Kind gemalt. Soweit ich weiß, hatten Sie keine Lehrer, und dennoch verrät Ihr Werk eine Reife, die weit über Ihr Alter hinausgeht. Ihr Stil ist ungewöhnlich, vor allem aber talentiert. Ja, Miss Montecue, mein Interesse an Ihren Bildern ist bestimmt ernsthafter Natur.«

Tabitha errötete entzückt und verlegen. »Sie sind sehr freundlich«, murmelte sie. »Ich male sehr gerne, und wenn Sie mir ermöglichen, mehr zu malen, indem Sie Kunden für meine Bilder finden – nun, dann wäre ich Ihnen höchst dankbar.«

»Dann habe ich Ihre Dankbarkeit schon verdient, Miss Montecue, denn ich habe bereits zwei Käufer für Ihre Bilder, nur auf mein Wort hin, daß Ihre Arbeiten hervorragend sind.«

Tabitha sah ihn ungläubig an. »Sie wollen doch nicht sagen, daß jemand ein Bild kaufen will, das er noch nie gesehen hat?«

Mr. Beasley lächelte. »Man vertraut auf mein Urteil.«

Tabitha sah Lucy an, die ebenfalls lächelte. »Soll Suggett deine Bilder herunterholen?« fragte sie.

Tabitha stand auf und begann, im Zimmer auf und ab

zu gehen. »Ich kann es kaum glauben«, sagte sie atemlos.

»Tabby?«

»O ja, sicher. Ich sage ihm Bescheid.« Tabitha zog an der Klingelschnur. »Ich habe ein Dutzend Bilder hier, Mr. Beasley, aber sie sind anders als die in Devizes. Sie könnten enttäuscht sein.«

Doch als Mr. Beasley die Bilder wenig später auf dem abgeräumten Eßtisch betrachtete, war es nicht Enttäuschung, die vorherrschte. Tabitha stand neben ihm und erklärte jedes der Bilder, die zumeist Szenen aus London darstellten: der Hyde Park im Morgennebel, Blumenjungen mit Osterglocken am Tor, St. Pauls, die Themse und ein Porträt von Lucy, das nicht zu verkaufen war.

Das Bild war nicht als Lucy zu erkennen, man sah nur schattenhafte Umrisse, die von Licht umgeben waren, das durch ein Fenster fiel und Weiblichkeit zeigte, ohne daß ein Gesicht zu sehen war.

»Das habe ich nach einem Besuch in Turners Galerie gemalt«, erklärte Tabitha, »ich wollte mit Licht und Farben experimentieren, wie ich es bei ihm gesehen hatte. Lucy hatte die Geduld, mir Modell zu stehen«, lachte sie, »aber ich glaube nicht, daß das Ergebnis sie sehr beeindruckt hat. Ich möchte es gerne selbst behalten.«

Lucy wehrte sich und sagte, daß ihr das Bild sehr gut gefalle, es sei nur zuviel Licht darin.

Tabitha lachte und versprach, ihr Porträt bald noch einmal auf herkömmliche Weise zu malen.

Mr. Beasley hatte inzwischen das fragliche Bild zum Fenster gebracht. »Meine liebe Miss Montecue«, sagte er jetzt, »ich hoffe, daß Sie diese Art der Malerei nicht wieder ablegen, denn ich denke, daß es das außerordentlichste Bild ist, das Sie bisher gemalt haben.«

Die Mädchen traten zu ihm ans Fenster.

»Glauben Sie wirklich?« fragte Tabitha hoffnungsvoll. »Ich mag es auch sehr, aber ich dachte, anderen würde es nicht so zusagen.«

»Keine Sorge«, erwiderte der Kunsthändler. »Wollen Sie es wirklich behalten?«

»Ich fürchte, ja«, gab Tabitha fest zurück, fügte dann aber hinzu: »Ich könnte aber bald schon ein paar andere Bilder in dem Stil fertigen.«

»Das würde mir sehr gefallen«, lächelte er. »Ehe wir für heute zum Abschluß kommen, biete ich Ihnen je zehn Guineas für zwei Ihrer Landschaften, vielleicht die Themse und der Garten hier. Mit Ihrer Erlaubnis hänge ich die anderen in der Aquarellausstellung in Spring Gardens auf. Den Verkaufserlös schicke ich Ihnen nach Margate, wenn Sie mir Ihre Adresse geben würden.«

»Ja, natürlich«, erwiderte Tabitha automatisch. Dann fragte sie: »Wollen Sie mir wirklich zwanzig Guineas geben?«

»Ja, wenn das für Sie akzeptabel ist.«

»Aber sie sind nicht einmal gerahmt.«

»Darum kümmere ich mich.«

»Nun gut.« Tabitha lächelte strahlend, wandte sich an Lucy und sagte: »Ich glaube, ich bin gerade eine Geschäftsfrau geworden.«

Einige Stunden später stand Tabitha auf der Treppe von Carlisle House und verabschiedete sich tränenreich von Lucy, Piers und Lady Huntleigh, die auf die Bitte Lucys nach Green Street gekommen war, um Tabitha zum Bleiben zu überreden. Doch Tabitha ließ sich trotz aller Bitten von ihrem einmal gefaßten Entschluß nicht abbringen.

Schließlich seufzte Lady Huntleigh und gab auf, aber sie bestand darauf, daß Tabitha wenigstens in ihrer bequemen Reisekutsche nach Margate fuhr.

»Das heißt nicht, daß ich deine Entscheidung gutheiße«, betonte sie, »und ich hoffe, daß du bald zur Vernunft kommst. Wenn es soweit ist, mußt du mir schreiben, damit Livingstone dich zurückholen kann.«

Doch angesichts von Tabithas blassem Gesicht verschwand ihre Strenge, und sie umarmte Tabitha und küßte sie auf die Wangen. »Bist du dir auch sicher, daß es das ist, was du willst, Kind?«

Tabitha nickte. »Ja, ich bin mir sicher.«

»Noch kannst du deine Meinung ändern.«

Aber Tabitha schüttelte nur den Kopf.

Lucy und Piers küßten sie zum Abschied. »Versprich mir«, flüsterte Lucy, »daß du es mir sagst, wenn du unglücklich oder einsam bist oder sonst irgendwie Hilfe brauchst. Versprich, daß du mir regelmäßig schreibst.«

Tabitha nickte stumm und kletterte in Lady Huntleighs Kutsche. Sie wollte ihnen danken, aber wie sollte sie ihre Gefühle ausdrücken, ihre Dankbarkeit?

Sie hatten sie aus einer unerträglichen Situation erlöst und ihr ihr Haus und ihre Herzen geöffnet, so daß sie den Mut zu dem Schritt gefunden hatte, den sie jetzt unternahm.

Der Kutscher schloß die Tür und kletterte auf den Kutschbock. Als Tabitha die Hand hob, um ihren Freunden zuzuwinken, setzte sich das Gefährt in Bewegung, und Tabitha fühlte sich plötzlich wieder wie das sechsjährige Mädchen, das damals Devizes hinter sich gelassen hatte.

22

Tabitha war noch nie zuvor an der See gewesen, und der Anblick der grauen Weite verschlug ihr den Atem. Es war schon spät, als sie die Hauptstraße erreichten, die nach Margate führte, und bedeckt war es auch. Die Wolken standen hoch und dicht am Himmel, und kein Sonnenstrahl vermochte es, sie zu durchdringen.

Doch ein heftiger Wind peitschte weiße Schaumkronen auf die Wellen, und Tabitha beugte sich aus dem Fenster, um besser sehen zu können. Sie hatte natürlich schon zahllose Bilder vom Meer gesehen, aber die hatten sie in keiner Weise auf den Anblick vorbereitet, der sich ihr jetzt bot, und das erstemal, seit sie Dominic verlassen hatte, fühlte sie, wie sich das Gewicht auf ihren Schultern hob.

Der Anblick regte ihre Schaffenskraft an, und bei den Überlegungen, wie sie das malen könnte, merkte sie kaum, daß sie das Wohngebiet erreicht hatten. Schließlich fuhr die Kutsche vor einem großen dreistöckigen Haus vor, das inmitten weiter Gärten etwas von der Straße zurückgelegen war. Das Tor war geschlossen, und der Kutscher sprang vom Bock, um zu klingeln. Ein Pförtner ließ sie durch, und gleich darauf befand sich Tabitha vor den Stufen zu Miss Beauchamps Seminar für Mädchen, all ihr weltliches Gut in ihren Taschen, darunter die wertvollen zwanzig Guineas, die sie gerade verdient hatte. Eine davon preßte sie jetzt in die Hand von Lady Huntleighs Kutscher, dankte ihm und holte tief Luft, um die Stufen zur Haustür emporzusteigen.

Nicht lange nach dem Klingeln wurde die Haustür geöffnet, und ein junges Mädchen stand auf der Schwelle, das Tabitha für eine Magd hielt.

»Mein Name ist Tabitha Montecue«, stellte sie sich vor. »Ich möchte zu Miss Beauchamp.«

Das Mädchen sah verblüfft aus, aber dann lächelte es und trat zurück. »Sie sind die neue Lehrerin, die für Mrs. Beckitt kommt.«

»Ja, das stimmt.« Tabitha trat in die Halle. »Hat Miss Beauchamp meinen Brief erhalten?«

»Ja, Miss, sie erwartet Sie. Kommen Sie bitte mit.« Dann folgte sie Tabithas unsicherem Blick zu ihrer Tasche und setzte hinzu: »Ich lasse sie von jemandem hereinholen.«

»Danke.«

Tabitha folgte dem Mädchen, das nicht älter sein konnte als sie selbst, durch einen Flur.

»Sie sind gerade alle beim Essen, Miss«, erklärte das Mädchen. »Der Eßsaal ist hier.«

Tabitha hörte Stimmengemurmel, und dann waren sie da. Tabitha wünschte sich, sie wäre zu einem anderen Zeitpunkt gekommen, wenn sie die Schülerinnen einzeln kennengelernt hätte und nicht alle auf einmal. Nervös folgte sie dem Mädchen durch die Tür in einen geräumigen Speisesaal.

Sie sah vier lange Tische, an denen viele Mädchen saßen, und einen kleinen Tisch mit sechs erwachsenen Frauen. Die Lehrerinnen, vermutete sie. An diesen Tisch wurde sie geführt, und Tabitha fand sich einer Frau mittleren Alters in einem eleganten, grauen Kleid gegenüber. Sie hatte sehr weiße Haut und überraschend blaue Augen.

Miss Beauchamp erhob sich und ergriff Tabithas Hand. »Miss Montecue, Sie sind eingetroffen«, lächelte sie. »Verzeihen Sie den Empfang, aber wir hatten gar nicht mehr mit Ihnen gerechnet.«

»Ich konnte London nicht ganz so früh verlassen, wie ich geplant hatte«, gab Tabitha zu. Als sie die fragenden Blicke sah, setzte sie hinzu: »Ich möchte die Mädchen nicht beim Abendessen stören.«

Miss Beauchamp wandte sich um und sah ihre Schülerinnen der Reihe nach an, ehe sie sagte: »Wenn ihr eure unverschämte Neugier gestillt habt, könnt ihr weiteressen.«

Das taten alle sofort, und Tabitha tat es leid, daß die Mädchen um ihretwillen getadelt worden waren.

»Sie haben sicher Hunger, Miss Montecue«, fuhr Miss Beauchamp dann fort. »Robbins wird Ihnen einen Stuhl bringen, dann können Sie sich zu uns setzen.«

»Danke«, erwiderte Tabitha dankbar, denn sie hatte großen Hunger.

Sie setzte ihre Haube ab und nahm auf einem Stuhl Platz, der ihr gebracht wurde, während Miss Beauchamp ihr die anderen Lehrerinnen vorstellte. Tabitha versuchte, sich die Namen und Gesichter zu merken, aber sie war zu erschöpft. Keine war so jung wie sie, was nicht sehr überraschend war – die Jüngste war eine Miss Norcross, die höchstens dreißig war. Sie erfuhr, daß Miss Norcross eine von zwei Musiklehrerinnen war, die andere war Miss Fergusson, eine ältere Dame am anderen Ende des Tisches.

Dann wurde ein Teller mit Hammelfleisch und gerösteten Kartoffeln vor Tabitha hingestellt, und sie aß, so gut sie bei den Fragen konnte, die ihr von allen Seiten gestellt wurden. Sie war zu jung, um vorher unterrichtet zu haben. Freute sie sich auf die Arbeit? Und wie ging es Lady Lucy Rees?

Tabitha erzählte ihnen, daß Lucy glücklich verheiratet war, und sie erfuhr ihrerseits, daß die lebhafte Lucy bei den Lehrerinnen sehr beliebt gewesen war.

Tabitha hoffte, daß ihr Lucys Empfehlung hier helfen würde.

Nach dem Essen läutete Miss Beauchamp eine Glocke, die neben ihr auf dem Tisch stand, und sofort erstarb das Stimmengemurmel. Sie erhob sich, und alle anderen taten es ihr nach, begleitet vom Geräusch zurückschabender Stühle im Saal. Als wieder Ruhe herrschte, verließ eine Gruppe nach der anderen das Zimmer. Die Lehrerinnen folgten, am Schluß Tabitha mit Miss Norcross.

»Wo gehen wir hin?« flüsterte Tabitha. Sie war die einzige, die sprach, und merkte, daß sie irgendeine Regel gebrochen hatte.

»In die Kapelle«, flüsterte Miss Norcross und hielt dann mit einem herzlichen Lächeln einen Finger an die Lippen.

Tabitha war müde, als sie sich hinkniete. Sie war fast den ganzen Tag lang unterwegs gewesen und hatte in den Nächten davor nicht viel Schlaf gefunden. Und davor – aber es war gefährlich für ihre Seelenruhe, jetzt daran zu denken.

Schließlich erhob sie sich mit allen anderen, um ein Lied zu singen, gefolgt vom Nachtgebet. Dann ging Miss Beauchamp hinaus, und die Lehrerinnen folgten ihr, dann die Schülerinnen. An der Tür der kleinen Kapelle, die nichts anderes war als ein umgebautes Wohnzimmer, erhielt Tabitha schließlich die Information, auf die sie gewartet hatte.

»Sie sind entschuldigt, Miss Montecue«, sagte ihre Arbeitgeberin, »Sie sind sicher müde nach dem Tag. Miss Norcross, vielleicht können Sie Miss Montecue ihr Zimmer zeigen.«

Miss Norcross nickte und führte Tabitha zur Treppe. »Sie müssen erschöpft sein«, bemerkte sie und warf Tabitha einen mitfühlenden Blick zu. »Ich hätte erwartet, daß Miss Beauchamp Sie gleich nach dem Abendessen entschuldigt.«

»Ich gebe zu, daß ich froh bin, mich zurückziehen zu können«, gab Tabitha zu. »Die letzten Tage waren schwierig für mich.« Sie lächelte ihre Begleiterin an.

Miss Norcross war taktvoll genug, sie nicht weiter auszufragen. Sie konnte sich gut vorstellen, wie Tabitha die letzten Tage verbracht und von ihren Lieben Abschied genommen hatte. Sicher trieb auch sie die Geldnot. Das war eine bekannte Geschichte, das Land wimmelte von verarmten Adeligen, oft Pfarrerstöchter wie sie selbst, denen nur wenige respektable Möglichkeiten offenstanden. Als Gouvernante zu arbeiten oder zu unterrichten. Nun, immer noch besser eine Schule wie diese als die Einsamkeit eines Gouvernantendaseins. Das hatte sie zwei Jahre durchlitten, ehe sie hergekommen war, und hoffentlich hinter sich gelassen.

»Hier entlang.« Sie führte Tabitha oben in einen Gang nach links, wo sie Tabitha in ein kleines, aber hübsches Zweibettzimmer brachte. Die Betten wurden durch eine Kommode getrennt, und ein Lehnstuhl und ein Wandschirm standen am Fenster.

»Ich habe das Zimmer mit Katy Beckett geteilt, ehe sie ging«, erklärte Miss Norcross. »Ich freue mich, daß ich wieder Gesellschaft habe.«

Tabitha legte ihre Haube ab und sah ihre Tasche am Fußende des einen Bettes stehen. Sie hatte noch nie ihr Zimmer mit jemandem geteilt, und als sich die erste Überraschung darüber gelegt hatte, dachte sie bei sich, daß das gar nicht so schlecht war, zumal Miss Norcross sie sehr nett behandelte.

»Danke«, sagte sie ruhig, »Sie sind sehr freundlich.«

»Aber gar nicht«, wehrte Miss Norcross ab und dachte bei sich, daß Tabitha mit dem blassen Gesicht und den traurigen Augen eher wie ein Kind aussah denn wie eine Lehrerin.

Camilla Norcross hatte Erfahrung mit heimwehkranken Mädchen und bereite sich innerlich schon darauf vor. »Packen Sie besser Ihre Sachen noch aus, Miss Montecue«, sagte sie fest, »denn der Tag beginnt früh, und Miss Beauchamp duldet weder bei den Schülerinnen noch bei den Lehrerinnen Zuspätkommen. Außerdem sind Ihre Sachen sicher zerknittert, es wäre gut, sie über Nacht aufzuhängen.«

Tabitha gehorchte automatisch und öffnete die Tasche. Obenauf lagen ihre Pinsel und Farbtöpfchen in ein Öltuch gewickelt. Sie nahm sie zusammen mit dem Porträt von Lucy heraus.

»Darf ich mir das einmal ansehen?« fragte Miss Norcross vorsichtig.

Tabitha reichte ihr das Bild. »Das ist Lucy«, erklärte sie. »Ich muß es noch rahmen.« Dann sah sie sich um. »Aber das ist Ihr Zimmer, und ich will nichts aufhängen, was Ihnen nicht gefällt.«

»Ich würde mich glücklich schätzen«, gab Miss Norcross lächelnd zurück, »wenn Sie unser Zimmer mit Ihren Bildern ein wenig aufheitern würden. Dieses –«, sie wies auf das Porträt, »– ist exquisit. Donnerstag habe ich den Nachmittag frei, da kann ich es nach Margate zum Rahmen bringen, wenn Sie möchten.«

Tabitha lächelte erfreut und packte dann zu Ende aus. Danach zog sie sich aus, und Miss Norcross tat hinter dem Wandschirm das gleiche. Rasch zog sich Tabitha ihr Nachthemd über.

Als sie in ihren Betten lagen, las Miss Norcross noch beim Licht einer Kerze, aber Tabitha legte sich sofort hin. Sie dachte, wie hübsch Miss Norcross mit den offenen Haaren aussah, aber dann drehte sie sich um, um zu schlafen.

»Gute Nacht, Tabitha«, erklang eine weiche Stimme hinter ihr.

»Gute Nacht, Miss Norcross«, erwiderte Tabitha.

»Camilla«, korrigierte ihre Zimmergenossin.

»Camilla.«

23

Nach einem Monat hatte Tabitha sich an ihr neues Leben gewöhnt, das ihr anfangs eingeengt durch Stundenpläne und Glockenton vorgekommen war; zudem hatte sie den Mangel an Privatsphäre vermißt.

Nicht daß es ihr etwas ausgemacht hätte, ein Zimmer mit Miss Norcross zu teilen, die unentwegt freundlich zu ihr war und ihr damit die ersten Wochen erträglicher gemacht hatte, aber sie sehnte sich nach den paar Stunden jeden Freitag – ihr freier Nachmittag –, wenn sie allein am Strand spazierengehen oder dasitzen und das Meer betrachten konnte, den Skizzenblock auf den Knien, malend oder auch einfach nur träumend.

Sie entdeckte, daß die See viele Gesichter hatte. Sie konnte blau und leuchtend sein, wie ein Juwel glitzern oder grau wie Blei daliegen. Dann wieder war sie wild und lebendig oder flach und klar wie der See auf Beckenbridge. Dann zog sie manchmal ihre Schuhe aus und lief barfuß durch den nassen Sand, wo ihr das Wasser um die Knöchel schwappte.

Doch die Nächte gehörten Dominic. Nur dann, wenn niemand sie sah, konnte sie sich ganz gehenlassen. Wieder und wieder lebte sie die Stunden nach, die sie gemeinsam verbracht hatten, die Morgende am Berkeley Square, die Gesellschaften, den Ball. Jede Berührung, jede Geste, jedes Lächeln waren ihr präsent. Und dann erst erlaubte sie sich auch, an die Nacht zu denken, als sie in seinen Armen gelegen und gespürt hatte, wie er ein Teil von ihr geworden war. Das war etwas, dessen sie sich eigentlich schämen müßte, aber sie konnte und wollte das nicht tun.

Eine Zeitlang fragte sie sich, ob sie sein Kind trüge, denn diese Möglichkeit hatte er angedeutet. Absurderweise hoffte sie, daß es so sein würde. Daß sie das ruinieren und sie ihre Stellung kosten würde, ohne daß sie je die Hoffnung hätte, eine andere Stelle zu finden, war ihr bewußt. Wahrscheinlich würde sie auf der Straße enden, wo sie für sich und ihr Kind kämpfen müßte, aber die Vorstellung, daß ein Teil von Dominic in ihr wachsen könnte, schien ihr so wertvoll, daß sie zutiefst enttäuscht war, als sie nicht schwanger war.

Das alles verbarg sie über Tag, wie sie einst ihre Gefühle vor Tante Montecue verborgen hatte, auch wenn sie den Verdacht hatte, daß Camilla Norcross es hörte, wenn sie nachts in ihr Kissen schluchzte.

Der Kunstraum der Schule war im Dachgeschoß untergebracht. Er war groß, luftig und hell, und Tabitha unterrichtete meistens zehn Schülerinnen. Ihre Sorge, daß die Mädchen, die nicht viel jünger und sicher erfahrener waren als sie, sie nicht ernst nehmen würden, verblaßte schnell angesichts der Freude, die es ihr bereitete, sie zu unterrichten. Sie hatte bisher immer allein gemalt, aber nun konnte sie erklären, was sie tat, und helfen, wenn ihre Schülerinnen das gleiche versuchten.

Tabitha betrachtete es als ihre Pflicht, die Mädchen in der allgemein anerkannten Art der Malerei zu unterrichten. Die Eltern der Schülerinnen zahlten viel Geld und konnten erwarten, daß ihre Töchter versiert in der Kunst der Aquarellmalerei nach Hause kommen würden.

Tabitha hielt sich daran, aber ab und zu kamen ein paar Mädchen nach dem Unterricht in den Kunstraum und sahen zu, wie sie ihre unkonventionellen Bilder malte.

Eines der Mädchen, die fünfzehnjährige Jane Westruther, wurde eine regelmäßige Besucherin, und zwischen den beiden entstand eine Freundschaft.

»Wie kommt es«, fragte Jane sie eines Tages, »daß Sie immerzu malen? Wird Ihnen das nicht langweilig?« Jane saß neben Tabitha und aß einen Apfel, den es als Nachtisch gegeben hatte.

Tabitha lächelte sie an. Das Mädchen erinnerte sie an Lucy, weil auch sie immer lebhaft und energiegeladen war und nie ein unfreundliches Wort von sich gab – ganz im Gegensatz zu manch anderen Mädchen. Äußerlich sah Jane ihr nicht ähnlich, denn sie hatte dunkle Locken und üppigere Kurven, als Lucy je haben würde.

»Nein«, antwortete Tabitha dann, »es langweilt mich nie. Außerdem hoffe ich darauf, ein paar der Bilder verkaufen zu können.«

»Verkaufen? Warum das? Bezahlt Miss Beauchamp Sie nicht für Ihre Arbeit hier?«

»Doch, natürlich.« Tabitha tat Gelb auf den Pinsel. »Aber das heißt nicht, daß ich deshalb nicht mehr zu verdienen versuche. Wenn ich alt bin, werde ich mich zurückziehen müssen, und deshalb spare ich auf einen Ort, wo ich dann wohnen kann.«

Sie tupfte ein paar Striche auf den Himmel, wo die Sonne zwischen den Wolken hervorbrach.

»Zurückziehen?« echote Jane verblüfft. »Aber Sie sind doch so jung, Miss Montecue, wie können Sie da ans Zurückziehen denken?«

Tabitha lachte. »Oh, jetzt doch noch nicht. Wenn ich jedes Jahr etwas Geld spare, habe ich genug im Alter.«

»Aber wollen Sie denn nicht heiraten? Ich wäre lieber verheiratet.«

Tabitha mußte über die Naivität des Mädchens

lächeln. »Nein«, erklärte sie dann entschieden, »ich werde nicht heiraten.«

»Warum nicht?« bohrte ihre Schülerin nach. »Sie sind doch so hübsch, das sagen alle hier bis auf Stella, aber die ist eifersüchtig und will es nur nicht zugeben.«

»Weil ich nicht will. Weil ...«

»Jane Westruther, sollst du nicht zu Miss Collins Konversationskurs?«

Camilla Norcross war hereingekommen. Jane sprang auf. »Miss Norcross!« rief sie beschämt. Mit Miss Norcross war nicht zu spaßen, und Jane wußte das. »Ich habe gar nicht gesehen, daß es schon so spät ist. Ich gehe schon.«

»Und entschuldige dich.«

»Ja, Miss Norcross.«

»Malst du wieder, Tabitha?«

Tabitha lächelte und fuhr fort, Farbe auf den Himmel aufzutragen.

»Du mußt den Mädchen sagen, daß du Ruhe haben willst, wenn sie dich hier oben stören. Sie dürfen dich zu dieser Zeit nicht mehr belästigen.«

»Oh, das stört mich nicht«, erwiderte Tabitha. »Ich mag Jane und genieße ihre Gesellschaft.«

»Ich habe gehört, daß sie dir ein paar recht unverschämte Fragen gestellt hat.«

»Ja, das mag sein.« Tabitha war der fragende Unterton in der Stimme ihrer Freundin nicht entgangen, aber sie ignorierte es.

»Ich will nicht spionieren«, fuhr Camilla sanft fort, »aber ich weiß, wie unglücklich du bist. Tabitha, hat dich jemand verraten?«

Tabitha schüttelte den Kopf. »Nein«, sagte sie und zitterte. Sie legte den Pinsel hin und verkrampfte die Hände im Schoß, ehe sie tief Luft holte, um sich zu fassen.

»Meine Liebe, es tut mir so leid, ich habe dich aufgeregt …«

Tabitha sah ihre neue Freundin mit Tränen in den Augen an, und zum erstenmal sah Camilla die Verzweiflung in ihrem Blick.

Sie ergriff Tabitha bei der Hand und zog sie zu einem Sofa, wo sie ihr ihr Taschentuch reichte.

»Oh, bitte, ich – ich wollte nicht …« Tabitha schluchzte und ergriff Camillas Hände. »Oh, bitte, sprich zu niemandem in der Schule darüber.« Jetzt weinte sie heftig, und Camilla legte ihr tröstend den Arm um die Schulter.

Camilla wartete, bis Tabitha sich wieder beruhigt hatte, und versprach ihr dann, nichts zu verraten. »Jedes Mädchen, das von zu Hause weg ist, weint einmal in der Schule.«

Tabitha lächelte melancholisch. »Ich weine oft, wie du ja weißt.«

Camilla nickte. »Ich nehme an, daß du jemanden sehr vermißt. Die Zeit wird den Schmerz lindern«, tröstete sie, »und die Arbeit.«

»Ja, ich versuche, mich zu beschäftigen, aber die Zeit hat mir noch nicht geholfen. Ich – ich muß immerzu an ihn denken.« Sie sah auf ihre Hände. »Ich kann mir nicht vorstellen, wie ich ihn je vergessen soll.«

Camilla antwortete nicht. Sie wollte Tabitha nicht drängen. Wenn sie wollte, würde sie ihr schon alles erzählen.

Nach ihrer Ankunft in Margate hatte Tabitha einige Briefe geschrieben: an Lady Huntleigh, an Lucy, die Morewells und schließlich, den schmerzlichsten, an Dominic. Den hatte sie ein paarmal schreiben müssen, ehe sie die richtige Art von freundlicher Zuneigung hatte ausdrücken können, die ihr Verlangen nach ihm nicht verriet. Er sollte wissen, wie dankbar sie ihm für alles war, was er für sie getan hatte und was sie ihm beim Abschied nicht hatte sagen können. Sie hoffte, daß er ihr vergab und wußte, daß sie ihn immer schätzen würde, wie stets …

Lucy war die erste, die antwortete, und der Brief wurde Tabitha im Unterricht überbracht. Sie widerstand dem Drang, den Brief sofort zu öffnen, und wartete, bis sie allein war. Dann nahm sie den Brief mit zum Fenster und brach das Siegel.

»Liebste Tabby«, las sie, »dein Brief hat mir ein Gewicht von der Seele genommen, denn ich fürchtete, du könntest von Miss Beauchamps Einrichtung enttäuscht sein. Aber wie wir dich alle vermissen! Dennison trauert förmlich um dich …« Dann folgte eine lange, geschwätzige Beschreibung von allerlei Gesellschaften, die Piers und sie besucht hatten.

Drei Seiten später fanden Tabithas Augen endlich den Namen, auf den sie gewartet hatte. »Dominic hat alle Versuche abgelehnt, ihn in die Stadt zurückzuholen, und hat sich in Warwickshire abgeschottet. Mir ist es egal, was Mama sagt, ich denke, daß es ihm gutgetan hat, daß du ihn abgewiesen hast, denn er war immer ein bißchen zu überheblich. Aber ich glaube, Tabby, du kannst ihn nicht bis in alle Ewigkeit so quälen …«

Tabitha ließ den Brief sinken. Lucys Anspielung war deutlich – Dominic vermißte sie verzweifelt. Was sollte sie denken? Konnte sie wirklich hoffen, daß sie ihm soviel bedeutete? Warum hatte er ihr das nicht gesagt?

Sie las weiter: »… und was mich angeht, finde ich mich in einer interessanten Verfassung. Zu Neujahr werden Piers und ich Eltern sein.« Hier endete der Brief mit der Bitte, rasch zu antworten und baldmöglichst zu Besuch zu kommen.

Tabitha stand auf und begann, im Zimmer auf und ab

zu gehen. Lucy schwanger – das waren schöne Neuigkeiten. Wie begeistert alle sein mußten. Sie würde sofort antworten, um zu gratulieren. Sie faltete den Brief. Es war so schön, von Lucy zu hören, aber der Brief hatte einen alarmierenden Effekt auf sie. Er hatte ihr Hoffnung gegeben, aber vielleicht hatte Dominic auch einen anderen Grund für sein Verhalten.

Die Essensglocke läutete, und Tabitha ging hinunter.

Ein paar Tage später traf ein Brief von Mr. Beasley ein, der kurz und sachlich war: Über die Hälfte ihrer Bilder war verkauft, und er wollte eine eigene Ausstellung für sie, sobald Tabitha genug Bilder zusammenhatte. Mit denen aus Devizes sollten zwei Dutzend Bilder gezeigt werden.

Beigelegt war eine Anweisung über dreiundsiebzig Guineas, doppelt soviel wie Tabithas Jahresgehalt an der Schule, was sie sprachlos machte.

»Was ist?« fragte Camilla sie. »Keine schlechten Neuigkeiten, hoffe ich?«

»Nein, Camilla, aber ich kann es kaum glauben.« Sie reichte ihr den Brief.

»Dreiundsiebzig Guineas!« rief Camilla aus und wandte sich an Tabitha. »Ich hatte ja keine Ahnung, daß du so talentiert bist – eine eigene Ausstellung!« Wieder sah sie auf den Brief hinunter. »Er schreibt, daß du weitere zwei Dutzend Bilder brauchst. Ich verstehe nichts davon, aber ich nehme an, daß das viel Arbeit bedeutet.«

»Ich will und werde nichts übereilen«, sagte Tabitha. »Aber du weißt, wie gerne ich male, also wird es mir nicht schwerfallen.«

»All das Geld – ich nehme an, daß du wie wir alle hier aus Geldnot hier bist. Kannst du damit nicht nach Hause gehen?«

Tabitha schüttelte den Kopf. »Du verstehst nicht – ich habe kein Zuhause. Eines Tages kann ich mir vielleicht einmal eines einrichten, aber für jetzt ist das hier –«, sie deutete auf ihre Umgebung, »– mein Heim.«

»Hast du gar keine Familie?«

»Eine Tante und Cousine und Cousin, aber sie ...« Tabitha wandte den Blick ab – wie lange her das alles schien. »Wie auch immer, ich bin für ein volles Jahr hier in Dienst und will bleiben, und außerdem habe ich Schulden zu bezahlen.« Sie sah auf die Anweisung hinunter. »Ich bin nur froh, daß ich so bald bezahlen kann.«

24

Am Ende des zweiten Monats neigten sich die Schulaktivitäten dem Ende zu, weil die Sommerferien bevorstanden, und die Mädchen bereiteten sich darauf vor, nach Hause zu fahren. Auch die Lehrerinnen waren die Ferien über nicht da, Camilla Norcross eingeschlossen, die nach Hampshire zu ihrem verwitweten Vater reisen würde, einem ehemaligen Pfarrer.

Im Juli waren sie weg – nur Tabitha, Miss Beauchamp und Miss Fergusson blieben übrig. Plötzlich schien das Haus groß und leer. Schritte hallten laut in den Fluren, und endlich hatte Tabitha die Privatheit, nach der sie sich immer gesehnt hatte.

Die Mahlzeiten wurden in Miss Beauchamps privatem Eßzimmer eingenommen und waren weniger förmlich als im Speisesaal. Tabitha, die vor Miss Beauchamp immer Respekt gehabt hatte, begann, sie besser kennenzulernen und zu sehen, daß sich hinter dem strengen Äußeren ein warmes Herz verbarg.

Sie verlangte nicht viel von Tabitha, nur daß sie pünktlich zu den Mahlzeiten erschien, so daß Tabitha sich ganz auf ihre Malerei konzentrieren konnte.

Das Wetter war schön, und jeden Morgen ging Tabitha an der Küste entlang und hielt mit dem Skizzenbuch in der Hand nach interessanten Motiven Ausschau – das Meer natürlich, aber auch die Fischkutter, die Möwen und die Stadt mit ihrer alten Kirche und den wilden Blumen, die am Wege wuchsen. Mit vielen Skizzen kehrte sie dann zurück, um oben im Kunstsaal zu malen.

An einem dieser Nachmittage kam die Magd Robbins nach oben und kündigte einen Besucher an. »Unten ist ein Herr, der Sie zu sehen wünscht.«

»Ein Herr?« Tabitha legte den Pinsel ab und wischte sich die Hände an einem feuchten Tuch sauber. Ihr Herz begann heftig zu klopfen, und sie senkte den Blick, damit ihre Augen sie nicht verrieten.

»Aye, ein großer Mann mit einer Verwundung, soweit ich gesehen habe. Miss Beauchamp sagt, sie sollen zuerst zu ihr kommen, sie sitzt in ihrem Salon.«

»Danke«, sagte Tabitha und eilte aus der Tür.

In ihrem Zimmer sah sie kurz in den Spiegel. Sie hatte keine Farbe im Gesicht, aber ihr Haar sah ein bißchen wild aus. Rasch glättete sie es mit den Fingern, ohne es ganz neu zu frisieren, und dann ging sie nach unten und klopfte an Miss Beauchamps Tür. Sie wurde hereingerufen und einige Augenblicke schweigend betrachtet, ehe Miss Beauchamp sagte: »Ich sehe, daß Robbins Sie gefunden hat, Miss Montecue.«

»Ja, Ma'am, ich war oben und habe gemalt.«

»Es ist höchst ungewöhnlich, daß ein Herr in die Schule zu Besuch kommt.«

»Ja, Ma'am«, erwiderte Tabitha äußerlich ruhig. Aber innerlich rief sie: Laß mich ihn endlich sehen!

Vielleicht zeigte sich etwas von ihrer Unruhe in ihrem Blick, denn Miss Beauchamps Gesicht wurde weich und sie sagte: »Er wollte mir seinen Namen nicht nennen, um Sie zu überraschen. Er ist im Musikzimmer, Sie dürfen jetzt zu ihm gehen.«

»Danke«, strahlte Tabitha und verschwand. Vor dem Musikzimmer hielt sie kurz inne, um Luft zu holen – sie wollte nicht wie eine wilde Range hineinstürmen – und dann öffnete sie die Tür und trat ein.

Er stand mit dem Rücken zu ihr an einem der Fenster

neben dem Kamin. Als er sie hörte, drehte er sich um und sagte: »Hallo, Tabitha.«

»Oh …« keuchte Tabitha und wich zurück. Ihre Enttäuschung war so groß, daß sie wie ein Schlag war, und sie brauchte eine Weile, um sich davon zu erholen.

»Du brauchst gar nicht so ängstlich zu gucken, Cousine«, sagte er und trat auf sie zu. »Ich werde dir nichts tun.«

»Richard, ich …« Die Stimme versagte ihr, und Tabitha mußte sich zwingen, nicht aus dem Zimmer zu rennen.

»Du könntest mir einen Platz anbieten«, schlug Richard vor. Sie tat es nicht, aber er setzte sich dennoch und wies auf den Stuhl neben seinem.

Tabitha zögerte, aber ihre Beine waren zu schwach, um sie länger zu tragen, und mit einem Blick auf die Tür, die beruhigenderweise nur angelehnt war, sank sie auf den Stuhl.

»Es wird dich vielleicht interessieren«, begann Richard, »daß ich morgen nach Boston segele, weil mich in diesem Land nichts mehr hält. Als ich erfuhr, daß meine Cousine so nahe des Hafens in Margate ist, fühlte ich mich verpflichtet zu kommen, um mich zu verabschieden. Und zu sehen –«, fügte er voller Verachtung hinzu, »– in welche Tiefen du gesunken bist.«

Tabitha hob den Blick und sah ihn zum erstenmal bei dieser Begegnung voll an. Er hatte sich nicht sehr verändert, war vielleicht eine Spur dünner, aber sein Ausdruck war wie immer, kalt und höhnisch. Dann sah sie die rote Narbe, die sich über seine Stirn in die Haare zog, und er fragte: »Läßt dich das schuldig fühlen, Cousine? Schlimme Erinnerungen, was?«

Tabitha nickte. Sie zitterte und fühlte sich seltsam schwach.

Richard lächelte, und Tabitha sah, daß er wußte, wie

er auf sie wirkte. »Was willst du hier?« fragte sie. »Warum wolltest du mich sehen?«

»Wollte ich dich sehen?« wiederholte er. »Nun, das stimmt nicht ganz, ich wollte deine Erniedrigung sehen, eine Montecue, die für ihr Brot arbeiten muß. Das gefällt mir, Cousine, das gefällt mir sehr.«

»Deine Reden verletzen mich nicht, Richard«, gab Tabitha stolz zurück. »Ich bin glücklich hier und sicher viel glücklicher als du.« Sie erhob sich. »Ich denke, du solltest jetzt gehen.«

Auch Richard erhob sich. Tabitha dachte, er würde gehen, aber so leicht wollte er sie nicht davonkommen lassen.

»Glücklich?« sagte er verächtlich. »Das bezweifle ich. Du wolltest ihn, nicht wahr?«

Tabitha gab vor, nicht zu verstehen, wen er meinte.

»Ich frage mich, wie glücklich du bist, wenn die Anzeige erscheint? Ja, starr mich nur an – Huntleigh hat die letzten Wochen über Jennifer Costin umworben, die Tochter des Squire. Ich kann mir nicht vorstellen, daß sie seinen Antrag ablehnt, oder?«

Jetzt kam Miss Beauchamp herein. Sie warf einen Blick auf Tabithas weißes und Richards boshaftes Gesicht und führte ihn hinaus.

Zufrieden mit seinem Abschiedswort verließ Richard den Raum ohne Protest, und Tabitha sank auf ihren Stuhl. Sie zitterte und sah Miss Beauchamp aus leeren Augen an.

»Mein liebes Kind«, sagte Miss Beauchamp, »was hat er nur gesagt, um Sie so zu betrüben?« Sie zog sich einen Stuhl heran und wartete geduldig auf eine Antwort. Als sie kam, war sie überrascht.

»Er ist so grausam ...«

»Dieser Mann?«

Tabitha nickte.

»Wer ist er?«

»M-mein Cousin«, stammelte Tabitha.

Miss Beauchamp ergriff ihre Hand und drückte sie tröstend.

»Meine Liebe, wenn ich gewußt hätte, daß Sie ihn nicht sehen wollen, hätte ich ihn niemals vorgelassen. Ich dachte, Sie seien über den Besuch erfreut.«

»Weil ich dachte, es wäre – es wäre …« Tabitha unterdrückte ein Schluchzen und schluckte, ehe sie ihr Gesicht in den Händen vergrub. »Es tut mir leid, Ma'am«, sagte sie dann.

»Das braucht es nicht«, erwiderte Miss Beauchamp und tätschelte ihr die Hand. »Er wird nicht wieder vorgelassen werden.« Dann betrachtete sie Tabithas unglückliches Gesicht und fragte: »Darf ich wissen, warum er gekommen ist?«

Tabitha zögerte, aber nur kurz. »Er ist gekommen –«, sagte sie unbehaglich, »– um sich an meinen veränderten Lebensumständen zu weiden.«

Ein ärgerlicher Ausdruck flog über das Gesicht der älteren Frau, und sie sagte: »Dann müssen Sie ihn aus Ihrem Herzen verdrängen, Kind, ein Mann mit einem so schlechten Charakter ist Ihrer Zuneigung nicht wert.«

Tabitha lächelte. »Danke, Ma'am, auch für Ihr Eingreifen eben. Ich hätte ihn nicht gerne selber hinausgebeten.«

Miss Beauchamp ließ Tabithas Hände los und erhob sich. »Ich kann Ihnen nicht sagen, wie leid es mir tut, daß Sie so eine häßliche Szene ertragen mußten, meine Liebe, und das unter meinem Dach. Gehen Sie jetzt malen, ja? Dann werden Sie sich sicher wieder besser fühlen.«

Tabitha nickte und entschuldigte sich. Sie sehnte sich in der Tat danach, allein zu sein, aber aus Gründen, die Miss Beauchamp nicht ahnte. Sie mußte über die Nachricht nachdenken, die Richard ihr gegeben hatte. Jennifer Costin? Das hätte sie nie gedacht, aber Jennifer war hübsch und jung und sehr intelligent. Warum sollte Dominic sich nicht zu ihr hingezogen fühlen?

Gedankenverloren stieg Tabitha die Treppe hoch. Sie versuchte, daß sie nicht so heilig dachte. Der Gedanke von Jennifer und Dominic als ein Paar quälte sie, und sie wünschte, Jennifer Costin wäre nie geboren worden. Angeekelt von sich selbst sank sie auf das Sofa im Kunstraum und sah aus dem Fenster. Immerhin hatte sie ihre Chance gehabt und sie verspielt, aber das bedeutete nicht, daß auch Dominic zu einem Leben im Zölibat und in Einsamkeit verdammt wäre. Konnte sie wirklich so grausam sein, sich das für ihn zu wünschen?

Dann ging ihr auf, daß Lucy anscheinend nicht wußte, was ihn solange in Warwickshire hielt, sonst hätte sie nie so geschrieben, wie sie es getan hatte. Vielleicht stand ja noch gar nichts fest.

Tabitha rollte sich auf dem Sofa zusammen. Sie fühlte sich müde. Die Sonne schien ihr warm auf den Rücken, und sie schloß die Augen. Der Raum roch nach Farbe und den Blumen, die sie heute morgen gepflückt hatte. Es würde guttun, sich ein wenig auszuruhen.

Die Tage verstrichen, und schon bald neigte sich der Juli dem Ende zu. Tabitha hatte die ganze Zeit gemalt, oft bis in die Abendstunden hinein, bis das Licht zu schwach wurde und sie die Pinsel beiseite legte. Sie konnte es nicht über sich bringen, sich unten zu Miss Beauchamp und Miss Fergusson zu gesellen, die sie immer wieder gutgemeint ermahnten, ihre Arbeitsstunden doch zu reduzieren.

Sie verstanden sie nicht, und wie könnten sie auch? Sie verstand sich ja kaum selber, nur daß sie durch das Malen in einer anderen Welt war, die sie selbst erschaffen konnte. Manchmal war der Drang zum Malen so groß, daß sie ihm alles andere unterordnen mußte.

Am letzten Tag des Monats stand Tabitha vor ihrer Staffelei und trug die letzten Farbtupfer auf ein Bild der hiesigen Kirche auf. Ihre Skizzen hatte sie an einem trüben Nachmittag gefertigt, als der Himmel voller drohender Gewitterwolken gehangen hatte, aber heute schien die Sonne, so daß sich Tabithas Stimmung geändert hatte.

Miss Beauchamp kam herein, und Tabitha erkannte sie, ohne sich umzudrehen, denn Miss Fergusson kam nie hier hoch, und Robbins, die Magd, hatte eine ganz andere Art zu gehen.

»Miss Montecue«, begann die Direktorin, »ich habe jemanden mitgebracht, der Sie zu sehen wünscht.«

Aber Tabitha hörte sie gar nicht mehr, denn als sie sich umdrehte, hatte sie ihn in der Tür stehen sehen. »Dominic …«, flüsterte sie. Sie sah ihn an, als wäre er eine Erscheinung, aber dann trat er auf sie zu.

»Hallo, Tabby.«

Sie wußte nicht, was sie tun sollte. Am liebsten wäre sie zu ihm hingelaufen, aber ihre Füße waren wie am Boden festgewachsen. Sehnsucht und Freude überschwemmten sie, aber auch die Angst, sich zu verraten. Sie spürte auf einmal, daß sie ihre Finger so hart um den Pinsel verkrampft hatte, daß sich ihre Nägel in die Haut bohrten. Sie legte den Pinsel beiseite und wußte, daß sie etwas sagen mußte, aber es fiel ihr nichts ein.

Dann lächelte Dominic, und ihr Herz tat einen Sprung. Sie sah weg und traf auf den Blick von Miss Beauchamp. »Das ist Dominic«, erklärte sie, riß sich dann aber zusammen und stellte ihn korrekt vor. »Miss Beauchamp, der Earl of Huntleigh, Lucys Bruder. Ich glaube nicht, daß Sie einander schon einmal getroffen haben.«

»Bisher nicht«, erwiderte Miss Beauchamp. »Aber Lord Huntleigh hat mich überzeugt, ihn zu Ihnen zu bringen. Ich war etwas unsicher angesichts der Wirkung, die Ihr letzter Besucher auf Sie hatte, aber Lord Huntleigh hat sich als sehr überzeugend erwiesen.«

»Ich dachte, wir könnten ein Stück spazierengehen«, schlug Dominic vor. »Es ist so schön, und wir könnten an der Küste entlangschlendern.« Sein Blick hatte Tabithas Gesicht nicht losgelassen, seit er ins Zimmer getreten war, und Tabitha wußte, daß die strenge Direktorin ihn wahrscheinlich für impertinent hielt. Sein Anblick berührte sie tief. Vielleicht war das ein Fehler? Was, wenn sie sich weigerte, mit ihm zu gehen?

»Danke«, hörte sie sich sagen, »das wäre schön.« Sie sah Miss Beauchamp fragend an, und zu Dominics Erleichterung nickte die Dame zustimmend.

»Ich muß mir nur erst die Hände waschen und meinen Hut holen.«

»Ich warte unten.«

Tabitha lächelte und lief in ihr Zimmer, um sich fertigzumachen. Ein Blick in den Spiegel zeigte ihr, daß auch ihr Gesicht Farbtupfer trug, und rasch rieb sie sie fort. Es schien endlos zu dauern. Warum war er gekommen? Hoffnung und Zweifel wechselten in ihr. Vielleicht hatte Richard ja gelogen, vielleicht ... aber es war gefährlich, zuviel zu erwarten.

Ein paar Minuten später erschien sie als adrette junge Dame in der Halle, wo Dominic an der Tür auf sie wartete. Er führte sie hinaus, und eine Weile gingen sie schweigend nebeneinander her. Als sie die Küste erreicht hatten, blieb Dominic stehen und wandte sich zu ihr um.

»Hab keine Scheu vor mir, Tabby, ich will dich nicht durch einen erneuten Antrag in Verlegenheit bringen. Ich wollte mich nur davon überzeugen, daß es dir gutgeht und daß du nicht ...« Er verstummte und sah sie forschend an. »Es ist drei Monate her, und ich wollte sichergehen, daß du nicht schwanger bist.«

Tabitha konnte ihn nicht ansehen und blickte auf das Meer hinter ihm hinaus. Selten war das Wasser so blau gewesen, und der Wind hatte ihm ein paar weiße Schaumkronen aufgesetzt. Dominic wartete auf eine Antwort.

Tabitha schluckte. »Das bin ich nicht.«

Dominic schloß kurz die Augen. Das war es dann.

Er ergriff ihren Arm und ging weiter, und dann sah er sie an und dachte, wie blaß und müde sie aussah. Und dünn. »Du übernimmst dich, Tabby«, schalt er sanft. »Miss Beauchamp hat gesagt, daß du zu hart arbeitest, und ich sehe, daß sie recht hat.«

»Nein, nein«, war alles, was Tabitha hervorbrachte. Jetzt wußte sie zumindest, warum er gekommen war. Jetzt konnte er sich sicher fühlen, wenn er um die andere Frau anhielt, daß kein heimatloses Mädchen mit einem Baby auf dem Arm auf seiner Türschwelle auftauchen und um Unterstützung betteln würde. Nein, dieser Gedanke war unfair, Dominic hätte ihr in einer solchen Situation sofort geholfen. Aber es war nicht so. Tränen stiegen Tabitha in die Augen, und sie blinzelte, dankbar, daß die Hutkrempe es seinen Blicken verbarg.

»Ich dachte, daß du in den Ferien in London sein würdest, um Lucy zu besuchen.«

Dankbar für den Themenwechsel erwiderte Tabitha: »Sie hat mich auch sehr freundlich eingeladen, aber ich wollte gerne malen. Du mußt wissen, daß ich das Glück hatte, einige Bilder verkaufen zu können.«

»Das habe ich mir gedacht.« Dominic versuchte, erfreut zu klingen und war auch wirklich stolz auf ihre Leistung, aber das Thema ihrer Unabhängigkeit schien ihm eine Bedrohung für sein Ziel, sie am Ende doch noch für sich zu gewinnen.

Er hatte auf ein Baby gehofft, denn dann hätte sie ihn schon um des Kindes willen geheiratet. Dann wieder hatte er gehofft, daß ihre Armut und Abhängigkeit sie in seine Arme treiben würden, aber sie hatte auf dem Ball gesagt: »Glaubst du wirklich, daß ich finanzielle Unabhängigkeit über meine Freiheit stellen würde?« Und: »Ich habe zu viele Jahre mit Leuten gelebt, die ich nicht mochte, um mich an einen Mann zu binden, den ich nicht lieben kann.« Sie konnte ihn nicht lieben, warum sollte sie auch?

Er kam zurück in die Gegenwart. »Es war ein Fehler, mit dem Geld deine Schulden bei meiner Mutter zu bezahlen. Ihr wäre es anders viel lieber gewesen, und mir natürlich auch.«

Tabitha sah auf. »So war es aber vereinbart, wie du weißt.«

»Mag sein, aber sie will dein Geld nicht. Ich nehme an, es hätte keinen Zweck, es dir zurückzugeben?«

»Nein.«

Sie gingen weiter, ehe Dominic erneut das Thema wechselte. »Gefällt es dir hier?« fragte er. »Unterrichtest du gerne?«

Tabitha nickte.

»Ich gebe zu, daß die Beauchamp nicht so unbeugsam ist, wie ich erst dachte. Als ich ankam, dachte ich, sie würde mich nicht zu dir lassen.«

Tabitha lachte. »Sie beschützt ihre Schülerinnen und auch die Lehrerinnen.«

Dominic lächelte. Es war vielversprechend, daß sie sich ein wenig entspannte und lockerer wurde. »Darf ich wissen, wer der Herr war, der dieses Schutzbedürfnis bei ihr ausgelöst hat?«

Tabitha zögerte. Sie wollte nicht alte Wunden wieder aufreißen.

»War es Richard?«

»Ja«, gab sie zu, aber als sie den Ärger in seinem Blick

sah, setzte sie hastig hinzu: »Er ist nur ein paar Minuten geblieben, und nichts ist passiert.«

Dominic sah sie an und glaubte ihr nicht, aber er wollte sie nicht bedrängen, wenn sie darüber nicht sprechen wollte. Er wußte, daß Richard vor zwei Wochen nach Boston gesegelt war und hoffentlich nie wiederkommen würde. Dann konnte man ihn einfach vergessen.

Jetzt waren sie fast wieder bei der Schule, und beide schwiegen sie. Unbewußt waren sie langsamer gegangen, um sich nicht so schnell trennen zu müssen. Am Tor blieb Dominic stehen, um sich hier schon zu verabschieden und es leichter für sie zu machen.

Dominic ergriff ihre behandschuhten Hände in leichtem Griff, auch wenn er sie lieber an sich gerissen hätte. »Schreib mir, Tabby«, bat er, »und komm zu mir, wenn du Probleme haben solltest. Ich bin immer für dich da.«

Tabitha nickte überwältigt.

Er stieß das Tor für sie auf, sie sah ihn noch einmal kurz an und trat dann hindurch, ohne ein Wort zu sagen.

Dominic nahm an, daß sein Besuch ihr Unbehagen bereitet hatte, aber zumindest hatte er sie gesehen, und auch wenn das für ihn schmerzvoll war, wußte er jetzt, daß es ihr gutging. Er sah ihr nach, bis sie im Haus war, und ging dann mit einem Gefühl, etwas verloren zu haben.

25

»Nicht den Pinsel so fest halten, Sophie, entspann dich. Ja, so ist es besser.«

Tabitha trat ein paar Schritte zurück, um die Landschaft zu betrachten, die das Mädchen malte. Es war nicht schlecht und in ansprechenden Farben gemalt, aber ihr Strich mußte weicher werden, besonders bei der Figur des Kindes, die sie gerade an das Seeufer malte.

»Oh, ich wünschte, ich hätte sie gar nicht dahin gemalt«, murmelte das Mädchen ärgerlich. Sophie Trevillien malte gerne und gehörte zu Tabithas talentierteren Schülerinnen, aber sie hatte keine Geduld und bekam Wutanfälle, wenn etwas nicht so wurde, wie sie es sich vorgestellt hatte.

Manchmal war sie nicht zu bändigen, und heute verriet ihr mürrisches Gesicht, daß Ärger zu erwarten war.

»Aber das Kind gibt dem Bild seine Perspektive«, erläuterte Tabitha. »Der Betrachter weiß nur, wie groß die Eichen sind, weil das Kind daneben steht.«

»Nun, mir gefällt es nicht«, schmollte Sophie, »und ich kann nicht weitermachen.« Damit warf sie den Pinsel auf den Tisch und marschierte ans Fenster.

Ein paar Mädchen kicherten, aber auf einen scharfen Blick von Tabitha hin nahmen sie ihre Arbeit wieder auf.

Tabitha folgte Sophie und bat sie, sich mit ihr aufs Sofa zu setzen. »Du darfst nicht so schnell aufgeben, Sophie«, begann sie freundlich. »Sieh dich doch mal um. Merkst du nicht, was für eine gute Malerin du bist? Es braucht Jahre des Übens und Ausprobierens, um das Können zu entwickeln, das du jetzt schon erwartest, dabei bist du erst fünfzehn.«

»Warum soll ich jahrelang üben?« erwiderte das Mädchen mürrisch. Sie stand auf und ging, warf aber über die Schulter zurück: »Schließlich werde ich nicht arbeiten müssen, so wie Sie. In zwei Jahren komme ich aus der Schule und werde in die Gesellschaft eingeführt.«

Enttäuscht senkte Tabitha den Blick. Da hatte Sophie natürlich recht – ein Mädchen wie sie hatte nur das Ziel, so schnell wie möglich einen Ehemann zu finden.

Tabitha stand auf und ging zu ihr. »Da magst du recht haben, aber im Moment bist du als meine Schülerin in meiner Klasse, und da wirst du nicht deine Zeit vergeuden. Fang meinetwegen noch mal an, wenn du eine Sache nicht zu Ende bringen kannst, aber malen wirst du.«

Mit rotem Gesicht sah Sophie Tabitha stumm an, aber dann läutete die Glocke zum Essen, und Sophie lächelte. »Die Stunde ist vorbei, Miss Montecue«, sagte sie schadenfroh und sammelte ihre Sachen ein, um zu gehen. Doch Tabitha legte eine Hand fest auf ihre Mappe und hinderte sie so am Gehen.

»Deine Hast ist unhöflich, Sophie«, sagte sie fest. »Auch wenn die Stunde rum ist, laß dir sagen, daß nur Narren die Möglichkeit vertun, sich zu bilden und weiterzuentwickeln.«

Dann ließ sie das Mädchen gehen und fand sich kurz darauf mit Jane Westruther allein, die auf sie gewartet hatte. »Lassen Sie sich bloß nicht von dieser … dieser Ziege aufregen, Miss Montecue«, bat Jane leidenschaftlich, als sie zusammen den Raum verließen. »Sie ist egoistisch und verwöhnt und wird sich nie ändern.«

Tabitha lächelte Jane an und freute sich über deren

Loyalität. »Ich bin weniger aufgeregt als enttäuscht«, sagte sie dann. »Wenn sie sich Mühe gäbe, könnte sie sehr gut sein.«

Sie gingen zusammen nach unten, wo Robbins ihnen mit einem Umschlag in der Hand entgegenkam.

»Das ist für Sie, Miss Montecue«, sagte sie. Tabitha dankte ihr und nahm den Brief. Ein Blick auf die Handschrift verriet ihr den Absender. Sie steckte den Brief ein und ging weiter zum Eßsaal.

»Wollen Sie ihn nicht aufmachen?« fragte Jane eifrig.

»Nach dem Essen, sonst komme ich zu spät.«

»Von wem ist er?«

Wieder lächelte Tabitha. »Von Lady Carlisle einer Freundin von mir.«

Es sollten noch ein paar Stunden vergehen, ehe Tabitha die Ruhe fand, Lucys Brief zu lesen. Sie überflog die Zeilen zuerst nach einer Erwähnung Dominics und seiner bevorstehenden Verlobung. Als sie nichts fand, setzte sie sich aufs Bett, um den Brief gründlich zu lesen.

»Meine liebe Tabby«, begann Lucy. »Es fällt mir schwer zu glauben, daß du nun schon sechs Monate fort bist. Wenn Piers mir erlauben würde zu reisen, schwöre ich, daß ich den Korridoren der Schule wieder tapfer begegnen würde, aber er will nichts davon wissen, und so werde ich jeden Tag dicker und gelangweilter.

Mama war so nett, in der Stadt zu bleiben und mir Gesellschaft zu leisten, auch wenn sie darauf besteht, daß wir für Weihnachten alle nach Beckenbridge gehen. Piers hat eingewilligt, aber die Reise soll drei Tage dauern. Drei! Kannst du dir das vorstellen? Lieber würde ich den ganzen Tag in Mamas Reisekutsche sitzen und es hinter mir haben, als dreimal in engen Betten in Kutschenstationen zu übernachten, aber das ist der Preis, den man zahlt, wenn man eine pflichtbewußte Ehefrau ist. Und jetzt, Lucy, zum Hauptpunkt meines Briefes. Ich bitte dich, nein flehe dich an, mich zu besuchen. Ich weiß, daß du erst Weihnachten Ferien hast, wenn wir in Warwickshire sind, was eine lange Reise für dich wäre, aber wir schicken dir die Kutsche. Bitte sag ja, denn nicht einmal Mama weiß, wie niedergeschlagen ich bin. Wenn du kämest, würde mich das sicher aufheitern.«

An diesem Punkt ließ Tabitha den Brief sinken. Nach Breckenbridge fahren? Lucy wäre doch sicher nicht so unsensibel sie zu drängen, zu Dominic nach Hause zu fahren, wenn er eine andere Frau gefunden hätte? Das würde auch Dominic nie zulassen. Sie fragte sich, ob Lucy ihren Bruder um Erlaubnis gefragt hatte, ehe sie sie eingeladen hatte. Wahrscheinlich nicht, und es war eher eine Laune von ihr.

Aber was sollte sie tun? Sie war bereit, vieles für Lucy zu tun, aber Tage oder sogar zwei Wochen mit Dominic zu verbringen, konnte sie wohl nicht ertragen. Etwas über drei Monate waren seit dem Tag vergangen, als er sie in der Schule besucht hatte, und all die Zeit hatte sie hart daran gearbeitet, ihn zu vergessen. Oh, es war unfair.

Die Tür ging auf, und Camilla Norcross kam herein. »Tabitha – oh, du liest einen Brief. Soll ich wieder gehen?«

Tabitha setzte sich auf. »Nein, ich bin fertig, und außerdem brauche ich deinen Rat.«

»Du mußt fahren, gar keine Frage.«

»Die Versuchung ist groß«, gab Tabitha zu, »aber ich habe Angst.« Sie saß auf dem Bett, den Brief in der Hand.

»Aber du brauchst keine Angst zu haben«, beharrte Camilla. »Nach dem, was du mir erzählt hast, will er sicher nicht, daß du dich unbehaglich fühlst.«

Insgeheim war Camilla recht schockiert von der Geschichte, die sie gerade gehört hatte. Einiges war nur angedeutet worden, aber das Ganze kam ihr recht abstoßend vor. Nicht daß Tabitha die Schuld getroffen hätte. Sie war offenbar ein Opfer der Umstände und der Laune von Leuten, die ihre Macht über sie mißbraucht hatten.

Camilla mußte Tabitha für ihre selbstlose Weigerung, Dominic Rees zu heiraten, bewundern. Was für ein Pech, daß das arme Mädchen sich so in ihn verliebt hatte.

Andererseits war Camilla sich sicher, daß er nicht versuchen würde, Tabitha erneut zu verführen – nicht, daß sie Männer und ihre Leidenschaften verstanden hätte –, aber sie traute ihm nicht zu, auf diese Weise Tabithas Gefühle auszunutzen.

»Lady Lucys Mutter wird dasein«, führte sie aus, »und die Countess wird keine Ungehörigkeiten dulden.«

Tabitha seufzte. Camilla verstand es nicht. Dachte sie, Tabitha fürchtete, Dominic würde über sie herfallen, sobald seine Mutter den Rücken kehrte? Oder daß Tabitha sich ihm an den Hals werfen würde? Dennoch war Tabitha froh, sich die Last von der Seele geredet zu haben. Sie lächelte Camilla an und sagte: »Danke, daß du mir zugehört hast.«

Camilla tätschelte ihr die Hand. »Lucy war dir immer eine gute Freundin, Tabitha, und jetzt braucht sie dich. Enttäusche sie nicht.«

Tabitha nickte. »Du hast recht, und ich bin ein Feigling. Es wird schon nicht so schlimm werden.«

Als Tabitha sechs Wochen später die lange Reise nach Warwickshire unternahm, hatte sie viel Zeit für Zweifel und Ängste, als sie Stunde auf Stunde in Lady Huntleighs Reisekutsche saß. Alles war getan worden, um es ihr so bequem wie möglich zu machen, und mit einer Pelzdecke war ihr auch warm genug, aber dennoch wurde sie die ganze Reise über von Unsicherheit geplagt.

Bei Schnee und Nebel waren sie drei Tage unterwegs, so daß sie erst am 23. Dezember abends vor der Abtei vorfuhr. Tabitha dachte, daß sie noch nie so müde gewesen war und nichts mehr wünschte als ein heißes Bad und ein warmes Bett.

Die Tür ging auf, und warmes Licht hieß sie willkommen, als Lady Huntleigh persönlich der Kutsche entgegeneilte. »Tabitha, meine Liebe«, rief sie aus, »wir haben uns schon Sorgen gemacht.« Sie kam die Treppe herunter und umarmte Tabitha fest, ehe sie sie ein Stück von sich wegschob und genau musterte. »Geht es dir gut?«

»Ja, danke, Ma'am, aber wir sind wegen des Wetters nur sehr langsam vorwärts gekommen.«

»Armes Kind, du mußt erschöpft sein. Komm rein, bald geht es dir besser.«

In der Tür stand Dominic, der sie wie ein Bruder auf die Wange küßte und sagte: »Ich wollte schon losreiten und sehen, wo du bleibst.«

Tabitha lächelte scheu, sagte aber nichts. Sie war ganz überwältigt, wieder hierzusein.

Die Halle der Abtei sah großartig aus. Mistelzweige und Tannengrün schmückten die Wände, und im Kamin brannte ein großes Feuer. Tabitha mußte das Gefühl, nach Hause zu kommen, verdrängen, denn sie hatte kein Recht dazu, dieses Haus als ihr Heim zu betrachten.

Sie brachten sie in einen kleinen Salon, wo Lucy in einem weiten Samtkleid saß. »Tabitha!« rief sie aus und kämpfte sich hoch. »Endlich bist du da.«

Die Mädchen umarmten sich, so gut das bei Lucys

Leibesumfang ging, und dann trat Tabitha zurück und lachte: »Oh, arme Lucy, wie unbequem das aussieht. Setz dich doch wieder!«

Lucy gehorchte, und Tabitha hockte sich neben sie, ergriff ihre Hand und sagte: »Wie schön, wieder hierzusein. Vielen Dank für die Einladung.«

»Das ist Egoismus von uns«, erwiderte Lady Huntleigh. »Wir haben dich alle vermißt und wollten dich wieder hier haben.« Dabei sah sie Dominic an, und Tabithas Wangen wurden rot.

»Sie sind sehr freundlich, Ma'am«, murmelte sie. »Das werde ich immer zu schätzen wissen.«

In dem Moment kam Piers herein, eine willkommene Ablenkung, und Tabitha erhob sich, um ihn zu begrüßen. Er küßte sie auf die Wange und sagte, er sei doppelt erleichtert, daß sie da sei, um Lucys wie um seinetwillen. »Vielleicht wird Lucy jetzt ein bißchen ruhiger«, sagte er erschöpft. »Es war verdammt schwer, sie in den letzten Wochen zufriedenzustellen.«

»Das ginge dir genauso, wenn du plötzlich den Umfang eines Wals hättest«, gab Lucy zurück. Dann wandte sie sich an ihre Mutter. »Ehrlich, Mama, ich kann kaum glauben, daß du das zweimal ertragen hast! Obwohl ich als die Jüngere dankbar dafür sein muß.«

Tabitha setzte sich wieder neben Lucy. Ihr war unangenehm bewußt, daß Dominic sie keinen Moment aus den Augen ließ, und bei dem Thema fragte sie sich, ob er wohl an das Baby dachte, daß sie miteinander hätten haben können.

Lady Huntleigh läutete, und ein Diener erschien. Sie bestellte Tee und wandte sich dann an Tabitha. »Ich hätte fragen sollen, ob du Hunger hast, gewöhnlich essen wir um sieben, weil Lucy früh ins Bett geht. Aber wenn du jetzt schon etwas essen willst, lasse ich dir etwas kommen.«

»Tee ist gut, danke«, sagte Tabitha, »und dann kann

ich mich vor dem Essen vielleicht ein bißchen frisch machen nach der Reise.«

»Was du jetzt brauchst, ist ein heißes Bad«, warf Lucy ein.

Das war genau das richtige, und als Tabitha um neunzehn Uhr frisch gebadet nach unten ging, verspürte sie eine Zuversicht wie selten zuvor, die allerdings ins Wanken geriet, als sie das Eßzimmer betrat und sich mit Dominic alleine fand.

»Die anderen kommen immer zu spät«, bemerkte er mit einem Lächeln, das sie beruhigen sollte, ihr aber das Herz umdrehte.

Verwirrt trat Tabitha ans Feuer. Sie wußte, daß sie etwas sagen sollte, aber sie wußte nicht, was. Dominic sah sie an. Warum sah er sie so an?

»Dominic«, begann sie schließlich, »ich hoffe, mein Kommen macht dir nichts aus. Ich wollte nicht, aber Lucy hat darauf bestanden.«

»Ausmachen?« wiederholte Dominic erstaunt. »Warum denn bloß?« Er trat auf sie zu und hielt dann inne. Sie hatte recht, es machte ihm etwas aus. Es machte ihm viel aus, daß sie ihm so nahe stand und so entzückend aussah, ihm mehr bedeutete als alles andere in der Welt und doch nicht sein war. Er wandte sich ab, als Lucy und Piers hereinkamen.

Lucy bedauerte ihr Eintreffen, als sie Tabitha und Dominic zusammen sah. Dominic sah erhitzt aus, aber zumindest war das besser als der leere Gesichtsausdruck der vergangenen Monte. Sie fragte sich, was Piers und sie wohl unterbrochen hatten. Nun, in den nächsten Wochen würden sich noch viele Gelegenheiten ergeben, die beiden zusammenzubringen.

Lady Huntleigh traf ein, und alle setzten sich zu Tisch.

»Erzähl uns von Margate«, bat Lady Huntleigh Tabitha. »Wie gefällt es dir, und wie geht es der eindrucksvollen Miss Beauchamp?«

»Sehr gut.«

»Ist sie nett zu dir?«

»Ja, Ma'am.«

»Dann bist du glücklich?«

Tabitha sah auf ihre Suppe und brachte die Lüge nicht über die Lippen. Sie war nicht glücklich, aber das hatte nichts mit Margate zu tun. Sie wählte deshalb ihre Worte sorgfältig, um die Schule nicht unverdient schlechtzumachen: »Das Schulhaus ist sehr angenehm zum Wohnen und Arbeiten. Die anderen Lehrerinnen behandeln mich sehr freundlich, vor allem Miss Norcross. Erinnerst du dich noch an sie, Lucy?«

»Aber ja. Ich habe hunderte frustrierender Stunden an ihrem Klavier verbracht.«

Tabitha lächelte. »Ich teile ein Zimmer mit ihr.«

»Du und Miss Norcross?« wiederholte Lucy ungläubig. »Himmel. Schnarcht sie?«

»Nein«, lachte Tabitha, »aber wer weiß, vielleicht tue ich das ja. Es hat mir allerdings nie jemand gesagt.«

Tabitha sah, daß Lucy kurz ihren Bruder ansah und errötete. Dann wußte Lucy es also. Hatte Dominic es ihr erzählt, oder war Lucy selbst darauf gekommen? Verlegen konzentrierte sich Tabitha auf ihre Suppe.

So verging das Essen, und Tabithas Gefühle schwankten zwischen Wohlbehagen und Verlegenheit, je nach Thema der Unterhaltung. Sie war erleichtert, als die Mahlzeit vorüber war. Tee lehnte sie ab und ging statt dessen früh zu Bett.

26

Als Tabitha Heiligabend erwachte, lief sie barfuß und fröstelnd ans Fenster und sah zu ihrem Entzücken, daß die Welt weiß geworden war.

Der Schnee lag nicht hoch, aber es war genug, um alles in Weiß zu kleiden.

Rasch zog Tabitha sich an und lief nach unten, wo sie entdeckte, daß sie am längsten geschlafen hatte und alle anderen schon auf waren. Lucy und ihre Mutter saßen noch bei warmen Brötchen und Kaffee am Tisch.

»Du siehst aus, als hättest du gut geschlafen«, bemerkte Lucy fröhlich.

»Letzte Nacht warst du erschöpft, aber heute bist du wieder die alte Tabby.«

»Ich habe gut geschlafen, danke«, gab Tabitha zu. »Ich glaube, nicht einmal ein Hurrikan hätte mich wecken können.« Sie trank einen Schluck Kaffee und warf Lucy einen Blick zu. »Aber was ist mit dir, du siehst so unbehaglich drein. Hast du denn nicht gut schlafen können?«

»Ich habe vergessen, was das ist«, stöhnte Lucy. »Das da –«, sie wies auf ihren Bauch, »– hält mich über Stunden mit Treten und Strampeln wach.«

»Arme Lucy«, meinte Tabitha tröstend. »Aber jetzt dauert es ja nicht mehr lange.«

»Zwei Wochen, wenn Dr. Goodall weiß, wovon er spricht.«

»Verlaß dich nicht zu sehr darauf«, warnte Lady

Huntleigh, »du bist selber ein paar Wochen eher gekommen und Dominic zu spät.«

Da kam Piers herein und gab seiner Frau einen Kuß.

»Ich dachte, du wolltest mit Dominic ausreiten«, wunderte sich Lucy. »Hast du deine Meinung geändert?«

»Nein, aber ich bin schon zurück. Dominic ist noch weitergeritten, um den Squire zu besuchen. Irgendwas Geschäftliches, glaube ich.«

Tabitha sah Lucy an, konnte aber kein Zeichen von Verlegenheit bei ihr erkennen. Immer mehr zweifelte sie an dem, was Richard ihr erzählt hatte, aber sie mußte mit Lucy sprechen, um Gewißheit zu haben.

Ihre Gelegenheit kam eher als erwartet. Als wenn sie Gedanken lesen könnte, erklärte Lucy, daß sie gern ein wenig mit Tabitha allein wäre, und zog sie mit sich nach oben.

Lucys Zimmer war herrlich warm, denn im Kamin brannte ein großes Feuer, neben das die Mädchen sich jetzt setzten. Tabitha nahm den Schaukelstuhl und zog die Füße unter sich, Lucy legte sich auf eine Chaiselongue, von wo aus sie Tabitha neidvoll betrachtete.

»Jetzt sag mir«, verlangte Lucy, »wie es dir wirklich geht. Bist du unglücklich in dieser verflixten Schule?«

Tabitha mußte lächeln. »Nein, Lucy, aber die Schule ist nicht verflixt.«

»Aber du bist dünner geworden, das sehe ich an deinem Gesicht, und das ist ein Zeichen für Unglück. Oder ist das Essen so schlecht?«

»Das Essen ist in Ordnung. Ich hatte nur viel zu tun und habe auch viel nachgedacht.«

»Nachgedacht? Das ist alles? Und der arme Dominic verliert vor Trauer fast den Verstand.«

»Bitte, zieh mich nicht auf.«

»Aber es stimmt. Erst war er vollkommen verstört. Mama ist extra aus London gekommen, um ihn mitzunehmen und von hier wegzulocken, aber er wollte nicht. Ich glaube, er wollte dich in Margate besuchen. Hat er das gemacht?«

Tabitha nickte.

»Nun, das dachten wir uns, auch wenn er nichts gesagt hat, und danach war er verändert. Ich glaube, da hat er die Hoffnung verloren. Wenn er dich ansieht, sieht er immer so schrecklich traurig aus.«

Tabitha sah sie an. Das war ihr auch schon aufgefallen, wenn sie ehrlich war. »Lucy«, begann sie zögernd, »ich habe Grund zu der Annahme bekommen, daß seine Interessen woanders liegen. Vielleicht ist er wegen einer anderen Frau unglücklich?«

»Einer anderen? Das ist nicht dein Ernst!«

Lucys echte Verblüffung bewies Tabitha, daß sie die Wahrheit sagte.

»Wer?«

Tabitha sah weg und seufzte. »Jennifer Costin.«

»Jennifer Costin? Du mußt verrückt sein. Warum denkst du denn so was?«

»Richard hat mir das gesagt. Er hat mich in der Schule besucht und es behauptet. Ich habe ihm geglaubt, er war sehr überzeugend.«

»Arme Tabby.«

»Nein.« Tabitha sah Lucy offen an. »Mit welchem Recht könnte ich Einwände erheben? Ich habe keinen Anspruch auf ihn.«

Lucy lächelte, zuversichtlich, daß nun alles ins Lot kommen würde, und änderte das Thema.

Als Dominic nach Hause kam, schöpfte Lucy wieder Hoffnung. Tabitha war jetzt viel entspannter bei ihm. Sie fielen sogar in ihre alte, leichte Umgangsweise zurück, und die gräßlichen Hemmungen schienen vergessen zu sein.

Im Haushalt der Rees war es üblich, die Geschenke

am Heiligabend auszutauschen, was sie vor dem Abendessen vor dem Kamin im Wohnzimmer taten.

Glücklicherweise hatten die Einnahmen aus ihrer Malerei Tabitha in die Lage versetzt, für jeden Geschenke zu kaufen, die sie jetzt überreichte. Für Lucy hatte sie ein schönes Babykleid gekauft, das bestickt war, für Piers Taschentücher, die sie mühsam – denn sie haßte Sticken – mit seinen Initialen versehen hatte, für Lady Huntleigh einen Schal aus Norwichseide, der sie mehr gekostet hatte als alle anderen Geschenke zusammen, dessen Druck von Anemonen und Mohn aber unwiderstehlich gewesen war.

Für Dominic hatte sie ein Bild gemalt. Sie hoffte, daß es ihn nicht störte, ein selbstgemachtes Geschenk zu bekommen, aber die Vorstellung, daß er eines ihrer Bilder besaß, war zu schön gewesen, als daß sie hätte widerstehen können.

Sie hatte den See gemalt, wie er im Frühling ausgesehen hatte, als er aus Europa zurückgekommen war und sie dort getroffen hatte. Sie hatte aus der Erinnerung gemalt, die klar und frisch in ihr geblieben war. Der Boden war mit Wildblumen in allen Farben bedeckt.

Gespannt sah Tabitha zu, als Dominic sein Geschenk auspackte, und als sie den Ausdruck auf seinem Gesicht sah, wußte sie, daß sie sich nicht geirrt hatte. Er sah sie an und lächelte auf eine Art, daß ihr ganz warm wurde.

Sein Geschenk mußte sie erst noch öffnen. Weil es schwer war, kniete sie sich davor und begann, das Band zu lösen.

Bald erkannte sie, daß auch das ein Bild war, denn sie spürte den Rahmen. Als sie es ausgepackt hatte und sah, was es war, schnappte sie überrascht nach Luft. Es war das Seebild, das sie damals in Turners Galerie so bewundert hatte.

»Oh, Dominic!« rief sie entzückt und setzte dann verwirrt hinzu: »Ich hätte mir nie träumen lassen – oh, aber es ist wundervoll!« Strahlend sah sie ihn an. »Danke! Das klingt so unangemessen, aber ich weiß nicht, was ich sonst sagen soll – es ist das Schönste, was ich je gesehen habe. Das habe ich damals gedacht und denke ich heute noch.«

Tabitha konnte sich denken, wieviel Dominic für das Gemälde gezahlt hatte, und wie wußte, daß es sich nicht schickte, ein so teures Geschenk anzunehmen. Aber er hatte es bewußt gemacht, ohne sie sich verpflichten zu wollen, und es wäre verletzend, es zurückzuweisen. Außerdem wollte sie es so gern haben.

Sie sah darauf nieder und fuhr mit dem Finger leicht über die Oberfläche und dachte daran, wie glücklich sie an jenem Morgen gewesen war.

»Du darfst es nicht heben«, warnte Dominic, »denn der Rahmen ist so schwer. Ich bringe es später für dich nach oben.«

»Danke.« Sie sah ihn an und hatte jetzt ihre Fassung wiedergewonnen, und sie sah, daß er sie mit einer Intensität betrachtete, die wenig Zweifel an seinen wahren Gefühlen ließ. Wenn nur sie beide im Raum gewesen wären, wäre sie jetzt zu ihm gegangen. Aber sie waren nicht allein. Auch die anderen waren da und lachten und unterhielten sich. Dann fragte Lucy sie etwas, und Tabitha war gezwungen, sich abzuwenden und ihr zu antworten.

Warm verpackt mit Mantel und Pelzmuff, den Lady Huntleigh ihr geschenkt hatte, kletterte Tabitha in die Kutsche, die sie zur Kirche bringen sollte. Der Besuch der Christmette war eine Familientradition, egal, wie das Wetter war. Nur Lucy, die lieber mit einem Kissen auf dem Sofa vor dem Kamin ruhte, blieb diesmal zu Hause.

Der Schnee war noch nicht geschmolzen, und die

Morgensonne funkelte auf dem Weiß. Tabitha sah aus dem Fenster der Kutsche, wo die vertraute Landschaft vorüberzog. Sie hätte nicht gedacht, daß sie diese Umgebung wiedersehen würde, und sie nahm sich vor, möglichst bald zu einem Spaziergang hinauszugehen.

Wieder zu Hause, zog sie dicke Schuhe an und legte einen Schal um. Der Schnee knirschte unter ihren Füßen, und die Luft war klar und kalt. Tabitha schlug die Richtung zum See ein. Er war noch nicht zugefroren, hatte aber am Rand schon etwas Eis gebildet. Noch eine kalte Nacht, und er würde zufrieren.

Sorgsam darauf bedacht, kein Wroxleyland zu betreten, folgte sie dem Pfad am Ufer entlang, bis sie das kleine Sommerhaus erreichte, das zu dieser Jahreszeit mit der abblätternden Farbe im weißen Schnee ziemlich trist wirkte.

Gerade, als Tabitha auf die Brücke wollte, hörte sie Schritte hinter sich und sah Dominic herankommen. Lächelnd winkte sie ihm zu und wartete auf ihn.

»Wo willst du denn so zielstrebig hin?« fragte er, als er sie eingeholt hatte.

»Oh, nur zur Laube.« Sie sah frierend aus, als sie sich enger in ihren Mantel hüllte und der Atem weiß vor ihren Lippen stand. »Ich muß zugeben, daß ich immer noch nicht gerne über die Grenze gehe.« Ihr Blick glitt zum Land der Wroxleys hinüber. »Ich weiß, daß Richard weg ist und daß ich von meiner Tante nichts zu befürchten habe, aber …« Sie sah ihn an und lächelte. »Ich denke, ich bin immer noch derselbe Feigling.«

»Du warst nie einer.«

»Glaube mir, ich war einer.«

Er sah sie an und wußte, daß sie an Dinge dachte, die sie lieber vergessen sollte. »Deine Tante lebt nicht mehr dort«, sagte er ruhig. »Sie ist für immer weggezogen, zu Amelia, glaube ich.«

»Oh?« Tabitha sah ihn neugierig an. »Warum?«

»Ich wollte sie nicht als Mieter oder Nachbarin haben. Ich habe den Besitz letzten Sommer gekauft.«

Tabitha sah ihn überrascht an. »Du hast Wroxley gekauft?«

»Ja.«

Sie schwieg. Es schien ihr unglaublich, daß er es hatte kaufen und ihre Tante hatte verkaufen wollen.

»Ich habe Richards Hypotheken aufgekauft«, erklärte Dominic. »Deine Tante konnte nicht mitreden.«

»Ich verstehe«, sagte Tabitha. »Wer wohnt jetzt dort?«

»Noch niemand, vielleicht vermiete ich es. Was würdest du damit machen, Tabby?«

»Ich?« Sie sah zu Boden und zupfte an ihrem Muff. Dann hob sie den Blick, und er sah unerwartete Leidenschaft in ihren Augen blitzen. »Ich würde es niederbrennen«, sagte sie unumwunden.

Dominic lächelte. »Das dachte ich mir.«

Jetzt lächelte auch sie. »Nein, nicht wirklich.« Sie sah dorthin, wo das Dach des Herrenhauses zwischen den kahlen Zweigen einer Kastanie sichtbar wurde. »Die Gärten sind sehr schön, wenn schon nicht das Haus. Vielleicht könnte man es für einen guten Zweck einrichten – vielleicht für Kinder, die niemand haben will, und für Waisen. Hast du eine wohltätige Ader, Dominic?«

»Laß uns spazierengehen«, schlug Dominic vor, »ich würde gerne mehr darüber hören.«

Er lächelte und sah über die Brücke zum Sommerhaus hinüber. »Sag mir nicht, daß du bei diesem Wetter da draußen sitzen willst.«

»Nein, ich wollte nur mal kurz hinübergehen.« Sie zitterte. »Es ist so kalt, daß der See heute nacht sicher zufriert.«

»Wahrscheinlich.«

Tabitha betrat die Brücke und wandte sich dann um. »Kommst du nicht?«

Dominic lächelte. »Doch, natürlich.« Insgeheim fragte

er sich, was er da tat, daß er ihr folgte, denn gefolgt war er ihr, als er sie vom Fenster seines Zimmers aus gesehen hatte. Es war verrückt und würde ihm nur neue Seelenpein verursachen.

Als sie sicher in der Hütte waren, beobachtete er ihr Gesicht, das rot vor Kälte war, und hätte sie am liebsten in die Arme genommen. Rasch schob er die Hände in die Taschen, um nicht einem Impuls nachzugeben, der für sie beide nur mit Verlegenheit enden konnte.

Doch dann trat sie ein bißchen näher, um ihn als Schutz vor dem kalten Wind zu benutzen, der über den See blies, und wie ohne eigenen Willen hob Dominic die Hände und legte sie ihr auf die Schultern.

Tabitha regte sich nicht und atmete kaum. In den letzten Tagen war sie sich fast sicher geworden, daß seine Gefühle für sie so waren, wie sie erträumt hatte, aber aus irgendeinem Grund wollte er das nicht zugeben, vielleicht weil sie ihn so hysterisch zurückgewiesen hatte. Voller Furcht, daß der Augenblick vergehen würde, lehnte Tabitha sich an ihn, um zu zeigen, wie willkommen ihr seine Berührung war. Seine Hände glitten herab, und seine Arme schlossen sich eng um sie. Tabitha seufzte und schmiegte sich noch enger an ihn.

Dominic vergrub jetzt sein Gesicht an ihrem Hals und murmelte: »Tabby, Tabby, warum tust du mir das an?«

Tabitha wandte sich in seinen Armen um und hob das Gesicht zu ihm auf. Sie wollte etwas sagen, aber da kam sein Gesicht näher, verschwamm vor ihren Augen, und dann küßte er sie hart und leidenschaftlich und drückte sie so fest an sich, daß sie sich nicht hätte befreien können, selbst wenn sie es gewollt hätte.

Nach einem kurzen Moment gab er sie wieder frei, nur um sie erneut an sich zu ziehen und seine Lippen auf ihre Stirn zu drücken.

»Tabby«, flüsterte er, »ist mein Anblick so abstoßend für dich, daß du mich deshalb nicht heiraten kannst?«

»Abstoßend?« wiederholte sie atemlos und dann ungläubig. »Abstoßend?«

»Ja, ich kann nicht anders, ich liebe dich bis zum Wahnsinn, aber ich weiß ... ich kann dein Widerstreben verstehen – dein Unvermögen, meine Gefühle zu erwidern. Ich hatte gehofft, du könntest dich mit der Zeit daran – an mich gewöhnen.«

Als Tabitha verstand, daß er sie liebte, wurde ihr fast schwindelig vor Freude, aber was er gesagt hatte, bewog sie, zurückzuweichen und ihn anzusehen.

»Dominic, wovon sprichst du?«

»Ich spreche davon«, sagte er, »daß ich Himmel und Erde dafür bewegen würde, dich zu heiraten, daß ich aber deinen Abscheu vor meinem Aussehen verstehe.«

Tabitha starrte ihn sprachlos an, ehe sie ihn ganz fest an sich drückte. Tränen stiegen ihr in die Augen, als sie sein Gesicht umfaßte, streichelte und ihn küßte. Sie küßte seinen Mund, seine Nase, seine Wangen und flüsterte schließlich: »Wie kannst du so etwas sagen? Wie kannst du so etwas nur denken?« Dann sah sie ihn an und sagte unsicher: »Oh, Dominic, ich bete dich an, von Anfang an. Wie konntest du nur denken, daß so eine Narbe –«, sie zeichnete sie mit der Fingerspitze nach, »– daran etwas ändern würde. Wenn ich dich ansehe, bemerke ich sie gar nicht, das habe ich nie – warum auch? Sie hat dich nicht verändert.«

Dominic fing ihre Hand ein und küßte sie, ohne sie aus den Augen zu lassen. »Darf ich dann fragen«, sagte er heiser, »wenn du mich doch liebst, warum du mich nicht heiratest?«

Tabitha wandte sich ab, aber er ließ sie nicht gehen. »Warum, Tabitha? Du mußt es mir sagen, eher lasse ich dich nicht frei.«

»Ja, ich weiß.« Sie seufzte und vergrub das Gesicht in seinem Mantel. »Es war unsere gemeinsame Nacht.« Er streichelte sanft ihr Haar, was sie sehr ablenkte, aber sie fuhr fort. »Ich dachte, du wolltest mich aus Pflichtgefühl heiraten, aber ich war ja die, die dich gebeten hatte zu bleiben. Ich wollte nicht, daß du eine Falle gestellt bekommst.«

»Die ganze lange Zeit«, sagte er weich. »Oh, Himmel, Tabby, du kleine Närrin. Denkst du denn, ich wäre geblieben und hätte mit dir geschlafen, wenn ich dich nicht geliebt hätte? Glaubst du wirklich, daß ich dich so benutzen könnte?«

Sie sah ihn vorsichtig an. »Ich weiß es nicht«, sagte sie leise, »vielleicht bist du aus Sympathie geblieben.«

»Sympathie?« Erstaunt sah er sie an und beendete dann die Debatte, indem er sie lange und gründlich küßte.

Als er sie dann losließ, sah Tabitha, daß seine Augen voller Leben waren wie lange nicht mehr. Er umrahmte ihr Gesicht mit den Händen und berührte sie, wie er es sich so lange gewünscht hatte, und dann lächelte er. »Ich werde dich wieder fragen, Tabby, und ich hoffe, daß deine Antwort diesmal anders ausfällt.«

Auch sie lächelte, als er vor ihr auf ein Knie fiel, ohne auf den Schnee zu achten, der seine Hose durchnäßte, und mit einem Lachen zog sie an seinem Mantel. »Nicht doch, Dominic, du wirst ganz naß!«

Doch er achtete nicht auf ihren Protest, fing ihre Hand ein und preßte sie an die Lippen, ehe er sagte: »Vertrau mir diese kleine Hand an, und ich schwöre, daß ich dich immer ehren und lieben werde und mich um dich kümmern will. Liebste Tabby, willst du mich heiraten?«

Überwältigt nickte Tabby, und dann erhob sich Dominic, zog sie hoch und küßte sie voller Leidenschaft. Sie standen da, liebkosten einander und sprachen lange miteinander, ohne auf den kalten Wind zu achten, der durch die kleinen Fenster des Pavillons fegte und an ihren Kleidern zerrte. Beide wollten nur ungern ins Haus zurückkehren, aber schließlich wurde es zu kalt, und Dominic sagte: »Wir müssen gehen.« Er hob ihren Muff auf, den sie fallen gelassen hatte, und reichte ihn ihr, ehe sie langsam zurückgingen.

27

Sie gingen direkt in den gemütlichen kleinen Salon, wo sie sich vor den Kamin setzten, ihre Glieder wärmten und sich weiter küßten und streichelten. Doch ihr Vergnügen war nur von kurzer Dauer, denn schon bald flog die Tür auf, und Piers stürmte herein.

»Wo zum Teufel wart ihr?« wollte er wissen. »Ich habe überall gesucht – es ist Lucy – das Baby kommt ...«

Tabitha sprang auf. »Wo ist sie?«

»Oben. Ihre Mutter ist bei ihr.« Dann verstand Piers, was er gesehen hatte, und sah von einem zum anderen. »Soll das heißen ...«

»Ja«, sagte Dominic. »Wie aufmerksam du bist.«

Piers lächelte. »Wird auch Zeit, wenn ich das sagen darf.« Doch dann wurde sein Lächeln von Besorgnis abgelöst. »Gehst du zu ihr, Tabitha? Sie fragt nach dir.«

»Natürlich.«

Ein paar Stunden später kam Tabitha müde und ein wenig ängstlich herunter. Sie fand Piers und Dominic im Salon, wo sie sie verlassen hatte. Piers sprang auf, aber sie sagte rasch: »Noch nicht. Dr. Goodall ist da und hat mich aus dem Zimmer geschickt. Sie denken, daß es sich für mich nicht schickt – weil ich nicht verheiratet bin.« Sie sah von einem Mann zum anderen. »Er sagt, es sei bald soweit. Sie finden uns dann hier.«

Tabitha sank neben Dominic aufs Sofa. Er ergriff ihre

Hand, aber sie konnte jetzt nicht reden. Sie wollte sich an seine Brust werfen und ihm sagen, wie schrecklich es war, Lucy sich quälen zu sehen, um ein, wie der Arzt sagte, sehr großes Baby zur Welt zu bringen, aber Piers' Gegenwart verbot das.

Es wurde dunkel und schneite wieder. Die Flocken waren groß und lagen dicht auf den Fensterbrettern. Das Warten schien endlos, aber schließlich ging die Tür auf, und Lady Huntleigh kam herein. Sie sah müde aus, lächelte aber breit. »Du hast eine Tochter, Piers, und eine Frau, die dich unbedingt sehen will.«

Das brauchte sie ihm nicht zweimal zu sagen, und er war weg, ehe seine Schwiegermutter noch etwas sagen konnte.

»Geht es Lucy gut?« fragte Tabitha besorgt.

»Ja, sie ist erschöpft und schwört, daß es das letzte Kind ist, aber es geht ihr gut.« Dann entdeckte Lady Huntleigh, daß Dominic Tabithas Hand hielt, und sie sah ihn an. »Dominic?«

»Ja, Mama, du kannst uns gratulieren.«

»Oh, meine Lieben«, rief sie aus. »Wie ich mich danach gesehnt habe, aber ich wagte kaum noch zu hoffen.« Sie tupfte sich über die Augen. »Was für ein Tag!« Sie putzte sich die Nase und umarmte dann beide mit echter Freude. »So. Habt ihr schon gegessen, oder hat die Köchin die ganze Arbeit umsonst gehabt?«

»Nein, wir hatten noch nichts«, erwiderte Dominic. »Wir hatten gehofft, daß Lucy erst ihr Baby bekommt, damit wir zwei Anlässe zum Feiern haben, nein drei, es ist ja Weihnachten.«

Er sah Tabitha zärtlich an und zog sie an sich. »Es tut mir leid, schon wieder eine Aufgabe für dich zu haben, Mutter, aber was meinst du, wie schnell können wir heiraten?«

Lady Huntleigh lächelte. »Ich würde sagen, in drei oder vier Monaten, aber das wird euch wohl zu lange dauern?« Sie schwieg und schlug dann vor: »In zwei Monaten?«

»Höchstens einer.«

»Du vergißt«, warf Tabitha ein, »daß ich bis Schuljahresende bei Miss Beauchamp unter Vertrag stehe.«

Dominic starrte sie an. »Was? Bis Mai? Nein, das geht nicht. Du mußt ihr schreiben und dir deine Sachen schicken lassen.«

»Ich werde nichts Derartiges tun«, erklärte Tabitha dickköpfig und fügte, als sie seine Miene sah, hinzu: »Sieh nicht so böse drein, Dominic. Du kannst nicht im Ernst erwarten, daß ich mich so schäbig verhalte, wenn sie doch so gut zu mir war. Ich muß zumindest so lange bleiben, bis sie eine Nachfolgerin für mich gefunden hat.«

»Es gefällt mir nicht, daß du dorthin zurückgehst«, sagte er stur und sah sie an. »Du bist dort so weit weg.«

Sie hob ihre Hand an seine Wange. »Ich weiß, aber es wäre ja nicht für lange.«

Eine Stunde später setzten sich Tabitha, Dominic, Lady Huntleigh und Piers zu einem sehr späten Weihnachtsessen an den Tisch. Lucy schlief, eine Amme kümmerte sich um das Baby, und Dr. Goddall war nach Hause zu seinem eigenen späten Mahl gefahren.

Die Unterhaltung war angeregt, und jede Menge Trinksprüche auf das Baby, die Eltern, die Großmutter, die Verlobten und die Köchin wurden ausgebracht, die das Essen bis jetzt hatte retten können.

Beim Nachtisch hatte Tabitha Dominic soweit, daß er widerstrebend zustimmte, daß sie nach Margate zurückkehrte. »Ich habe auch noch so viele Bilder für Mr. Beasley dort«, sagte Tabitha. »Die kann nur ich verpacken.«

Dominic setzte sich plötzlich vor und sah sie an. »Sag nicht, daß du trotzdem die Ausstellung machen willst, Tabitha. Du brauchst nicht mehr für deinen

Unterhalt aufzukommen. Laß deine Bilder direkt hierher schicken.«

Lady Huntleigh und Piers hielten sich weise zurück. Jeder hatte innerlich vor Augen, wie diese Debatte ausgehen würde, und sie hatten recht.

»Nicht mehr brauchen?« erwiderte Tabitha. »Aber natürlich werde ich die Ausstellung machen. Ich habe hart dafür gearbeitet, und Mr. Beasley auch. Er hat schon so viele Bilder von den Morewells nach London geholt. Außerdem gefällt es mir, wenn ich sie ausstellen kann.«

Tabitha lehnte sich zurück und sah Dominic an. Sein Gesicht zeigte ihr, daß er von einer Kapitulation weit entfernt war.

»Dominic«, fuhr sie leise fort und war sich ihrer Zuhörer unbehaglich bewußt. »Du mußt wissen, daß die meisten der Bilder in einer Zeit meines Lebens entstanden sind, die ... schwierig für mich war, voller Dunkelheit und Einsamkeit. Ja, selbst in Margate, als ich dich so sehr vermißt habe, daß ich dachte, ich sterbe. Manchmal waren die Bilder mein einziger Lebenssinn. Sie geben dieser Zeit eine Bedeutung. Kannst du das nicht einsehen?«

Dominics Gesicht wurde weich, und er ergriff ihre Hand. »Vergib mir, meine Motive waren egoistisch. Wann findet deine Ausstellung statt?«

Sie drückte seine Hand und lächelte. »Im April.«

»Nun gut, April. Und danach hole ich dich weg. Hättest du Lust, nach Italien zu reisen, Tabby?«

Ihr Gesicht verriet ihm sehr deutlich, daß sie Lust hatte.

»Dann bleiben wir dort, solange du willst oder bis du Heimweh bekommst. Wenn wir zurückkommen, wartet viel Arbeit auf uns.«

Sie sah ihn verwirrt an.

»Wir müssen ein Kinderheim gründen.«

Sie heirateten am ersten April in der Kapelle von Breckenbridge, vierzehn Tage, nachdem Tabitha von Margate zurückgekommen war, wo sie zu ihrem Wort gestanden hatte und geblieben war, bis man eine Nachfolgerin für sie gefunden hatte.

Miss Beauchamp und Miss Norcross hatten sie nur ungern gehen lassen und waren nach Warwickshire eingeladen worden. Auch wollte Tabitha in Briefkontakt mit ihnen bleiben.

Die Hochzeitsgesellschaft war klein, wie Braut und Bräutigam es sich gewünscht hatten. Lady Huntleigh, Lucy und Piers waren natürlich da, außerdem die junge Charlotte Emily Carlisle, jetzt drei Monate alt. Amelia und ihr Mann Miles waren auf Tabithas Wunsch eingeladen worden, und Amelia hatte sich mit Miles' Hilfe ihrer Mutter widersetzt und war gekommen.

Auch Reverend und Mrs. Morewell waren dabei, und der Reverend hatte zu Tabithas Freude eingewilligt, selbst den Gottesdienst zu halten. Danach gingen sie alle in den Garten hinaus. Tabitha, in elfenbeinfarbener Seide und fest an Dominics Hand geklammert, ging als erstes zu den Morewells. Der Reverend und seine Frau waren erst vor ein paar Stunden aus Wiltshire eingetroffen, so daß sie noch nicht mit ihnen hatte sprechen können.

»Danke!« strahlte sie. »Vielen Dank, daß Sie gekommen sind. Ich kann kaum glauben, daß Sie die weite Reise gemacht haben.« Mrs. Morewell umarmte sie und küßte sie auf die Wangen. »Deine Hochzeit wollten wir um nichts auf der Welt verpassen, meine Liebe. Ich spreche für uns beide, wenn ich sage, wie sehr glücklich wir für euch sind.«

Dominic schüttelte dem Reverend die Hand und dankte ihm für die Predigt. Aber der Reverend sagte: »Du hast sie glücklich gemacht, das ist Dank genug für mich.«

Dominic sah Tabithas strahlendes Gesicht an. »Ja, ich glaube schon.« Er rückte die Blüten in ihrem Haar zurecht und fügte hinzu: »Aber nicht so glücklich wie sie mich. Ich muß der glücklichste Mann der Welt sein.«

Der Nachmittag verging für Tabitha wie ein Traum voller Lachen, Glück und Fröhlichkeit. Als sie viel später in Dominics Armen lag, erfuhr sie einmal mehr die Wunder der Liebe, als sie einander wiederentdeckten – erst langsam, zärtlich, dann mit aufflammender Leidenschaft, in der nichts mehr zählte als ihre Lust aufeinander.

EPILOG

Der Tag war ungewöhnlich warm, aber für Tabitha perfekt gewesen. Wie konnte es auch anders sein, wenn alles so wunderbar war? Wenn man den Kritikern glauben durfte, war diese Ausstellung erst die erste von vielen, denn alle Bilder, die sie hatte verkaufen wollen, waren verkauft.

Tabitha schlüpfte hinaus und stand auf der Treppe der Richmond-Galerie, von wo aus sie über den Fluß sehen konnte, wo ein paar Kinder am Ufer spielten. Die Sonne stand jetzt tief am Himmel und warf lange Schatten über das Wasser.

Dann hörte sie Schritte und sah Dominic kommen. »Ich fragte mich, wo du bist«, sagte er lächelnd und legte ihr die Arme um die Taille. »Geht es dir gut? Bist du auch nicht zu müde?«

»Mir geht es gut, ich wollte nur ein bißchen frische Luft schnappen.«

Tabitha lehnte sich in Dominics Arme. »Ich habe die Kinder dort beobachtet«, sagte sie nach einer Weile. »Was sie wohl fangen, Fische oder Kaulquappen?«

»So, wie sie es anstellen, nichts von beiden.«

Sie lächelte und sah ihn an. »Vielleicht solltest du ihnen beibringen, wie man es macht.«

»Was, und mich zum Gespött machen, wenn ich mit dem Kescher in der Hand in die Themse wate?«

Tabitha lachte. »Vielleicht wäre es wirklich nicht sehr würdig.«

»Wäre es das denn, wenn ich dich öffentlich küssen würde?«

»Das wäre es nicht.«

Trotzdem küßte er sie rasch, und errötend sah sie zur Tür hinüber.

»Wir sollten wieder hineingehen.«

»Ja«, stimmte er zu, hielt sie aber weiter fest. Dann küßte er sie wieder, inniger diesmal, und als er sie freigab, schmiegte sie die Wange an seine Brust.

»Komm«, sagte er, »sonst denken deine anderen Bewunderer, daß ich egoistisch sei und dich ganz für mich behalten wolle.«

Tabitha hob den Kopf und lächelte ihn an. »Ein egoistischer Bewunderer reicht mir.«

»Morgen werde ich wirklich egoistisch sein, Tabby«, versicherte er ihr. »Den ganzen Weg nach Plymouth werde ich mich mit dir vergnügen und ...«

»Den ganzen Weg nach Plymouth?« lachte sie. »Nein.«

»Und erst die Seereise«, sagte er, ergriff ihre Hand und stieg mit ihr die Treppe hoch. »Florenz ist weit weg, weißt du ...«

Es ist das Jahr 1746, und Schotten kämpfen gegen Schotten. Isabeau MacPherson wird aus Liebe zu ihrem Bruder in diesen unseligen Kampf hineingezogen, und ihr Schicksal scheint besiegelt zu sein, als sie in Gefangenschaft gerät. Alistair Campbell bringt sie auf seine Burg, hält das aber geheim.
Aus gutem Grund: Würde Isabeaus Anwesenheit bekannt, würde man sie zum Tode verurteilen. Doch er hat nicht mit der Eifersucht seiner Cousine gerechnet. Sie verrät Isabeau an die Engländer, und nun scheint sicher, daß die schöne Rebellin sterben muß. Aber Alistair will seine Gefangene zurückhaben – denn er hat sich hoffnungslos in sie verliebt ...

ISBN 3-304-18244-8

BASTEI LÜBBE

Schweren Herzens und weil ihr gar nichts anderes übrigbleibt, als ihrem König zu gehorchen, tritt Clemetina die folgenschwere Reise in den Norden an: Auf Befehl König James VI. soll die englische Lady den Anführer eines schottischen Clans heiraten.
Jamie Cameron, ein Barbar, ein Mann, der es gewohnt ist, andere zu beherrschen! Clementina denkt gar nicht daran, sich ihrem beherrschenden Ehemann brav unterzuordnen, aber ihr Mut schwindet, als ihr immer öfter unerklärliche ›Unfälle‹ passieren. Sie ist vielen Leuten ein Dorn im Auge, nicht zuletzt Jamie, doch sie will einfach nicht glauben, daß auch er ihr nach dem Leben trachtet. Denn sie hat sich längst in ihn verliebt ...

ISBN 3-404-18254-5

BASTEI
LÜBBE

Wild wie der Sturmwind

Niemand hätte auch nur den geringsten Verdacht geschöpft, daß ›Dandelion‹, der berüchtigte Schmuggler, in Wirklichkeit die ehrenwerte Miss Gwendolyne Tremayne sein könnte. Doch dann schwor sich Roc Tyrell, der Earl of Landregan, den Gauner zu fangen und hängen zu lassen!
Gwendolyne gerät in heftige Bedrängnis. Sie muß allen Witz und all ihre Klugheit aufbringen, um sich nicht in den Fallen zu verfangen, die ihr Feind ihr stellt. Aber als sie den Earl persönlich kennenlernt, weiß sie, daß sie verloren ist – denn Roc erobert ihr Herz im Sturm!

3–404–18260–X

BASTEI
LÜBBE